孙旭升 译注

WANMING XIAOPIN MINGPIAN YIZHU

晚明小品名篇译注

凤凰出版社

图书在版编目（CIP）数据

晚明小品名篇译注 / 孙旭升译注. -- 南京 : 凤凰出版社，2012.3（2016.11重印）
ISBN 978-7-5506-1231-0

Ⅰ. ①晚… Ⅱ. ①孙… Ⅲ. ①小品文－译文－中国－明代②小品文－注释－中国－明代 Ⅳ. ①I264.8

中国版本图书馆CIP数据核字(2012)第041838号

书　　名	晚明小品名篇译注——孙旭升名篇译注系列之一
译　　注	孙旭升
责任编辑	郭馨馨
出版发行	凤凰出版传媒股份有限公司
	凤凰出版社(原江苏古籍出版社)
	发行部电话025-83223462
出版社地址	南京市中央路165号,邮编:210009
出版社网址	http://www.fhcbs.com
照　　排	南京凯建图文制作有限公司
印　　刷	江苏凤凰扬州鑫华印刷有限公司
	扬州市江阳工业园蜀岗西路9号,邮编:225008
开　　本	880×1230毫米　1/32
印　　张	9.25
字　　数	249千字
版　　次	2012年3月第1版　2016年11月第2次印刷
标准书号	ISBN 978-7-5506-1231-0
定　　价	32.00元

(本书凡印装错误可向承印厂调换,电话:0514-85868858)

序

周勋初

我与旭升的情份非同一般。1950 年我们考入南京大学中文系，分配在同一个寝室（文昌桥学生宿舍 4 舍 113 室）。半年后，我肺病复发，他也发现了肺病，遂于翌年秋天移居 1 舍肺病疗养室，二人同住一个房间。1952 年院系调整，我们又迁至原金陵大学位于今鼓楼医院西边的西楼，后又转至南边的东楼。1953 年我肺病痊愈，回到班里去住，同学们对我心存戒备，我也颇有顾虑，很不容易融合，所以还是常跑回去与旭升聊天。

我与旭升不仅同病相怜，兴趣爱好也颇有相似之处，即爱好古典文学。旭升除了读胡适的《词选》，还把一部龙榆生的《东坡乐府笺》视为珍宝，这在刚解放不久的气氛下是很不合时宜的。他来自名山秀水的浙东，一直迷恋乡土文化，所以对鲁迅的《朝花夕拾》《野草》爱不释手。我也喜欢鲁迅的《朝花夕拾》，不过也读胡适的《文存》，有时还读徐志摩的《翡冷翠的一夜》，觉得这样的题目就十分醉人。真是“少年不识愁滋味”，也不想想往后的日子该怎么过！

为了进一步读懂鲁迅，旭升还买了不少参考书，其中有《鲁迅的故家》《鲁迅小说里的人物》两种。作者周遐寿，不知何许人也，据他猜测，定是周家台门里的什么人，否则，对鲁迅家的情况怎么会了解得如此清楚？不过他也有不少事想与作者商榷，于是写了一封信去，不知道地址，就请出版公司转交。半个月后接到作者来信，原来“周遐寿”就是周作人！旭升并非不知道周作人任过伪职，只是想，“人归人，文归文”，现在他不仅还住在北京，而且依旧在写文章著书，我一个毛头小伙子问他一些有关学问方面的事，有何不可？也就很坦然地通起信来。从 1954 年到“文革”前夕，一共收到他的来信 52 封，内容不外乎文事、“越事”（绍兴的事）。周作人有问必答，旭升确是从中获益匪浅。

1953 年时，同班同学因国家建设需要提前一年毕业，我与旭升因病之故，到第二年才走上工作岗位。我去了北京中国文字改革委员会，他想要回浙江工作未成，就留在南京一个省级机关的干部学校里教书。

那时的干部，首先看重的是政治思想，因此阶级斗争这根弦绷得很紧。大约在毕业后的第二年，“反胡风”开始了。有一天，领导上忽然把我叫去，要我交出旭升写给我的信，后来我知道，他那边的领导也在同样审查我的去信。不过我们都很坦然，因为除了出身差（地主阶级），思想跟不上形势，其他没有什么对不起人民的地方。他在被狠狠地批判了一通之后，也就戛然而止。什么问题呢？领导上没有说。旭升坚决要求调回浙江去，显然与这件事情有关。

旭升回到杭州后，还不能与家人生活在一起，在分配新的工作之前，领导上要他到富阳“一中”去代一下课，只是到了富阳，文教局长却把他留住了，说：“机关学校也需要教师。”这一留就留了十多年，直到“文革”后期，才调入杭州市区，得以与家人团聚。后来他写《巷歌》一文，中间就有这样一节：

> 十年动乱，即所谓史无前例的无产阶级文化大革命，我家不可能没有波及，但在母亲“事宽得圆”信念的影响下，也终于平安的过来了。恕我拟于不伦，母亲就像一只老母鸡（她生肖属鸡）似的带领着我们，呵护着我们，虽然劬劳太甚，却总算体会到了“含饴弄孙”的天伦之乐。在文革后期，我从富阳调回杭州，更使母亲安心不少。傍晚时，她总是一个人站在“树古当户”的墙门口，一边眺望街景，一边等着下班的、放学的子女和孙儿们回来。巷风吹过，树叶飘动，也扬起母亲丝丝斑白的头发……

旭升曾对我说过:他的文章或许不入大雅之目,但在他却是全身心的投入才写成的。他的第一本散文集《我的积木》(杭州出版社 2008 年版),实际上就是“我的寂寞”。这些话我相信,譬如上面的这段文章,写的是他母亲,但同时也写他自己,我读了就不能不为之默然!

进入 20 世纪 80 年代,我们身上的无形枷锁总算慢慢脱落,也有机会可以到外地去走走。每当我去杭州开会,必定与旭升会晤,或把袂同游。第一次是在粉碎“四人帮”后不久,所以特别兴奋,这可以从旭升的那首《往昔四十首》之二的诗中看出:

往昔有好友,吾怀同学周。
朝夕三五载,情比手足厚。
今日重相见,阔别廿年后。
问旧半成鬼,我复更何求?
五月游龙井,白雾迷山头。
陇上桂未黄,洞中烟霞稠。
非为口渴故,有茶话便久。
明日隔山岳,恋恋又十秋。

最近一次相聚,是在 2007 年初夏,我应浙江大学文学院之邀,前去讲学,住在曲院风荷边上的金溪宾馆,旭升来谈,自然十分高兴。晚上我请他吃饭,要他点菜,他不肯,连说:“还是吃得清淡些好。”我就点了几个素菜,外加一盆白灼鱼唇,可以说是再清谈也没有了。我想,“清淡”二字正是他的人生追求。

我们逐渐体悟到,以前我们之所以“落后”,原因之一是在极左思潮愈演愈烈的情况下,还是保留着很多被人视为异端的思想与情趣,因而老是跟不上形势。这样的人,既碍人眼目,也容易成为捕猎者的箭垛子和踏脚板。旭升看上去很胆小,好像事事都在退让,其实他并不软弱,只要他认定目标,就一定会坚持到底,不管付出多少代价。改革开放以后,旭升发表了很多散文,有记人叙事的，也有写景谈吃的，无不精心结构，独具匠心。这些清新隽永的散文小品，得到了业内人士的认可，也获得国外学者的赞美。如日本汉学家稻畑耕一郎教授，不仅把他有些文章译为日文，还在早稻田大学的《中国语》上陆续发表。

我们之所以考入中文系就读，表明二人都很热爱祖国的传统文化。有些想法，却与许多人的观点相左。我们认为，传统文化涵义广泛，无论是大家普遍看重的文史之学，还是有关衣食住行方面有益于人类的各种知识，都值得玩味研究。不像改革开放之前一些执政者所下的定义，非得用阶级斗争这个纲去衡量一切，好像只有那些鼓吹“革命”“斗争”的东西才算是精华。旭升爱读晚明小品，完全是出于文学上的爱好。在晚明作家中，他推重张岱的品格，还有大批坚持民族大义的文人的文章。至于喜欢读周作人“和平冲淡”的作品，纯属个人的兴趣问题，用不到大惊小怪。

计算起来，旭升与晚明小品结缘已有半个世纪之久。他的研究工作，经历了欣赏、品味、钻研的全过程，因此，这本《晚明小品名篇译注》可以说是他毕生心力之所萃。他自己也善作小品文，因而所有的译文也都能呈现出洒脱隽永的妙处。他的注释，又有很多新的发明，足供学界参考。有的人认为，晚明小品不是大块文章，简短易读，实则不然。明人的文章，到了中后期，由于时代潮流的激荡，竞相走上抒写性灵的道路。有些小品文作家，追求奇崛之趣，不但喜用怪字怪词，在句法上也不守常规，很难卒读。有一些游记，或是乡土文化小品，其中的方言土语很多，还有属于某一地区的民情风俗，都很难把握。旭升沉潜于斯，又得周作人辈高手的指点，在注释上自有其独到之处。这样的译注，既属文学佳作，又属学术奇珍，自可供人咀嚼玩味。忝为老同学，熟知他的治学经过和了解他为此所付出的辛劳以及经受的风险，所以不惮辞费，推介如上。

2010 年 8 月 31 日

目　　录

王稚登

王稚登(1535—1612),字百谷,长洲(今江苏苏州市)人。十岁能诗,名满吴中。嘉靖末年游京师,得到大学士袁炜的器重;隆庆初年再到京师,当时徐阶当国,与炜不合,有人劝他隐瞒与炜的关系,他不答应。吴中自文征明后,山人布衣辈出,而百谷以诗名家,主翰苑达三十年。与陈继儒齐名,并同臻老寿,享年七十八岁。有《南有堂诗集》、《客越志略》等。

本书所译,一至五篇选自《客越志略》,题目为译者所加。第六篇从张岱《西湖梦寻》中转录。

武 林 门[①]

从武林门入,风景大略似两都[②],人家门外,悉是冬青树。忆读《杭州志》云:"洪武间都指挥徐司马所栽。"今有如拱者,当犹是其旧植。苍翠鳞鳞,屋瓦尽碧,略如山家青霭。人从树里行,不见赤日。小楼黑户,副以短扉,纬萧作垣[③],加墁其上[④]。门门金像[⑤],奉浮屠氏甚崇[⑥]。每慧灯不戢[⑦],即千家为墟。故临安大火,非一燎矣。妇人低鬟,胡粉傅面[⑧],都作女郎妆。小儿白雪椎髻[⑨],甚多美少年,盖山川淑清,生人韶秀,亦如吴中然也[⑩]。

① 武林门:旧杭州城北门。 ② 两都:历代所指不同,明代称南京、北京为两都。 ③ 纬萧:把艾蒿编起来。这里用的是《诗经》中的典故。浙江一般多用竹片。 ④ 墁:涂饰物。用泥土称泥墁,用石灰称灰墁。 ⑤ 金像:金色的佛像。佛教谓佛身如紫金光聚,世人因以金饰佛像,称为金身。 ⑥ 浮屠氏:即佛,梵语音译。 ⑦ 慧灯。即佛灯。不戢(jí):没

有看管好。戢,藏也。 ⑧ 胡粉:铅粉,一名铅华。为化妆品。 ⑨ 椎髻:椎形的发髻。髻,总发,挽发而绕之于顶。 ⑩ 吴中:今江苏苏州,春秋时为吴国国都,古亦称吴中。

【译文】

从武林门进入杭州城,光景大体上同北京、南京差不多。每家住户的门外,都是冬青树。回忆读过的《杭州府志》,说是"洪武间(1368—1398)都指挥徐司马所栽种。"如今有两手围抱那么大的,就是徐司马当年所种。冬青树苍翠碧绿,层层叠叠,使得屋上瓦片都映成了绿色,有如山里人家笼罩着的青色雾气,人在树底下行走,看不到天空的太阳。人家住的是小楼房,大门漆作黑色,配上腰门,墙壁用竹片编成,上面再涂些泥土石灰。家家户户供着金漆佛像,信奉佛教非常虔诚,往往由于佛灯没有看管好,顷刻间上千户人家化为灰烬,所以杭州的大火,已经不止烧了一次了。妇女们梳着低低的发髻,脸上擦着白粉,个个都打扮成年轻女子的模样。小孩子肤色洁白,发髻梳成椎形,漂亮小子很多。这大概是因为水明山秀,生的人才俊美,也跟(我们)苏州那样。

大佛禅寺①

过(昭庆)寺折而西,湖光如镜,千峰万岫,写影其中。入大佛禅寺,寺在宝石山麓,一峰数仞,仅刻半面,装以黄金,射水如月,传为始皇系舟石②。傍有沁雪泉,深广可二尺,大旱不枯。黄尘赤日之困,到此尽消。游侣一斞而出③。山巅保俶塔不及登④。绿岗被磴,水竹丛丛⑤。丘丹谷翠,人家如棋布,鸡鸣犬吠,皆在云中矣。

① 禅:梵语"禅那"的省称。意译"思维修"。静思之意。 ② 系舟石:据《史记·秦始皇本纪》:秦始皇上会稽祭大禹,路过杭州,为钱塘江风浪所阻。当时西湖尚未形成,传说"大佛头"就是秦始皇的系舟石。 ③ 斞

(jū):舀水器。水斗。 ④ 保俶塔:俗称宝石塔、保叔塔。在西湖北岸宝石山上。张岱《西湖梦寻·保俶塔》:“宋太平兴国元年(976),吴越王俶,闻唐亡而惧,乃与妻孙氏、子惟浚、孙承祐入朝,恐其被留,许造塔以保之。”
⑤ 水竹:亦称“烟竹”,大多长在溪岸边。

【译文】

过了昭庆寺向西拐弯走,只见西湖明净得像一面镜子,一座座山峰都倒映在湖里面。进了大佛寺,寺在宝石山脚,有一个石峰约二三丈高,上面只刻了佛菩萨的半个面孔,用黄金涂饰起来,照在水里像是一轮明月。相传这是秦始皇拴过船的石头。寺边有个沁雪泉,深与广估计都有二尺,大旱年月泉水也不枯干。到了这里,一路上所受尘沙、烈日的困顿全都消失。同游的人都舀了一勺泉水来喝,然后离开寺门。山顶是保俶塔,但爬山已来不及。只见绿色的山岗上有登山的石级,到处是一丛丛的水竹。在赭红的岩石与青翠的山谷中间,人家的屋子像棋子样分布着,还听到鸡鸣狗吠的声音,都像是从半空中传来。

四　贤　祠[①]

入谒四贤祠，四贤为唐李邺侯泌[②]，白舍人居易[③]，宋苏学士轼[④]，林和靖先生逋[⑤]。三人皆刺杭州，有惠政，而林以山中逸民，俎豆其间，信缨緌之不足贵也[⑥]。山之阴，即处士墓，野梅数株偃其傍，近土皆干，不知有酹椒浆否[⑦]？北为放鹤亭，俗子酣啸其中，緬想在阴之声[⑧]，低回久之而出。

① 四贤祠：故址在孤山北面，放鹤亭以西。　② 李泌（mì）：字长源，京兆人。历任玄肃代德四朝，位至宰相。封邺县侯，世称李邺侯。代宗朝为杭州刺史。　③ 白舍人居易：白居易唐穆宗时为中书舍人，故称白舍人。长庆年间出为杭州刺史。　④ 苏学士轼：苏轼哲宗时任翰林学士，故称苏内翰。熙宁四年（1071）通判杭州，后十六年复为郡守。　⑤ 林逋：字君复，钱塘（今杭州市）人。隐居西湖孤山，种梅养鹤，终身不仕，也不婚娶，故人称“梅妻鹤子”，卒谥和靖先生，或称林处士。　⑥ 缨緌（ruí）：冠带与冠饰，借指有声望的封建士大夫。代指仕宦。　⑦ 酹（lèi）：以酒洒地表示祭奠。椒浆：即“椒酒”，用椒浸制的酒。　⑧ 在阴之声：即鹤声。语出《易·中孚》：“鹤鸣在阴。”

【译文】

进去拜谒了四贤祠。四贤就是唐代李泌、白居易，宋代苏轼、林逋。前面三位都在杭州做过官，为百姓办了不少好事，只有林逋凭着他隐士的身份，在这里同样受到祭享，可见官位并不可贵。孤山的北面，就是林逋的坟墓，墓旁有几株野生的梅树斜倚着，附近的泥土都是干燥的，不知道有没有人在这里奠酒？林逋墓以北是放鹤亭，有一帮俗人在那里喝酒叫嚣。我想念着那鹤鸣的声音，徘徊沉吟了好久才离开。

净慈寺[①]

游净慈寺，倚南屏山[②]，周显德二年钱俶建，南渡间燬而复兴。山门高栋，可当他寺宝殿。殿三倍于门，罘罳百丈[③]，龙象如山[④]，皆非他刹可侔。东廊构田字殿，贮五百尊者像[⑤]，作四层，相背坐，尊尊异形，位置曲折，屈指多迷。余默数亦误其二，家人辈迴环舛讹[⑥]，不觉失声而笑。寺后有莲花洞、居然亭[⑦]，极幽胜。闻鸠啼屋上[⑧]，湖面昏昏欲雨，不及一探。

① 净慈寺：在西湖南岸南屏山麓，初建于周显德元年(954)。 ② 南屏山：在西湖南岸，《西湖游览志》称其"峰峦耸秀，怪石玲珑，峻壁横坡，宛若屏障"。 ③ 罘罳(fū sī)：设在宫阙上交疏透孔的窗棂。 ④ 龙象：佛家语。称诸阿罗汉中，修行勇猛有最大力者为龙象。水行龙力最大，陆行象力最大，故以龙象为喻。这里是指佛像。 ⑤ 尊者：佛教对和尚的尊称。即梵语阿梨夷，谓具备德智而可尊敬的人。这里是指罗汉。 ⑥ 舛(chuǎn)讹：即"舛错"。错乱。 ⑦ 莲花洞、居然亭：莲花洞在净慈寺后面，因"巧石层敷，若芙蓉之灿烂"，故名。莲花洞前有居然亭，"登兹则湖山风景，扬睫无遗"。引文见《西湖游览志》。 ⑧ 鸠啼：又叫鸠呼，古谓鸠鸣唤雨，其声似呼唤，故称鸠呼。

【译文】

游净慈寺。寺在南屏山前，是后周显德二年(955)吴越王钱俶所建，南宋时遭火焚后又重建。山门高大壮丽，抵得上别的寺院的大雄宝殿。寺里的大殿又远远超过山门，雕花窗棂极高，佛像极大，都不是别的寺院好比。东边廊下有一间"田"字形的佛殿，里面放着五百尊罗汉，分作四层，背靠着背，形状相貌各不相同，安放的位置也很曲折，所以就是扳着指头数也数不清楚。我默默数过，数错了两个，家里的人反复数了几遍都没有数对，大家都禁不住笑了起来。寺后面有个莲花洞，洞前面有个居然亭，都是极其幽雅的地方。可惜听到鸠鸟在屋上呼叫，湖面上阴暗得真的像要下雨的样子，所以就没有来得及过去。

钱塘江

钱塘江一名浙江，秦始皇度浙江至会稽是也。又名曲江，又名罗刹[①]，桑钦《水经》以为渐水[②]，当由“浙”字之误。西兴隔水，略如扬子瓜渚[③]，所乏者金、焦两点。东望海门[④]，羲和正升。人言八月潮生[⑤]，如雪山东倾，雷霆斗鸣，为天下潮声第一。是日风气甚恬，江流似镜，漏刻未移，已达西兴。

① 罗刹：佛经中称恶鬼为罗刹。钱塘江风波险恶，故名罗刹江。 ② 桑钦《水经》：桑钦，汉河南人。字君长。从平陵涂恽受《古文尚书》、《毛诗》。撰《水经》三卷。 ③ 扬子瓜渚：长江上的瓜洲。扬子江为长江别名。瓜洲，在江苏邗江县南，与镇江市相对。又称瓜埠洲。 ④ 海门：海口。龛山、赭山在钱塘江口，夹江对峙，旧称海门。 ⑤ 人言：如唐刘禹锡《浪淘沙》：“八月涛声吼地来，头高数丈触山回。须臾却入海门去，卷起沙堆似雪堆。”

【译文】

钱塘江又名浙江，就是秦始皇横渡到会稽去的一条江。它又叫曲江，又叫罗刹江。桑钦《水经》说是渐水，大概是由“浙”字之误。西兴在钱塘江对岸，有点像长江上的瓜洲，所缺少的是金山、焦山两座山。向东眺望海门，太阳正好从那里升起来。人们说八月里涨潮时，好像一座雪山从东边倒来，轰鸣如雷，天下潮水之大数它第一。这天风色气候非常安宁，江水平静得像面镜子，不消片刻就到了西兴。

西溪寄彭钦之书①

留武林十日许，未尝一至湖上，然遂穷西溪之胜。舟车程并十八里，皆行山云竹霭中，衣袂尽绿。桂树大者，两人围之不尽。树下花覆地如黄金，山中人缚帚扫花售市上，每担仅当脱粟之半耳②。往岁行山阴道上③，大叹其佳，此行似胜。

① 西溪：地名。在西湖北高峰北面。地以产梅著名。 彭钦之：作者的朋友。 ② 脱粟：粗粮，糙米。 ③ 山阴道上：泛指绍兴一带。山阴，古地名，即今浙江绍兴市。

【译文】

逗留在杭州十多天，不曾去过西湖一次，可是却把西溪的好风景玩了个够。搭船、乘车加起来一共十八里，都是在山中云雾、竹间雾气当中行走，衣裳都给映衬得一片绿色。桂花树最高大的，两个人合抱也围不拢。桂花落在地上，像是铺着一层黄金。山农扎了扫帚把桂花扫起来，拿到街上去出售，每一担的价格只抵得上糙米市价的一半。去年，我在绍兴游览，很称赞那里的风景好，而这一次看到西溪，景色似乎更美。

张大复

张大复(1554—1630),字元长,昆山(今江苏昆山)人。以著述为生,是归有光后一大家。晚年目盲,犹笔不停缀。与陈眉公、汤若士等相友善。著作甚富,最为人称道的,有《梅花草堂集》、《梅花草堂笔谈》、《昆山人物志》等。所作笔记,多谈生活琐事,文笔亦清丽可诵,风格大抵与陈继儒差不多。

本书所译,选自《梅花草堂笔谈》。

夜

王摩诘云[①]:"北陟玄灞[②],清月映郭。夜登华子冈[③],辋水沦涟[④],与月下上。寒山远火,明灭林外。深巷寒犬,吠声如豹。村墟夜舂,复与疏钟相间。"秦太虚云[⑤]:"元丰二年中秋后一日,天宇开霁,林间月明,可数毫发。自普宁[⑥],凡经佛寺十五,皆寂不闻人声。道旁庐舍,或灯火隐显。草木深郁,流水止激悲鸣,殆非人间之境。"二境澹宕凄清[⑦],真文中画也。予少时喜夜游,务穷搜奇胜,老来怯风露,不复窥户久矣[⑧]。读二公语,黯然欲涕!

① 王摩诘:唐王维,字摩诘。晚年得宋之问辋川蓝田别墅,隐居于此。文选自《山中与裴秀才迪书》。 ② 玄灞:幽深的灞河。灞,灞河,渭河的支流。 ③ 华子冈:为辋川别墅的主要景点之一。 ④ 辋水:即辋川,水名。在今陕西省蓝田县南,源出秦岭北麓,北流至县南入灞水。 ⑤ 秦太虚:宋秦观,字太虚。文节选自《龙井题名记》。 ⑥ 普宁:寺名。旧址在西湖南岸净慈寺前白莲洲上。 ⑦ 澹宕:澹远。宕,放纵,不受拘束。 ⑧ 窥户:原意是暗中察看屋内的情形。这里作出门夜游讲。

【译文】

王维说:“北面经过幽深的灞河,明净的月亮照着郊外。在夜里攀登华子冈,辋水泛着微微的波浪,与水中的月亮一起忽下忽上。远远的山上有点点火光,在树林外面一会儿显现一会儿隐没。深巷里凄凉的狗,叫起来就像豹子一样。村庄上的人在夜里捣米,那捣声与稀疏的钟声夹杂在一起。”秦观说:“元丰二年(1079)中秋节的后一天,天空云开晴朗,树林里月光明亮,连汗毛头发也数得清楚。从普宁开始,一共经过十五所寺院,都静悄悄地听不到人声。路旁边的屋子里,有的点着灯火。野草和树木又多又密,流淌的溪水遇到阻遏时就发出凄凉的声音,几乎不像是在人间的样子。”两种意境澹远凄清,真所谓是文章中的画图。我年轻时喜欢夜里出去游玩,一定要扶奇搜胜玩个痛快才回来,年老后怕受风寒,不再出门已经很久了。如今读了两位先生的文章,难过得真像要掉下眼泪来!

食　橘

橘之品,出衢、福二地者上[①],衢以味胜,福以色香胜。衢味与口相习,所谓“温温恭人”[②],亲之忘倦者也。福产小露尊重[③],如远方贵客,结驷联骑[④],令人迎承不暇。洞庭有张樵海者[⑤],尝贶予角柑四颗[⑥],甘脆异常,然是一丘一壑之秀,物外逍遥者耳[⑦]。世长怀福橘相遗[⑧],剖而甘之，书此。

① 衢、福：今浙江省衢州市、福建省福州市。 ② 温温：柔和貌。"温温恭人"，语出《诗经》，谓谦恭之人。 ③ 小露尊重：即偶尔显露高贵。 ④ 结驷连骑：车马接连不断，形容喧闹显赫。 ⑤ 洞庭：山名。在江苏省太湖中。 ⑥ 角（lù）：地名，即角里，在太湖洞庭山西南禄里村。 ⑦ 物外：指世外，超然于世事之外。 ⑧ 世长：人名。（疑用"怀橘"的典故，可能是作者的儿子。）

【译文】

橘子这种水果，以衢州、福州生产的为上品。衢橘凭它的滋味著名，福橘却是凭它的颜色和香气。衢橘适合人的口味，正像《诗经》里说的"温温恭人"，长时间接近也不会感到厌倦。福州产的橘子却是偶尔露一下面，好像远方的贵宾，车马接连不断到来，教人来不及准备。洞庭山有个张樵海的，曾经送给我甪里出产的柑子四颗。这种柑子鲜甜脆嫩不同一般，然而这是某个山野小地方的特产，像个逍遥世外的高人一样。世长带着福橘来孝敬我，我剖了吃觉得很甜，所以写下了这些话。

此　坐

一鸠呼雨[①]，修篁静立。茗碗时供，野芳暗度。又有两乌咿嘤林外，均节天成。童子依炉触屏，忽鼾忽止。念既虚闲，室复幽旷，无事此坐，长如小年[②]。

① 鸠：鸟名。见前王穉登《净慈寺》注。 ② 小年：形容时间长，近似一年。

【译文】

有只鹁鸠在呼叫，报告天就要下雨。修长的竹子悄然静立。我端起碗来喝茶，阵阵芳香扑鼻而至。另有两只乌鸦在林中啼鸣，整齐的节拍，就像天然的音乐。炉边煮茶的书童靠着屏风打盹，一会儿鼾声连连，一会儿又声悉全无。人无杂念，屋子又宽敞，闲坐其中，真有天长地久之感。

三　奇

果之橄榄[①]，书之《骚》[②]，卉之兰，自是天壤间三奇，绝未有俪之者。友人某，解衣质钱[③]，愿为典花主[④]，而念不及兰，见《骚经》辄掩其卷，但能噉橄榄尽一枚。此举又是强解事[⑤]，不如无噉为直色耳[⑥]。偶在息庵下种兰[⑦]，思之不觉失笑。

① 橄榄：果名。一名青果。味苦涩，咀之芳馥。　② 《骚》：下文又称《骚经》。即《离骚》，《楚辞》篇名，战国时屈原作。　③ 质：典当。④ 典：主管，执掌。　⑤ 强解事：不懂装懂。或谓冒充风雅。　⑥ 直色：犹直爽。　⑦ 息庵：作者的书房。

【译文】

水果中的橄榄，诗书中的《离骚》，花卉中的兰花，确实是天地间的三样奇特的东西，别的再没有可以同它们相提并论的。朋友某人，愿意脱下身上的衣服，换些钱来做个养花的主人，却想不到兰花，看到《离骚》就觉得头晕，只能吃橄榄一颗。我以为这样做也是不懂装懂，还不如不吃爽快。我在息庵阶前种植兰花，想到这件事情就忍不住要笑。

杨长倩

杨长倩宅湖之中，秋水长天，渺然一色。远睇飞鸢，跕跕水际[①]，故不减武陵畏垒[②]。夏秋间龙吟湖底，烟雾翔涌，吴在天云："此时却疑身处混沌矣[③]。"予每想至其处，一水之隔，仅仅朝暮，而不知途者，邈若河山，可笑也！长倩许我莼丝千缕[④]，当乘兴访之。

①"远睇"两句：语出《后汉书·马援传》："仰视飞鸢，跕跕堕水中。"鸢，鸷鸟名。俗称鹞鹰。跕跕，堕落貌。 ② 武陵畏垒：即武陵五溪。据《后汉书·马援传》说，马援征五溪，即此。畏垒：山水弯曲处，畏通"隈"。 ③ 混沌：天地未开辟以前的元气状态。 ④ 莼丝：即"丝莼"。陈璨《西湖竹枝词》注："莼菜亦湖中所产，采于初夏，嫩而无叶者名雉尾莼，叶舒则为丝莼。"

【译文】

杨长倩的家在湖当中，秋季里湖水与天空相映，合成一种颜色。举目远望，看到鹞鹰在天空飞翔，然后着落到湖面上，所以风景不比那曲折幽深的武陵五溪差。夏末秋初，蛟龙在湖底吟唱，烟雾阵阵，吴在天说得好："这时节真怀疑自己置身于混沌之中。"我常常想要到他那里去，虽然只相隔一片湖水，可以朝发夕至，却不认识路，所以就像远得同隔着千山万水一样，实在可笑。长倩答应送给我莼丝千缕，我一定在兴致好的时候去访问他。

蔷　　薇[1]

蔷薇花最古，美而艳，三十年来，种类竞异，至于今，丽极矣！其丛生路旁，花四出而香特媚者，曰野蔷薇。近亦有千叶红晕者，香差减。乐天栽蔷薇诗云[2]："移根易地莫憔悴，野外庭前一种春。少府无妻春寂寞，花开将尔当夫人。"疑是前品[3]。盖东篱黄菊[4]，故未与乎茸幢之观[5]，想当然矣[6]。

① 蔷薇：品种甚多，花色不一，有单瓣重瓣，开时连春及夏，有芳香。② 乐天：唐白居易，字乐天。"栽蔷薇诗"原题作《戏题新栽蔷薇》，注云"时尉盩厔"。可知少府为作者自指。少府，县尉的别名。　③ 前品：即"野蔷薇"。　④ 东篱黄菊：语出陶潜《饮酒二十首》："采菊东篱下，悠然望南山。"　⑤ 茸幢："幢牙茸纛"的简缩。形容旌旗之盛。这里是说花繁枝茂。⑥ 想当然：成语。意为想起来一定是这样。

【译文】

蔷薇是一种古老的花，美丽而鲜艳，三十年来，不同品种争着出现，到了今天，可以说是富丽极了！那一丛丛生长在路边，四个花瓣而特别芬芳的，叫野蔷薇。近来又有一种多瓣而颜色红晕的，香气略微差一些。白居易《戏题新栽蔷薇》诗云："移根易地莫憔悴，野外庭前一种春。少府无妻春寂寞，花开将尔当夫人。"我猜想就是前一种野蔷薇。因为东篱下金色的菊花是淡雅的，不会参加到花叶繁盛的观赏植物当中去，所以把野蔷薇当作夫人。想来就是这个道理。

十　姊　妹

十姊妹，花之小品[1]，而貌特媚，嫣红古白，嫋嫋欲笑，如双环邂逅娇痴篱落间[②]，故是蔷薇别种。伯宗云："折取柔枝插梅雨中，一岁便可敷花。"故知其性流艳[③]，不必及瓜时发也[④]。

① 小品：其名始见于鸠摩罗什对《般若经》的翻译，他将较详的译文称作《大品般若》，较略的译文称作《小品般若》。这里是借用。 ② 双环：环，一作鬟，环形的发髻。此处指梳着双髻的年青姑娘。 ③ 流艳：放荡而艳丽。含有卖弄的意思。 ④ 瓜："瓜年"之略。瓜年即破瓜年。旧时世俗以女子十六岁为破瓜之年。孙绰诗："碧玉破瓜时，郎为情颠倒。"所以指女子年十五六岁之时。不等到十五六岁，意为早熟，以应"一岁便可敷花"之句。这里用词用典，人花交相照顾，而褒贬昭然。

【译文】

十姊妹，花儿中的小品，可是模样特别妩媚，有鲜红的，有白里带黄的，轻轻摆动起来像是在微笑，仿佛偶尔碰到一个梳着双髻的娇痴姑娘在篱笆边逗留。它原本是蔷薇的另一个品种。伯宗说："拗一枝十姊妹的嫩条，在梅雨季节把它插在土中，一年就可以开花。"所以可以知道它像个喜欢卖弄招惹的女子那样，不一定要到十五六岁才动情。

小　青[①]

长洲许仲谦见示[②]《小青集》,湖上异书也。首冠一传[③],却是俗工写照,正远神情。青诗云:“瘦影自临春水照,卿须怜我我怜卿[④]。”如此流利,从何处摸捉?戈戈居士[⑤],许大胆识,乃尔放笔自恣耶!集中书,应入昭明选[⑥],不尔,《品外录》中岂得无此[⑦]?

① 小青:人名。相传家住扬州,能诗善画。十六岁嫁杭州冯姓子为妾,遭大妇妒恨,被幽禁在孤山佛舍,精神痛苦,郁郁而死。　② 长洲:地名。今江苏苏州市。　③ 传:传真,写真。即今肖像(画)。　④ 卿:对朋友的爱称,这里是对自己在水中的影子而言。　⑤ 戈戈居士:即明冯梦龙,字犹龙。冯曾作《情史》,对小青介绍颇详,并作了大胆的肯定。

⑥ 昭明选:即南朝梁昭明太子萧统编的《文选》,又名《昭明文选》。选录先秦至梁的各体诗文,分三十七集,三十卷,为我国现存最早的文学总集。

⑦《品外录》:全名为《古文品内外录》,明陈继儒辑,品内录二十卷八册,品外录二十四卷十二册,明万历间刊本。

【译文】

长洲的许仲谦给我看了《小青集》,这是西湖地方的一本奇书。书前面有一幅肖像,却是一般画工的手笔,画得与她本人的品性相距很远。小青有诗写道:“瘦影自临春水照,卿须怜我我怜卿。”这样明白畅快的文句,不知道她是从哪里捉摸来的?戈戈居士冯犹龙,居然有这样大的胆量见识,敢于放手落笔,痛痛快快地说了自己想说的话。《小青集》中的文章,理应编进《昭明文选》中去,否则,《品外录》里岂可没有它呢?

陈继儒

陈继儒(1558—1639),字仲醇,号眉公,又号麋公,华亭(今属上海市松江)人。为诸生时,与董其昌齐名。不久绝意进取,隐居昆山,专心著述。工诗善文,短翰小词,皆绝有风致。又工书法,效法苏(轼)、米(芾),著作甚多,有《陈眉公集》、《白石樵真稿》、《岩栖幽事》等。

本书所译,选自《岩栖幽事》。标题为译者所加。

山鸟庭蛙

山鸟每至五更,喧起五次,谓之报更,盖山中真率漏声也①。余忆曩居小昆山下,时梅雨初霁,座客飞觞,适闻庭蛙,请以节饮②。因题联云:“花枝送客蛙催鼓,竹籁喧林鸟报更③。”可谓山史实录。

① 漏声:犹钟声。漏,古代滴水计时的仪器。 ② 节饮:按节拍饮酒取乐。 ③ 竹籁:风吹竹枝的声音。

【译文】

山里的鸟雀每天到了五更,总要起来吵闹五次,叫做“报更”。这是山里最真实最直接的钟声了。我回忆从前住在小昆山脚下,正当梅雨刚刚停止,天色开始放晴,座上的客人举杯畅饮,恰好听到院子里的蛙声,我就请大家把这蛙声当作“击鼓传花”来饮酒取乐。我当时做了两句诗道:“花枝送客蛙催鼓,竹籁喧林鸟报更。”这可以说是山居生活的真实写照。

各有相宜

瓶花置案头,亦各有相宜者。梅芬傲雪[①],偏绕吟魂[②];杏蕊娇春[③],最怜妆镜[④];梨花带雨,青闺断肠[⑤];荷气临风,红颜露齿;海棠桃李,争艳绮席[⑥];牡丹芍药,乍迎歌扇;芳桂一枝,足开笑语;幽兰盈把,堪赠仳离[⑦];以此引类连情,境趣多合。

① 傲雪:不为寒雪所屈。傲,轻视。 ② 吟魂:犹诗思诗意。 ③ 杏蕊:杏花。 ④ 妆镜:借指女子的梳妆台。 ⑤ 青闺:指妇女的居室。 ⑥ 绮席:华丽、美盛的筵席。 ⑦ 仳离:离别。特指被遗弃的妇女。

【译文】

放在桌上的瓶花,也各有适宜的环境。不为寒雪所屈的梅花,它的香气老是跟着诗思转;杏花占尽春光,最爱与少女理妆相伴;梨花沾着雨露,仿佛闺中女子伤心流泪;藕花临风开放,有如红颜女子嫣然一笑;海棠、桃花、李花,往往在华贵的酒筵席上争妍斗艳;牡丹与芍药,极易配合歌舞场面。插一枝馥郁的桂花,可以逗人又说又笑;满把的幽兰,正可以作为离别时的赠品。这样地按不同花种与思想感情相配,大多能做到情境融合。

避喧谢客

住山须一小舟,朱栏碧幄,明椂短帆[①]。舟中杂置图史鼎彝[②],酒浆荈脯[③]。近则峰、泖而止[④],远则北至京口[⑤]，南至钱塘而止。风利道便，移访故人，有见留者，不妨一夜话，十日饮。遇佳山水处，或高僧野人之庐，竹树蒙茸，草花映带，幅巾杖履[⑥]，相对夷然。至于风光淡爽，水月空清，铁笛一声，素鸥欲舞。斯亦避喧谢客之一策也。

① 棂(líng)：窗或栏干雕有花纹的木格子。　② 鼎彝：鼎，古代烹饪器；彝，古代宗庙中的礼器。常于上刻铭功纪德的文字。后世当作古董。③ 荈(chuǎn)：晚採的茶。　④ 峰、泖(mǎo)：地名，即"松郡九峰"与"三泖"，俱在松江县境内。松郡九峰，为县西北平畴绿野间的九个小山丘。泖，湖名，有上泖中泖下泖，合称三泖。唐宋时，九峰三泖为江南名胜。⑤ 京口：地名。三国吴称为京城。建安十二年迁建业后，改称京口镇。即今江苏省镇江市。　⑥ 幅巾：古代男子用绢一幅束发，称为幅巾。

【译文】

隐居在山野的人，必须有一条小船，用朱红的栏干，碧绿的帘幕，透孔的雕窗，再加上一小幅布帆。船里面放着图画、史书、鼎彝等书籍古玩，还有茶酒、果脯等。近一点到九峰、三泖，远一点北面到镇江，南面到钱塘江。要是风顺路便，还可以去访问老朋友。如果主人好客，也不妨留宿一宵促膝长谈，或者痛饮十天。遇到佳山水，或者有道的和尚、高雅的山人，那里又是竹木茂盛、花草掩映的，就可以头缠幅巾，手扶拐杖，轻轻松松地散散步，安安静静地逗留一回。

在清新爽朗、水月交辉的夜晚，则可以吹一阵铁笛，乐得白鸥也好像要跳起舞来。这也是逃避尘世俗客的一个办法啊！

西山之胜

王辰玉《香山记》云[①]：“大约西山之胜[②]，仿佛武林之西湖，逶迤不如，而倩润或过之。”因与二三子作妄想[③]：若斩荻芦、开陂隰以尽田荷花，至山膝而止，使十五小儿，锦衣画舸，唱《江南采莲词》[④]，出没于白鸥碧浪之间；所在室庐，必竹门板扉，与金碧相间出，而后结远道人为香山社主[⑤]，乞青莲居士为玉泉酒家翁[⑥]。吾老此可矣。

① 王辰玉：即王衡，字辰玉，明代太仓人。 ② 西山：北京西郊名胜区，为太行山支脉，众山连接，山名甚多，总名为西山。香山为其中一山。 ③ 二三子：谓诸弟子。语出《论语·述而》。 ④《江南采莲词》：又称采莲曲。梁武帝制乐府《江南弄》七曲之一。后代仿作者颇多。 ⑤ 远道人：指晋僧慧远，曾在庐山东林寺结莲社。这里借指有道行的和尚。 ⑥ 青莲居士：唐李白，字太白，号青莲居士。这里借指善于作诗又嗜酒的人。

【译文】

王辰玉在《香山记》中说：“大约西山的好处，比起杭州的西湖来，曲折连绵比不上，而苍翠清丽可能还要超过些。”因此，我就跟几个弟子作这样的想像：如果砍掉芦苇，挖深低洼湿地，全都种上荷花，直到山脚为止。叫十五、六岁的儿童，穿着织有花纹的绸衣，驾着装饰华丽的游船，歌唱着《江南采莲词》，在洁白的鸥鸟与碧绿的水波中间随意往来；而那里的房屋，一定要使简朴的竹木建筑与金碧辉煌的楼阁相搭配。然后结交像慧远和尚一样的高僧当香山社主人，请李白一样有名的诗人做玉泉酒店的店主。这样我就可在这里养老了。

娱　老

不能卜居名山，即于岗阜回复及林水幽翳处，辟地数亩，筑室数楹①。插槿作篱，编茅为亭，以一亩荫竹树，一亩栽花果，二亩种瓜菜，四壁清旷，空诸所有。畜山童灌园薙草②，置二三胡床著亭下③，挟书研以伴孤寂④，携琴奕以迟良友⑤。凌晨杖策，抵暮言旋⑥。此亦可以娱老矣。

① 数楹(yíng)：几间屋子。楹，量词，屋一间为一楹。一说一列为一楹。② 畜(xù)：畜养。未必指牲畜。　③ 胡床：高椅、圈椅。与现在床的概念不同。　④ 研：同砚。　⑤ 迟：挽留。　⑥ 言旋：即"言归"。言，助词，无义。

【译文】

要是不能到名山去居住，那就在小山丘陵高低起伏和树木水流幽雅荫蔽的地方开辟几亩土地，建筑几间房屋也可以。插木槿作为篱笆，编茅草造个亭子；用一亩土地种竹种树，一亩土地种花种果，两亩土地种瓜种菜。屋子四周要留有余地，没有杂七杂八的东西。收养几个山村的儿童，叫他们做做园里浇水锄草的事情。放几张椅子在亭子里，一个人时可以把书、砚带去作伴，来了好友，也可以拿琴、棋招待他们。每天早晨拄着拐杖出门，到傍晚才回来。这样不也可以欢度晚年了吗？

袁宗道

袁宗道(1560—1600),字伯修,公安(今湖北公安县)人。万历丙戌(1586)进士第一,授庶吉士,进编修。当时王(世贞)、李(攀龙)之学盛行,提倡“诗必盛唐”,宗道在馆中,与同馆黄辉及弟宏道、中道竭力反对,诗文都有新意,时称“三袁”。因仰慕白居易、苏东坡,取斋名为“白苏”,有《白苏斋集》。

本书所译,选自《白苏斋集》。

西山五记[①]

一

行昌平道中[②],风起尘飞,诸峰尽失。午后风定,依沙河岸而西,褰帷一望,葱蒨刺眼,心脾顿爽。渐近金山口,巉岩西趋,势若奔马。俄仪部王君、俞君继至[③];俞君见余喜甚,遂同至卧佛寺[④]。寺宇不甚宏,两殿各卧一佛,长可丈余。其一糁金甚精。门西有石磐[⑤],方广数丈,高亦称是,无纤毫刓缺。上创观音堂,前余石丈许,周以栏楯。诸公趺坐槛前,忽闻足底作吡吡声,又类爆豆,予细寻之,乃石磐下有小窦出泉,淙淙琤琤,下击石底。遂命童子取泉,啜一盏而行。

① 西山:见前陈继儒《西山之胜》注。 ② 昌平:地名。今属北京市。 ③ 仪部:官署名。即礼部,为旧制六部之一。 ④ 卧佛寺:在北京海淀区西山北部的寿安山南麓。原名十方普觉寺。 ⑤ 石磐:即“磐石”。扁厚

的大石块。

【译文】

旅行在平昌的道路上，大风刮得尘土飞扬，把周围的山峰全都遮掩住了。中午以后风才停止，我们沿着沙河岸边向西前进，撩起车窗窗帘一看，一片苍翠耀人眼睛，立刻觉得心旷神怡。快接近金山谷口，险峻的山岩向西铺展开去，气势就像飞奔着的马群。一会儿礼部里的朋友王君、俞君接连到来；俞君见了我非常高兴，就一起到卧佛寺游玩。卧佛寺的屋子不很高大，两个大殿各有一个躺着的佛像，佛像身长一丈多，其中一个的金涂饰得特别讲究。殿门西边有一块大磐石，有好几丈见方，高也差不多，没有丝毫刻凿的痕迹。磐石上造了个观音堂，前面还多出丈把宽的地方，四周用栏杆围起来。我们都盘脚坐在栏杆前面，忽然听到脚底下发出哧哧的响声，又很像爆豆。我仔细寻找那响声，原来是磐石底下有一个小孔涌出泉水，叮叮当当，向磐石底下撞击。我就叫书童舀那泉水，品尝一杯才走。

二

自观音堂下穿疏木中，数度石涧，趾渐高，茅屋石垣，萧然村巷。巷尽见朱门碧涧，是为碧云[①]。涧深丈余，作琴瑟响[②]。堂殿依山，从夷入危，历数百级乃登佛殿，然苦宫室蔽亏，不堪远瞩。登中贵坟垣[③]，乃及山腰，从上望都城，睥睨可数。复下观卓锡泉，泉泻小石涧，东西流注。方池后有亭，旁有洞，池前为柏垣，垣外竹可一亩，炎日飒飒生寒。泉伏流其间，至香积厨[④]，以手掬饮，清冷彻肌。殿前甃石为池，金鲫万头，翕忽水面，投以胡饼，唼喢有声。夜与俞汝成诸公饮法堂右轩，剧谈至丙夜[⑤]。

① 碧云:寺名,在北京海淀区香山东麓。 ② 琴瑟:琴和瑟。古代的两种乐器。琴瑟同时弹奏,其音和谐。 ③ 中贵:显贵的宦官。 ④ 香积厨:僧寺的厨房。 ⑤ 丙夜:三更时。

【译文】

从观音堂下来,穿过稀疏的树林,再跨过几条溪流,地势就逐渐增高,那里有茅屋石墙,宛如清静冷僻的村庄小巷。走过小巷,看到红色的寺门绿色的溪涧,这就是碧云寺了。溪涧有一丈多深,发出弹琴鼓瑟和谐动听的响声。碧云寺依山建筑,从平地到高坡,经过几百步石级才到达佛殿。可惜那里有房屋遮挡视线,不能向远处眺望。登上中贵的墓园,才算到达半山腰,从这里眺望北京城,城墙上的短墙也看得清清楚楚。再下去回到碧云寺,观看了卓锡泉,泉水流泻到小溪中,分东西两股。在一个方形的池塘后边,有一个亭子,亭子旁边有一个石洞;池塘前面有一道柏树围成的篱笆,篱笆外边是个竹园,有亩把大小,烈日下发出阵阵寒气。泉水默默地从中间流过,流到寺院的厨房,用手捧着它喝,浑身感到清凉。大殿前面用石块砌成一个池塘,养着靠万头金鱼。金鱼在水面上迅速游动,拿饼饵抛下去,它们就抢吃饼饵,发出啧噗的响声。夜里与俞汝成等人在法堂右边的小屋里喝酒,一直畅谈到半夜。

三

宿碧云之次日,栉罢,即绕山麓南行,垣内尖塔如笔,无虑数十,塔色正白,与山隈青霭相间[①],旭光薄之,晶明可爱。南望朱碧参差,隐起山腰,如堆粉障,导者曰:“此香山寺也。”寺南一山,松萝竹柏,交罗密荫,独异他山。行度桥下,鱼朱黑二种,若游空中。观已,拾级而上,级十倍碧云,佛殿甚闳壮。大抵西山兰若,碧云、香山相昆季,碧云鲜,香山古,碧云精丽,香山魁恢;余笑语同游,若得碧云为卧室，香山为酒楼，岂羡化乐天宫哉[2]。殿槛外两山环拥，远望一亭踞山半，余色动，遂拉俞君、李君、王君穿磴道，可二里，始至亭。亭曰流憩，下视寺垣，如堕深壑。余仰视山巅，尚插云霄。少憩，余贾勇复登，俞君从，石屑确确拒足，十步一息，有眠牛正黑色[3]，余取松根叩之，铿然鸣吼。又数里，达绝顶，俯视垣外，人尺许，马如羊，左右诸山俱若屏息环卫者。山外北向，层层峰峦，奋迅而出。西望杳杳，有水如白玉玦[4]，疑是桑干河[5]。

① 山隈：山角落。　② 化乐天宫：乐土天堂。　③ 眠牛：有石如眠牛。　④ 玉玦(jué)：古玉器名。环形，有缺口。　⑤ 桑干河：源出山西马邑县桑干山。东入河北及北京市郊外，下流入大清河，即今永定河。

【译文】

住宿在碧云寺的第二天，梳发完毕，就绕着山脚往南边走。只见塔院里的宝塔像毛笔一样直立着，大约有几十座，都是纯白颜色，与青色的山谷和烟雾混杂在一起，在早晨阳光的照射下，晶莹明亮地非常可爱。向南边眺望，红墙碧瓦，参差错落，隐隐地出现在半山腰，好像是用细粉堆起来的屏障，导游的人告诉我们："这就

是香山寺。”香山寺南边有一座山,山上都是松柏竹藤等交织成浓密的树荫,与别的山都不一样。巡视桥下,只见水里有红色、黑色两种鱼,好像在天空中浮游。观赏了一会,我们就又沿着石级上去,石级有碧云寺的十倍那么多。佛寺很雄壮。大概西山的佛寺,碧云、香山可以兄弟相比,碧云清新,香山古朴,碧云精美,香山宏伟。我笑着对同游的人说:“如果能够以碧云作为卧室,香山作为酒楼,难道还羡慕天堂乐土吗?”大殿的门外有两座山环抱着,远远望去,一座亭子蹲在半山腰。我一时兴起,就拉着俞君、李君、王君穿过登山的石径,大约走了二里路才到达亭子。亭子的名称叫“流憩”,从这里俯视香山的寺院,就像掉在深沟里。我仰望山顶,山顶仍然高插云霄。在亭子里休息片刻,我鼓足勇气再往上爬,俞君跟着。颗颗粒粒的小石子老是妨碍行走,走十步要停息一下。路边有一块眠牛石,颜色乌黑,我拿根松树条敲打它,发出金石般的响声。又走了几里路,才到达山顶,俯视香山寺围墙外面,人只有一尺多高,马只有羊那么大,左边右边那些山峰,都像屏息静气环立着的随从人员。向北方一带望去,山峰层层叠叠,而且像是在蹦着跳着。向西望去很辽阔,只见有一道水像白色的玉玦,猜想那就是桑干河。

四

玉泉山距都门可三十里许[①],出香山寺数里至山麓,罅泉流汇于涧,湛湛澹人心胸。至华岩寺[②],寺左有洞曰翠华,有石床可憩息,题咏甚多,莓渍不可读。又有石洞在山腰,若鼠穴,道甚险。一樵儿指曰:“此洞有八百岁老僧。”从者弃行李争往观,呵之不能止。及返,余问果有老僧否?曰:“僧有之,然年止四五十。”乃知樵儿妄语耳。寺北石壁甚巉,泉喷出其下,作裂帛声,故名裂帛泉。有亭可望西湖[③],故名望湖。

① 玉泉山：在北京海淀区颐和园西。都门：北京城。　② 华岩寺：有上下华严寺，在玉泉山下。　③ 西湖：即昆明湖。

【译文】

玉泉山离北京城大约三十里，走出香山寺几里，就到了玉泉山麓。从许多石缝中流出的泉水汇集到溪流中，湛湛的溪水叫人感到身心舒畅。到了华严寺，寺左边有个石洞叫翠华，洞里有张石床可以休息。洞内有许多诗词题字，可惜长满了青苔看不大清楚。另外还有一个石洞在半山腰，像个老鼠洞，道路狭窄难走。有个砍柴的孩子指着洞说："洞里有个八百岁的老和尚。"仆人们丢下行李抢着去看，我阻止他们也不听。等他们看了回来，我问他们真有这样个老和尚吗？他们说："和尚是有的，可是只不过四五十岁。"这才明白那个孩子的话是骗人的。华岩寺北面有块石壁非常险峻，泉水从石壁下面喷溅出来，发出撕裂绸布的声音，所以叫裂帛泉。有个亭子可以眺望西湖，所以取名为望湖亭。

五

余与伯典观裂帛泉毕，将行，余指东一山问寺僧，答云瓮山[①]。余误记石经洞在此[②]，偕伯典探焉。度桥而南，人家傍山，小具池亭，桔槔锄犁[③]，咸置垣下，西湖当前，水田棋布，酷似江南风景。既至山下，仅一败寺，破屋颓垣，匾曰"圆静"。一僧作礼甚恭，予问石经无恙否？僧茫然不能对。乃共伯典辟寺后扉，蹑山巅，顽石纵横，无复所谓石经者。僧舍中残石断碣，悉经爬搜，有一石类磬[④]，疑洞中物，相与嗟叹久之始归。暇日偶检《游名山记》[⑤]，石经藏小西天，非瓮山也，不觉失笑。

① 瓮山：山在玉泉山以东。　② 石经洞：在河北房山西南白带山。

白带山峰峦秀拔，俨若天竺，故又名小西天。东面有石经洞，洞下有云居寺，隋大业间，法师静琬发心书经十二部，募款刻石为碑，藏在洞中，故名。③ 桔槔：井上汲水的工具。 ④ 磬：佛寺中敲击以集僧众的鸣器或钵形的铜乐器。 ⑤《游名山记》：全名《天下名山胜概记》，简称《游名山记》。作者待查。

【译文】

我与伯典看了裂帛泉后，临走时，我指着东面的山问寺里的和尚是什么山，和尚回答说是甕山。我错记石经洞是在这座山上，就同伯典一起去寻访。我们过了桥向南走。居民的屋子靠山建筑，也有一些池沼亭阁，吊杆、锄头、犁耙一类的农具都搁在墙边，眼面前就是昆明湖，水田棋盘样分布着，极像江南水乡的景色。到了山下，只见一个荒寺，屋子破损，墙壁倒坍，匾额上写着“圆静”二个字。有个和尚彬彬有礼，我问他石经还存在吗？和尚莫名其妙不知道怎么回答。我于是和伯典开了寺院的后门，登上山顶。乱石成堆，不见有所谓石经的。寺里的断石残碑，全都翻开来找了一遍，有一块石头状如钟磬，怀疑它是石经洞的遗物，我与伯典都叹惜了好久，然后走下山来。闲暇时，我偶尔检阅《游名山记》，才知道石经藏在小西天，不是甕山。不觉好笑。

上方山四记[①]

一

自乌山口起，两畔乱峰束涧，游人如行衖中。中有村落，麦田林屋，络绎不绝。馌妇牧子[②]，隔篱窥诧，村犬迎人。至接待庵，两壁突起粘天，中间一罅。初疑此罅乃狖穴蛇径[③]，或别有道达巅，不知身当从此度也。前引僧入罅，乃争趋就之。至此游人如行匣中矣。三步一回，五步一折，仰视白日，跳而东西。踵屡高屡低，方叹峰之奇，而他峰又复跃出。屡跻屡歇，抵欢喜台。返观此身，有如蟹螯[4]，郭索潭底[5]，自汲井中，以身为瓮，虽复腾纵，不能出栏。其峰峦变幻，有若敌楼者，睥睨栏楯俱备[6]。又有若白莲花，花下承以黄趺[7]，余不能悉记也。

① 上方山：在北京房山南部。为房山佛教区之一和京郊游览地。② 馌（yè）：给耕作者送食。 ③ 狖（yòu）：长尾猨。 ④ 蟹螯：蟹的第一对足，借指蟹。 ⑤ 郭索：蟹行貌。 ⑥ 睥睨：城上矮墙。栏楯：栏杆。 ⑦ 趺（fū）：花托。

【译文】

从乌山口开始，两边高高低低的山峰捆束着溪涧，游人就像走在弄堂里。其中有村庄、麦田、树林、房屋，连接不断。给田头送饭的妇女和放牧的孩子，隔着篱笆拿惊异的目光看我们，村上的狗也摇摇尾巴欢迎游客。到了接待庵，见两块石壁突然矗起，高得与天相接，中间有一道缝隙。开始时怀疑这条缝隙只是猿猴住的窝、蛇蝎走的路，或许另外还有路可以到达山顶，却想不到我们也得从这里过去。前面领路的和尚进入缝隙，我们就争着紧跟在他后面过去。这时候，游人就像走在匣子里了。走三步转一下身，走五步拐一个弯；抬头看看太阳，一忽儿它跳到东边，一忽儿又跳到西边。脚跟一忽儿高一忽儿低。刚刚惊讶这座山峰奇特，另一座山峰又跳了出来。走走停停，终于到了欢喜台。低头看看自身，有点像螃蟹在潭底里爬，又像在井中汲水，身子有如吊桶，即使一再蹦跳，也不能超出井栏。那些山峰变幻奇特，有的像城上的敌楼，堞墙、栏杆全都具备。又有像白莲花的，下面用黄色的花托衬托着。别的就不一一写了。

二

自欢喜台拾级而升，凡九折，尽三百余级，始登毗卢顶[1]。顶上为寺一百二十，丹碧错落，嵌入岩际。庵寺皆精绝，莳花种竹，如江南人家别墅。时牡丹正开，院院红馥，沾熏游裾。寺僧争设供，山肴野菜，新摘便煮，芳香脆美。独不解饮茶，点黄芩芽代[2]，气韵亦佳。夜宿喜庵方丈[3]，共榻者王则之、黄昭素也。昭素鼻息如雷，予一夜不得眠。

① 毗卢顶：在北京房山区上方山锦绣峰西。下有毗卢庵，为兜率寺七十二庵之一。 ② 点：即点茶，是古代一种烹茶法，《茶经》有解。黄芩(qín)：植物名。多年生草本。夏开紫花，根色深黄，可以入药。 ③ 方丈：佛寺长老及住持说法之处。

【译文】

从欢喜台踏着石级上去，拐了九个弯，走完了三百多块石级，才登上了毗卢顶。毗卢顶上有寺院一百二十所，红墙碧瓦，高低错落地镶嵌在岩石中间。庵堂庙宇都很精致，栽花种竹，好像江南人家的别墅。当时牡丹花开得正旺，个个院子里都是绯红喷香的，连游人的衣襟都受到了熏染。寺里的和尚都抢着为游人们供应饭食，山里的野味蔬菜，现摘现煮，滋味更加鲜嫩芳香。只是不懂得喝茶，拿黄芩芽代替茶叶泡，不过气味也很好。夜里宿在喜庵的方丈里，同床的是王则之、黄昭素。昭素鼾声如打雷一般，弄得我一夜都不曾合眼。

三

毗卢顶之右，有陡泉。望海峰左，有大小摘星峰。大摘星峰极高。一老僧说峰后有云水洞[1]，甚奇邃。余遂脱巾褫衣，导诸公行。诸公两手扶杖，短衣楚楚，相顾失笑。至山腰，少憩，则所谓一百二十寺者，一一可指数。予已上摘星岭，仰视峰顶，陡绝摩天，回顾不见诸公，独憩峭壁下。一物攀萝疾走，捷若猿猱，至则面目黧黑，瘦削如鬼，予不觉心动，毛发悚竖，讯之僧也。语不甚了了，但指其住处。予尾之行，入小洞中，石床冰冷，趺坐少顷，僧供黄茅汤，予啜罢，留钱而去，亦不解揖送。诸公登岭，皆称倦矣，呼酒各满引。黄昭素题名石壁。蛇引食顷，凡四五升降，乃达洞门。入洞数丈，有一穴甚狭，若瓮口。同游虽至羸者，亦须头腰贴地，乃得入穴。至此始篝火，一望无际，方纵脚行。数十步，又忽闭塞。度此则堆琼积玉，蕩摇心魂，不复似人间矣。有黄龙白龙悬壁上。又有大龙池，龙盘踞池畔，爪牙露张，卧佛石狮石烛皆逼真。石钟鼓楼，层叠虚豁，宛然飞阁。僧取石左右击撞，或类钟声，或类鼓声。突然起立者，名曰须弥[②]，烛之不见顶。又有小雪山大雪山，寒乳飞洒，四时若雪。其他形似之属，不可尽记，大抵皆石乳滴沥数千年积累所成。僮仆至此，皆惶惑大叫。予恐惊起龙神，急呵止，不得则令诵佛号。篝火垂尽，惆怅而返。将出洞，命仆敲取石一片，正可作砚山。每出示客，客莫不惊叹为过崑山灵璧也[③]。

① 云水洞：在上方山兜率寺西约四公里处。洞内布满钟乳、石笋、石花、石幔等，高低起伏，错落变化，层出不穷。因景题名，传有一百二十景之多。② 须弥：佛教传说山名。也译苏迷卢、须弥楼，意译为妙高、妙光。　③ 崑山灵璧：昆仑山的美玉和灵璧县的灵璧石。前者通称“崑玉”，也作“昆玉”。后者通称“灵璧石”，产于安徽灵璧县，有细白纹如玉，以其形状奇特，常用以装点假山。

【译文】

在毗卢顶的右边，有一口陡泉。在望海峰的左边，有大小摘星峰。大摘星峰非常高。一个老和尚对我说，在大摘星峰的后面有一个云水洞，非常深，也非常出奇。我解下头巾脱了衣服，走在昭素等人前面。昭素等人双手扶着拐杖，穿着粗俗的短衣，彼此看了发笑。到了半山腰，稍为休息一下，而所谓一百二十寺的，都一个个可以数得清楚。我已经登上了摘星岭，抬头望望峰顶，又陡又高。回头一看，不见昭素等人，就独自休息在陡削的石壁底下。有一样东

西攀着藤蔓迅速走来，敏捷得像一只猴子，走到跟前一看，这东西脸色黄黑，瘦削得像个鬼，我不禁心里害怕，头发汗毛都根根直竖。询问他才知道是个和尚。他说话听不大懂，只指指他住的地方。我跟着他走去，进了一个小山洞，里面有冰冷的石头床，我盘脚坐了一回。那和尚端来了黄茅汤，我喝完汤，付了钱出来，那和尚也不懂得行礼送别。昭素等人上了摘星岭，都说疲倦了。招呼拿酒，每人斟了满满的一杯。昭素在石壁上写了姓名留念。接着，像蛇爬那样走了约一顿饭的工夫，上上下下四五次，才能到达云水洞口。进洞后几丈远，有一个小洞很狭窄，像个大肚皮小嘴巴的瓮，同伴中最瘦小的人也得低头弯腰才能进去。进洞后开始点上火把，一望空阔，才敢放开脚步前进。但是走了几十步，又忽然阻塞不畅了。过了这地方，洞景如琼玉堆积，使人心醉神迷，不像是在人世间了。洞壁上悬挂着白龙、黄龙。还有大龙池，盘踞在池边的龙，张牙舞爪的样子。卧佛、石狮、石烛，形状个个逼真。石钟、鼓楼，又高又开阔，好像是一座姿态生动的高阁。和尚捡起石块这边敲敲那边敲敲，有的地方像钟声，有的地方像鼓声。有块突然向上耸起的石头，称为须弥山，用火把照起来望不到顶。又有大雪山小雪山，山上石乳飘洒，好像一年四季都在下雪。其他像各种形状的

还很多，不可能一一都记下来。大概都是由于石乳流滴经过几千年堆积凝固而形成的。仆人们看到这些奇景，都惊疑得大叫起来，我怕惊动了龙王爷，急忙喝住他们，实在止不住就叫他们念阿弥陀佛。火把快要烧尽了，才恋恋不舍地回来。快到洞口，我叫仆人敲取一小块石头，打算做个砚山盆景。以后我每次把这砚山盆景拿给朋友看，朋友没有不称赞的，说比昆仑山的美玉和安徽的灵璧石还要名贵些。

四

从云水洞归，诸公共偃卧一榻上。食顷①，余曰："陡泉甚近，曷往观？"皆曰："往。"遂相挈循涧行。食顷至。石壁跃起百余丈，壁淡黄色，平坦滑泽，间以五彩，壁上有石，若冠若柱②，熟视似欲下堕，使人头眩。壁腰有一处，巉巉攒结，成小普陀③，宜供大士其中。泉在壁下，泓渟清澈，寺僧云："往有用此水熟腥物者，泉辄伏。至诚忏谢，复涌出如常，故相传称圣泉。"余携有天池茶④，命僧汲泉烹点，各尽一瓯。布氈磐石，轰饮至夜而归⑤。

① 食顷：过一顿饭的时间。 ② 柱：柱后的简称。柱后为古代御史所戴的帽子。又名惠文冠，獬豸冠。 ③ 普陀：山名。亦称补陀落迦、补怛洛迦，皆梵文的音译。山在今浙江普陀。旧时与九华、峨眉、五台并称为佛教四大名山。 ④ 天池：山名，一名华山，在苏州西三十里，袁宏道《天池》："土人以茶为业，隙地皆种茶。" ⑤ 轰饮：犹闹酒，痛饮。

【译文】

从云水洞游览回来，我们几个人一起躺在一张卧榻上。在吃饭的时候，我说："陡泉离这儿不远，为什么不去游玩一下？"大家都说："去。"于是就手拉手地沿着溪流向前走去。走了大约一顿饭的工夫就到了。石壁矗立有一百多丈高，呈淡黄色，表面平坦光滑，夹杂着各种其他颜色。石壁上面有一块块的石头，像帽子，又像柱后，盯着看时，仿佛石头就要掉下来，令人感到害怕。石壁半腰里有一处地方，堆积着不少奇险峭峻的岩石，形成了一个小普陀，可以在那里供奉观音菩萨。陡泉就在壁下，水深而清澈。据寺里的和尚说："从前有人用这里的泉水烧煮荤腥，泉水就不见了。后来虔诚忏悔，才又像从前那样喷涌不绝，所以传说它是圣泉。"我带着天池茶，就叫和尚汲水烹煮，每人喝了一大杯。把毯子铺在大磐石上，我们就痛痛快快地喝酒到半夜才回来。

极乐寺纪游[①]

高梁桥水，从西山深涧中来，道此入玉河[②]。白练千疋，微风行水上，若罗纹纸[③]。堤在水中，两波相夹，绿杨四行，树古叶繁，一树之荫，可覆数席，垂线长丈余。岸北佛庐道院甚众，朱门绀殿[④]，亘数十里。对面远树，高下攒簇，间以水田。西山如螺髻，出于林水之间。极乐寺去桥可三里，路径亦佳，马行绿荫中，若张盖。殿前剔牙松数株[⑤]，松身鲜翠嫩黄，斑剥若大鱼鳞，大可七八围许。暇日曾与黄思立诸公游此，予弟中郎云："此地小似钱塘苏堤。"思立亦以为然。予因叹西湖胜境，入梦已久，何日挂进贤冠[⑥]，作六桥下客子，了此山水一段情障乎[⑦]？是日分韵，各赋一诗而别。

① 极乐寺：在北京海甸区西直门外高梁桥附近。 ② 玉河：即玉泉水。出自北京市西北玉泉山下，流为玉河，汇成昆明湖。 ③ 罗纹纸：指上有成环状的罗纹的纸。 ④ 绀(gàn)殿：佛寺。也称绀园、绀宇。 ⑤ 剔牙松：松树的一种。 ⑥ 进贤冠：古时儒者所戴之缁布冠。这里借指官帽。 ⑦ 情障：为某种感情所迷惑。障，障碍。

【译文】

高梁桥下的水，是从西山的深涧中流过来，经过这里流入玉河。河水像是千疋白绢，微风吹过水面，好像一张罗纹纸。堤在水的中间，两边为水波夹着，堤上有绿色的杨柳四行，树老叶密，一棵树的树荫，可以覆盖几张席子；柳丝长达一丈多。岸北佛宇道观很多，红墙碧瓦，连绵数十里。对面远处地方的树木，高高低低，成堆成簇，中间夹杂着水田。西山好像螺壳般的发髻，耸峙在树林和水田中间。极乐寺离高梁桥约摸三里路，道路平坦，风景也好，马走在绿色的树荫底下，好像上面撑着伞。佛殿前面有剔牙松几株，树身碧绿嫩黄，斑点仿佛大鱼鳞，树干有七八个人合抱那么大。闲暇时曾经同黄思立等人到这里游览，我的弟弟中郎说："这里有点像杭州的苏堤。"思立也同意这种说法。我因此慨叹西湖美景，梦想了已经很久，哪一天才能辞掉官职，做西湖上的一个游客，了却这一种被山水风景所缠绵的痴情呢！这一天，我们相约选定字数为韵，各人写了一首诗然后告别。

岳阳记行[①]

从石首至岳阳[②]，水如明镜，山似青螺，篷窗下饱看不足。最奇者墨山仅三十里[③]，舟行二日，凡二百余里，犹盘旋山下。日朝出于斯，夜没于斯，旭光落照，皆共一处。盖江水萦迴山中，故帆樯绕其腹背，虽行甚驶，祇觉濡迟耳。过岳阳，欲游洞庭[4]，为大风所尼。季弟小修秀才，为《诅柳秀才文》[5]，多谑语。薄暮风极大，撼波若雪，近岸水皆揉为白沫，舟几覆。季弟曰："岂柳秀才报复耶?"余笑曰："同袍相调[6]，常事耳。"因大笑。明日，风始定。

① 岳阳：县名。在湖南省东北部，滨临洞庭湖。　② 石首：市名。在湖北省南部。邻接湖南省。　③ 墨山：山名。在今湖南华容县东四十五里。接岳阳县界。　④ 洞庭：湖名。在湖南省北部，长江南岸。　⑤ 柳秀才：即柳毅。唐人小说《柳毅传》，记洞庭龙女遭夫家虐待，柳毅助其脱离苦难，互相爱慕。几经波折，终成夫妻。　⑥ 同袍：袍，长衣，即后来的斗篷。军人行军时，日以当衣，夜以当被，言同袍以比喻友爱。这里作朋友讲。

【译文】

从石首到岳阳，水像镜子，山像田螺，伏在船篷下的窗口观看，怎么也不会厌倦。最奇怪的是墨山只有三十里长，船走了两天，共二百多里，还在山脚下绕弯子。太阳早晨在这里出现，夜里又在这里隐没，晓阳落日都在同一个地方。这是因为江水萦迴在山里，所以船只老是绕着山的前后转，虽则船行驶得很快，还是只觉得非常缓慢。船经过岳阳，我们很想赏玩一下洞庭湖的景色，不料被大风所阻止。三弟小修秀才，写了一篇《诅柳秀才文》，说了不少开玩笑的话。傍晚风大极了，巨大的波浪像雪山般涌来，靠近岸边的湖水都被揉成白色的泡沫，船几乎倾覆。三弟说："难道是柳秀才报复吗?"我笑着说："朋友间开个玩笑，这是常有的事。"说着大笑起来。第二天，风才停止。

李日华

李日华(1565—1635),字君实,号竹懒,又号九疑,嘉兴(今浙江嘉兴市)人。为陈继儒弟子。万历壬辰(1592)进士,官至太仆寺少卿。工书画,精赏鉴,世称"博物君子",为明代有名的艺术批评家。所作笔记,内容多论书画,笔调清隽,颇有小品意致。有《恬致堂集》、《味水轩日记》、《紫桃轩杂缀》等。

本书所译,选自《紫桃轩杂缀》。

紫桃轩杂缀[1]

三

竹懒《茶衡》曰:"处处茶皆有自然胜处。"未暇悉品,姑据近道日御者[2]。虎丘气芳而味薄,乍入盎,菁英浮动[3],鼻端拂拂,如兰初坼[4],经喉吻亦快然,然必惠麓水甘醇[5],足佐其寡薄。龙井味极腆厚,色如淡金,气亦沉寂,而咀嚥之久,鲜腴潮舌,又必藉虎跑空寒熨齿之泉发之,然后饮者领隽永之滋,而无昏滞之恨耳。

① 紫桃轩杂缀:书名。为作者所作的随笔,书凡四卷,又《又缀》亦四卷。书前有小序云:"人从天台来,贻余秋草一丛,作花类桃……因取以名我轩,而日手缀杂所说于其中。" ② 日御:每日饮用的。御,进用,奉进。 ③ 菁英:指茶叶。 ④ 坼(chè):裂开,分开。 ⑤ 惠:山名。即惠山,在今江苏省无锡市。

【译文】

竹懒在《茶衡》一书里说："各地的茶叶都有天然的好处。"我没时间一一品评，姑且根据近地方的、又每天都在喝的来谈一谈。虎丘茶气息芬芳，而滋味淡薄，刚泡进杯子，青叶浮动，鼻头边香气拂拂，好像兰花初开；喝到嘴里经过喉咙，都感到非常爽快，不过一定得用甘美醇厚的惠山脚下的泉水，方才能够补救它的淡薄。龙井茶滋味很丰醇，淡黄的颜色，气味也沉静，而且喝久了时，嘴巴舌头都有一种鲜美腴润之感，当然也必须靠空寒熨齿的虎跑泉冲泡它，这样饮茶者才能领略到它隽永的滋味，而没有昏闷沾滞的感觉。

四

匡庐绝顶产茶[①]，在云雾蒸蔚中[②]，极有胜韵。而僧拙于焙[③]，既採，必上甑蒸过[④]，隔宿而后焙，枯劲如藁秸[⑤]，瀹之为赤滷，岂复有茶哉！余同年杨澹中游匡山[⑥]，有"笑谈渴饮匈奴血"之诮[⑦]，盖实录也。戊戌春，小住东林[⑧]，同门人董献可、曹不随、万南仲手自焙茶，有"浅碧从教如冻柳[⑨]，清芬不遣杂花飞"之句。既成，色香味殆绝。恨余焙不多，不能远寄澹中为匡庐解嘲也[⑩]。

① 匡庐：也叫"匡山"，也叫"庐山"，在江西九江市南。为我国著名旅游胜地，有"匡庐奇秀甲天下"之称。 ② 蒸蔚：升腾弥漫。 ③ 焙(bèi)：微火烘烤。 ④ 甑(zèng)：瓦制煮器。后世以竹木制者称蒸笼。 ⑤ 藁秸(gǎojiē)：枯木干草。藁也作"稾"或"槁"。秸，农作物脱粒后的茎秆。 ⑥ 同年：科举制度同榜的人称同年。 ⑦ "笑谈渴饮匈奴血"：为岳飞所作《满江红》中的句子。 ⑧ 东林：寺名。在庐山西北麓，为我国佛教净土宗(莲宗)发源地。 ⑨ 从教：犹任其，让其。 ⑩ 解嘲：对嘲笑作解释。

【译文】

庐山最高峰出产茶，在浓云密雾升腾弥漫中生长，极富美好的韵味。只是和尚们不善于炒制，茶叶采摘下来后，一定要放在蒸笼里蒸过，过了一夜再行炒制，茶叶就像枯木干草，放在水中一煮，仿佛红色的汤，哪里还像什么茶呢？我的同年杨澹中游览庐山时，曾有过“笑谈渴饮匈奴血”的讽刺，大概是真实的写照。万历二十六年戊戌(1598)春天，我暂住在东林寺，和弟子董献可、曹不随、万南仲亲自炒制茶叶，诗中有“浅碧从教如冻柳，清芬不遣杂花飞”的句子。茶叶制成后，颜色香味大概再没有比这更好的。只可惜我炒制得太少，不能路远迢迢地寄给澹中，为庐山茶解释一下过去的误会。

五

陈郡丞尝谓余言[①]：“黄子久终日只在荒山乱石丛林深篠中坐[②]，意态忽忽，人不测其为何。又每往泖中通海处[③]，看激流轰浪，虽风雨骤至、水怪悲诧而不顾。”噫！此大痴之笔，所以沉郁变化，几与造物争神奇哉！

① 郡丞：多作为佐官之称。 ② 黄子久：黄公望，字子久，元代画家。别号一峰、大痴道人等。工书法，通音律，善散曲。画最精山水，常在虞山、三泖、富春等处，领略自然之胜，遇好景随笔模写。 ③ 泖(mǎo)：湖名。参看前陈继儒《避喧谢客》注。

【译文】

有个姓陈的郡丞曾经对我说：“黄子久整天只在荒山乱石丛林密竹中坐着，神情恍恍惚惚，旁人弄不懂他是为了什么？另外，他每次到三泖湖中通海的地方，看那冲激的水流、轰鸣的波浪，即使狂风暴雨突然袭来,水怪哀号得极其可怕也不管。”唉!这就是大痴的书法绘画,所以能那样深沉厚重富于变化,差不多可以与大自然比一比神奇的缘故。

七

闽中黄琴趣先生[①],授予养兰诀云[②]:“春勿出,秋勿入,夏勿干,冬勿湿。”盖春气虽和,未至谷雨,即清晨有薄霜,最能损兰,不宜轻出。四时惟秋露最繁,卉木经夏焦灼之后,必得此一番浓厚露气濡养两月,方得含膏孕秀[③],以待来春发舒,若早置室中,则润浅而易槁矣。夏之频灌以救枯,冬之远湿以避冻,固常理也。自余得此诀,盆兰弥盛。

① 闽中:福建省。闽,福建的简称。以境内有闽江得名。 ② 诀:口诀。原指道家以口语传授道法或秘术的要语。后来指为掌握某种事物的要领而编成的简明而便于记诵的语句。 ③ 秀:草木之花。

【译文】

福建的黄琴趣先生,教给我种植兰花的四句口诀道:“春勿出,秋勿入,夏勿干,冬勿湿。”因为春天气候虽然逐渐暖和,可是不到谷雨节,早晨还有薄霜,对兰花最有损伤,所以不适宜轻易拿出去。一年四季中只有秋天的露水最多,在花木经过夏天的烘烤以后,必须有两个月的时间让它们受浓重露气的滋润涵养才能蓄积膏滋和孕育花苞,作为第二年春天开花的准备,如果过早地搬进屋子,这就滋润少而容易枯槁了。至于夏天为了挽救枯槁所以不断浇灌,冬天为了避免冰冻就不使浸湿,这原是普通的道理。我自从得了黄先生的这个口诀,盆栽的兰花总是养得很茂盛的。

九

书屋择溪山纡曲处，结构止于三间。上加层楼，以观云物。四旁修竹百个，以招清风。南面长松一株，挂我明月。老梅偃蹇，低枝入窗。芳草缛苔，周于砌下。东屋置道释二家书，西置儒籍，中横几榻之外，杂置法书名绘①。朝夕白饭鱼羹，名酒精茗。一健丁守关，拒绝俗间往来。如此十年，钟王顾陆则不可知②，断不在虞褚摩诘营丘华原下矣③。

① 法书：指名家的书笺、碑帖。　② 钟王顾陆：三国魏钟繇与晋王羲之皆善书，世合称钟王。顾陆，指东晋画家顾恺之与南朝宋画家陆探微。③ 虞褚、摩诘、营丘、华原：虞褚为唐虞世南，褚遂良的合称。两人皆以书法著名。王维，字摩诘，以善画著名。营丘，地名，在今山东省。这里是指五代人李成。成字咸熙，其先世本唐朝宗室，五代时，避地北海，遂居青州营丘。擅画山水。华原亦是地名，即今西安市。这里是指柳公权，字诚悬，唐京兆华原人。擅长楷书，结体劲媚，法度谨严。世称“颜筋柳骨”。

【译文】

书屋要选择有山有溪、屈曲宛转的地方建筑，只要有屋子三间就可以了。屋上加楼，可以观看景物。四面种上百把枝高大的竹子，用它来招纳清风。南面有一棵高大的松树，使明月仿佛挂在那枝头上。屋外有苍老的梅树夭矫盘曲，低低的桠枝简直伸进了窗子。碧绿的嫩草、绒样的青苔，密密地布满台阶周围。东边的屋子存放道家、佛家的经典，西面的屋子存放孔子、孟子的书籍。堂前除了横放小几和卧榻外，还任意放些名家的法书和绘画。早晚吃的是白米饭、鲜鱼汤，还有名酒香茶。有一个身强力壮的人看门，不让那些俗人到里面来。这样子生活十年，即使达不到“钟王顾陆”诸大家的水平，造诣也决不会在虞褚摩诘营丘华原这些人之下。

十六

余前漫记蝶事，今又得一则。宋庆历中[1]，有张九哥者，混迹市丐中。燕王呼而赐之酒，因请以技悦王，乃乞黄罗一端，金剪一具，叠而碎剪之，俄成蜂蝶无数，或集王襟袖，或乱栖宫人鬟髩。九哥复呼之，一一来集，复成一匹罗，中有一空，如一蝶之痕，乃宫人偶捕之耳[2]。王曰："此蝶可复完罗否?"九哥曰："不必，姑留以表异[3]。"

① 庆历：宋仁宗赵祯的年号（1041—1048）。　② 偶：遇到。
③ 表异：表，记也；异，奇事、奇遇或不平常的经历、事态。

【译文】

我以前随便记载些蝴蝶的事情，现在又找到了一则。北宋庆历年间，有个叫张九哥的人，生活在街上的乞丐当中。燕王叫了他来，赏给他酒喝，因此他愿意拿自己的技艺让燕王高兴一番。他向燕王要黄罗一匹，剪刀一把，然后把黄罗折叠起来剪碎，一会儿就变成无数只蜜蜂和蝴蝶，有的聚集在燕王的大襟、袖子上，有的栖息在宫女的发髻和鬓角上。随后，九哥招呼一声，那些蜜蜂和蝴蝶都一只只聚集拢来，又变成了一匹黄罗，只有中间留着一个空缺，像一只蝴蝶的模样。这是由于有个宫女刚好把它捉住了。燕王说："这只蝴蝶还能回到黄罗上去吗?"九哥说："算了，姑且留着它作个纪念吧。"

十八

韩昌黎以一年好处在草色有无间[1]，则初春时也，苏东坡又以为在橙黄橘绿时[2]；唐人则以为在新笋晚花时[3]；

大抵各有会心，不容互废耳。余则以为四时早暮，悉有好处，在人不在境。如春永日，饱后缓步青莎白石间；熟寐初醒，茶铛适沸，作松雨洒窗声；四月积阴乍开，浓绿欲到人眉目边；夏月，午后薄醉，临沼弄水，吸荷花香；秋暮依高阁，看霜树，青黄红紫，掩映堆垛；冬日欲雪，忽冰珠迸落竹树中，琤琤清响；皆不可谓非骚人消受处也。

① 韩昌黎：即韩愈，自谓郡望昌黎，世称韩昌黎。他的《早春呈水部张十八员外》诗云："天街小雨润如酥，草色遥看近却无。"
② 苏东坡：即苏轼，号东坡。他在《赠刘景文》诗中云："一年好景君须记，最是橙黄橘绿时。"
③ 新笋晚花：待查。

【译文】

韩昌黎认为一年中最好的时节是在"草色有无"之间，这就是初春时节；苏东坡又认为是在"橙黄橘绿"的时节；唐代人却认为是在"新笋晚花"的时节；大概各人有各人的领会，不允许肯定一端，否定其余。我却认为四季早晚都有好处，在人而不在景。比如春天日子长，饭后漫步在青莎白石的道路上；酣眠刚醒来，壶里的茶水正在沸滚，发出松间的雨洒落在纱窗上那种声音。四月里接连阴天，忽然云开日出，浓绿逼人，像要绿到人的眉眼边来。夏天，午后微醉，在那池边玩玩水，呼吸呼吸荷花的清香。秋天傍晚，登上高阁凭栏眺望经霜的树木，青黄红紫，彼此掩映堆积。冬天像要下雪的日子里，珠子似的冰霰忽然洒落在竹树丛中，发出琤琤的清脆声。这些都不能说不是诗人所享受的美景。

二十四

寒菊十二月始花，枝叶皆柔荏，青翠灿然，荣茂于风霜冰雪之中，而略无悴色，亦异品也。万历戊午[1]，见一本于丘元礼座隅，今忽有以此见贻者。江梅水仙，同置一几，三君子者，不唯岁寒交[2]，可称忘年友矣[3]。

① 万历戊午：明神宗四十六年(1618)。 ② 岁寒交：旧称松、竹、梅为"岁寒三友"。 ③ 忘年友：即"忘年交"。年辈不相当而结为朋友。

【译文】

耐寒的菊花在十二月刚刚开花，枝条叶子都依然柔软，青翠的颜色十分鲜明，在风霜冰雪之中繁茂滋长，没有一点憔悴的样子，也是一种奇特的品种。万历四十六年(1619)，我在丘元礼的桌旁见到过一盆，如今忽然有人拿这样的菊花来送给我。我把它与梅花水仙同放在一张小搁几上，成为三君子，它们不仅是"岁寒交"，简直就是"忘年友"了。

二十五

岑南有梅无雪，塞北有雪无梅。梅雪相遭，空明妙丽，周遮仅千余里地界得之耳。然能拈条嗅蕊，挹爽吸清，令寒香沁腑，而又能为梅雪吐一转语者[1]，宇宙以来，竟几何人耶？余昔倅江州[2]，摄瑞昌邑[3]，在荒江邃谷之中，逢迎绝少，衙退即手杜诗一编，坐后圃亭中作诗人矣。雪中一绝句云："云来庭树暗栖鸦，铃索无声吏散衙。独立虚檐人不见，自团残雪嚥梅花。"今余解组[4]，日盘桓百树梅中，而苦为俗务所婴[5]，翻忆尔时意味为不易得也。

① 转语：犹代言。所谓“为梅雪吐一转语”，大概要写得像林逋的“暗香疏影”那样的俊句才好。 ② 倅(cuì)：古时地方佐贰副官叫丞、倅。江州：古州名。即今江西九江市。 ③ 瑞昌邑：即三国吴赤乌镇。又名瑞昌镇。明清皆属江西九江府。 ④ 解组：解下印绶。谓辞去官职。组，印绶。 ⑤ 婴：环绕、羁绊。

【译文】

岑南地方有梅花没有雪，塞北地方有雪没有梅花。雪与梅花彼此碰在一起，形成一种空明妙丽景色的，南北之间只有千把里的地区才找得到。可是自古以来，真正懂得赏梅赏雪，取其精华，而又能为梅雪作出正确评价的，能有几人呀？从前我在江州做副官，代理瑞昌县官，住在荒江深谷中间，很少有官场迎送接待的事情，衙门里的公务一完，就手执杜甫诗一卷，坐在后园的亭子中做起诗人来了。下雪天写了一首绝句云：“云来庭树暗栖鸦，铃索无声吏散衙。独立虚檐人不见，自团残雪嗅梅花。”现在，我已经离开官场，每天徘徊在几百棵梅树中间，可是又被生活琐事所缠绕，反而想念那时的兴味为不可多得了。

二十七

刘垂“五香窟”:吴香窟尽种梅,粤香窟尽树岩桂,蜀香窟栽椒,楚香窟畦兰,四木四草,各占一时。余日入麝窟,便足了一年,死且为香鬼。竹懒曰:“余则不然,以一胆瓶从事,遇芳卉捃拾之,无冬无夏,常令鼻端旖旎,即乏绝,姑诵少陵‘心清闻妙香’以自塞,不使獐脑麝脐辈一点污吾真韵也①。”

① 獐脑麝脐:香料名。獐麝,兽名。鹿类。麝脐,麝香的别称。因产于麝的脐下,故称。

【译文】

刘垂有“五香窟”:吴香窟全都种梅,粤香窟全都种木犀,蜀香窟种香椒,楚香窟种兰花。四种树木四种花卉,各占一个时期。其余的日子跑进麝窟,这样就足以度过一年,死后也将成为“香鬼”。竹懒说:“我就不是这样,我只要用一个胆瓶就可以办到,遇到香花就把它采来供养,无论严冬盛暑,鼻子边总是香气拂拂,如果采不到香花,就吟诵杜甫‘心清闻妙香’的诗句自己进行填补,也不让獐脑麝脐一类的东西弄脏我的高雅情趣。”

袁宏道

袁宏道(1568—1610),字中郎,号石公,公安(今湖北公安县)人。万历壬辰(1592)进士,官至稽勋郎中。曾任吴县令,关心民间疾苦。后因病告假退隐,浪迹江湖,漫游吴越。诗文主张妙悟,反对前后七子的模拟涂饰,提出"独抒性灵,不拘格套"的口号,一时成为风气,被称为"公安体"。"三袁"中数他成绩最大,是该派的代表。有《袁宏道集》。

本书所译,选自《袁宏道集》。

虎　丘[①]

虎丘去城可七八里,其山无高岩邃壑,独以近城故,箫鼓楼船,无日无之。凡月之夜,花之晨,雪之夕,游人往来,纷错如织,而中秋为尤胜。每至是日,倾城阖户,连臂而至。衣冠士女,下迨蔀屋[②],莫不靓妆丽服,重茵累席,置酒交衢间。从千人石上至山门[③],栉比如鳞,檀板丘积,樽罍云泻,远而望之,如雁落平沙,霞铺江上,雷辊电霍[④],无得而状。布席之初,唱者千百,声若聚蚊,不可辨识。分曹部署,竞以歌喉相斗,雅俗既陈,妍媸自别。未几而摇头顿足者,得数十人而已。已而明月浮空,石光如练,一切瓦釜[⑤],寂然停声。属而和者,才三四辈,一箫,一寸管,一人缓板而歌,竹肉相发[⑥],清声亮彻,听者魂销。比至夜深,月影横斜,荇藻凌乱[⑦],则箫板亦不复用。一夫登场,四座屏息,音若细发,响彻云际,每度一字,几尽一刻,飞鸟为之徘徊,壮士听而下泪矣。剑泉深不可测[⑧],飞岩如削。千顷云得天池诸山作案[9]，峦壑竞秀，最可觞客。但过午则日光射人，不堪久坐耳。文昌阁亦佳，晚树尤可观。面北为平远堂旧址，空旷无际，仅虞山一点在望[10]。堂废已久，余与江进之谋所以复之[11]，欲祠韦苏州、白乐天诸公于其中[12]；而病寻作，余既乞归，恐进之兴亦阑矣。山川兴废，信有时哉。吏吴两载，登虎丘者六。最后与江进之、方子公同登[13]，迟月生公石上[14]。歌者闻令来，皆避匿去。余因谓进之曰："甚矣，乌纱之横，皂隶之俗哉！他日去官，有不听曲此石上者，如月[15]！"今余幸得解官称吴客矣[16]。虎丘之月，不知尚识余言否耶？

① 虎丘：山名。在江苏省苏州市西北，相传吴王阖闾葬于此，下葬三天，有白虎蹲坟上，因称虎丘。 ② 蔀（pōu）屋：贫穷人家的住屋。 ③ 千人石：是一块大磐石，广数亩，平坦如砥。传说生公在此说法时，列坐千人，故名。 ④ 雷辊（gǔn）：雷声滚滚。辊，原指车轮滚动的样子。电霍：电光闪烁。 ⑤ 瓦釜（fǔ）：原指瓦器和炊器，古时西北地区也用作乐器。 ⑥ 竹肉：箫管声和歌唱声。 ⑦ 荇（xìng）藻：原为两种水生植物，用以形容月夜竹柏树影。 ⑧ 剑泉：即剑池。 ⑨ 千顷云：亭阁名。天池：山名。在苏州阊门外三十里。 ⑩ 虞山：在江苏常熟城西北，为游览胜地。 ⑪ 江进之：江盈科，字进之，长洲知县。 ⑫ 韦苏州、白乐天：即韦应物、白居易，二人都曾在苏州任刺史。 ⑬ 方子公：方文僎，字子公。袁宏道的门客。 ⑭ 迟（zhí）：等待。 ⑮ 如月：这里指向月发誓，请月为证。 ⑯ 吴客：作者是湖北公安人，解除官职后仍客居苏州，所以称吴客。

【译文】

虎丘山离苏州城大约七八里，它没有高峻的山崖和深邃的峡谷，只因为离城市较近，所以箫鼓楼船没有一天没有。凡是有月亮的夜里，花开的早晨，下雪的夜晚，游人来来往往，纷繁错杂像织布穿梭一样，尤其是中秋节更是热闹。每逢这一天，城里空空荡荡，家家关门闭户，人人臂挽臂地来到这里。官吏乡绅，男女青年，以至席棚小屋的贫苦人家，都没有不搽脂擦粉，穿着华丽的衣服，席子坐垫互相挨接，在纵横的大路间设起了酒席。从千人石到寺院的大门，游人像梳齿鱼鳞一样排列着，乐器拍板可以堆积成山，酒杯多得像云，远远望去，好像无数大雁落在平旷的沙洲上，又像五彩缤纷的云霞铺在江面上，即使用雷鸣电闪，也描摹不了那种情状。游人宴集刚开始时，演唱的人有成千上百，声音像蚊子做市嗡嗡地无法分清，后分批对唱时，就拿歌喉相互竞争比赛。高雅的与粗俗的都一起出场，好与坏自然分明。不要经过很长时间，能够博得观赏者击节称赞的，不过几十个人罢了。一会儿明月当空，照得山岩洁白如绢。一切粗俗的音乐停止了，继续唱和的，只剩下了三四个人。在一支箫、一管笛的伴奏下，一个人缓缓地敲着拍板歌唱着，乐声与歌声相伴相配，声音清彻嘹亮，使听的人都陶醉了。等到夜深时分，花木下月影纵横，好像水中凌乱的藻荇，演唱者不再使用竹箫和拍板了。这时候，只见有一个人上场了，四下座客都屏住呼吸来听，声音细得像头发丝。但一直响到半空中。他每唱一个字，差不多要花掉一刻钟的时间，这时鸟儿为他的歌声会停止飞翔，武士听了也会流下眼泪。剑池深得难以测量，石壁凌空，好像用刀削成。千顷云有天池等山作为案桌，山峦与沟壑竞相献美，所以是待客饮酒的最好地方。但是过了中午，阳光炙人，就不可以久坐。文昌阁也是好地方，傍晚的树景尤其美观。从这里向北看，就是平远堂的旧址，空旷无边，只有虞山一点

可以眺望得到。平远堂早已破败，我同江进之商量准备修复它，想把韦苏州、白乐天诸公供奉在里面。可惜不久我得了病。如今我已经离开官场告退下来，恐怕进之的兴趣也没有了吧。山川景物的昌盛与荒废，看来真的都有机缘啊。我在吴县做官两年，上虎丘山共有六次。最后一次是与江进之、方子公一同到那里，在生公石上等待月儿上升。那些唱歌的人听说县官来了，都纷纷躲避起来。我因而对江进之说："多么厉害啊，官吏的强横，差役的庸俗！以后我离开官场，发誓一定要在这块石头上听众人唱歌，请月亮作个见证吧。"如今，我高兴能够摆脱官场成为吴县的一个客人，只是虎丘山的月亮不知道还记不记得我曾经说过的那一番话？

上　方①

去胥门十里②，而得石湖③。上方踞湖上，其观大于虎丘，岂非以太湖故耶？至于峰峦攒簇，层波叠翠，则虎丘

亦自佳。徙倚孤亭，令人转忆千顷云耳。大约上方比诸山为高，而虎丘独卑。高者四顾皆伏，无复波澜；卑者远翠稠叠，为屏为障，千山万壑，与平原旷野相发挥，所以入目尤易。夫两山去城皆近，而游人趋舍若此，岂非标孤者难信，入俗者易谐哉？余尝谓上方山胜，虎丘以他山胜。虎丘如冶女艳妆，掩映帘箔；上方如披褐道士，丰神特秀。两者孰优劣哉？亦各从所好也矣。乙未秋杪④，曾与小修、江进之登峰看月，藏钩肆谑⑤，令小青奴罚盏⑥，至夜半霜露沾衣，酒力不能胜，始归，归而东方白矣。

① 上方：又叫楞伽山，在石湖边上。石湖离苏州城西南十八里。② 胥门：苏州城西门。 ③ 石湖：是太湖的内湾，相传是范蠡带了西施入五湖的地方。 ④ 乙未：明万历二十三年(1595)。 ⑤ 藏钩：游戏名。⑥ 小青奴：年轻的僮仆。

【译文】

离开胥门十里路，就到石湖。上方山蹲在湖边上，它的视野比虎丘要大，岂不是由于太湖的缘故吗？至于山峰簇聚，碧波层叠，那么虎丘也自有它的好处。上孤亭站立观览，使人反而想到虎丘的千顷云。大概上方山比其余的山高，而虎丘则较低下。站在高的山上眺望，四面群山都像低伏在下面，不再有什么波澜起伏之感；站在低的山上观看，苍翠丛叠的远山，像是树立着的一座座屏风，千山万壑，与平原旷野相映成趣，所以更易引人瞩目。虎丘、上方两座山离城都近，可是游人的好恶竟有这样不同，难道不是因为超俗的难以取信，随俗的容易和协吗？我曾经说过，上方的好处在于山本身，虎丘却靠了别的山。虎丘像妆饰艳丽的妖娇女子，靠着帘子的掩映；上方像披着道袍的道士，丰采神情特别爽朗。两者谁优谁劣？也只能根据各人的爱好就是。乙未(1595)年秋末，我曾经同小修、江进之登上山顶观赏月色，饮酒豁拳，任意戏谑，叫小僮仆罚酒，直到半夜露水沾湿了衣服，酒也不能再喝，才下山回来，回来东方已经掉白了。

荷花荡[1]

荷花荡在葑门外[2]，每年六月廿四日，游人最盛。画舫云集，渔刀小艇[3]，雇觅一空。远方游客，至有持数万钱，无所得舟，蚁旋岸上者。舟中丽人，皆时妆淡服，摩肩簇舄，汗透重纱如雨。其男女之杂，灿烂之景，不可名状。大约露帏则千花竞笑，举袂则乱云出峡，挥扇则星流月映，闻歌则雷辊涛趋。苏人游冶之盛，至是日极矣。

① 荷花荡：在苏州城东南郊，与独墅湖相连。 ② 葑（fèng）门：为苏州城东南门。 ③ 刀：小船。通“舠”。

【译文】

荷花荡在葑门外面，每年六月廿四日，游人最多。无数游船聚集到这里，连捕鱼的小船以及别的船只，也全被雇得一只也不剩。外地的游客，甚至有带了几百贯钱搞不到船的，只好像蚂蚁似的在岸上团团转。船中美人，都是妆饰入时，服装幽雅，肩摩肩脚碰脚，香汗如雨，湿透了几重衣服。那种男女混杂、灿烂的光景，简直没法形容。大概说，打开帷幕，就像万千朵花争妍斗艳，举起袖子，就像乱云从峡谷里升起，挥动扇子，就像星移月照，听那歌声，就像巨雷滚滚，怒涛汹汹。苏州人寻欢作乐的场面，到这一天达到顶点了。

光福[1]

光福一名邓尉，与玄墓、铜坑诸山相连属。山中梅最盛，花时香雪三十里[2]。其下为虎山桥，两峡一溪，画峦四匝。有湖在其中，名西崦湖，阔十余里。乱流而渡，至青芝山足，林壑尤美。山前长堤一带，几与湖埒，堤上桃柳相间，每三月时，红绿灿烂，如万丈锦。落花染成湖水作胭脂浪，画船箫鼓，往来湖上。堤中妖童丽人，歌板相属，不减虎林西湖③。寺僧为余言，董氏创此堤④，费不下百万钱。时年饥甚，民无所得粟，董氏令载土一舟者，得米数斗，旬日之内，土至如山，遂成大堤。山间苍松万余，楼阁台榭，宛然图画，柏屏萝幄，在在有之。碧栏红亭，与白波翠巘相映发。山水园池之胜，可谓兼之矣。嗟夫，此山若得林和靖、倪云林一二辈妆点其中⑤，岂不人与山俱胜哉！奈何层峦叠嶂，不以宅人而以宅鬼，悲夫！

① 光福：山名，在苏州东南吴县境内，又名邓尉，因纪念东汉太尉邓禹而得名。 ② 香雪：梅花开时，一片雪白，故有“香雪海”之称。 ③ 虎林：杭州的别名。 ④ 董氏：董嗣成，字伯念，乌程（今浙江吴兴）人。生于明嘉靖三十九年（1560），卒于万历二十三年（1595）。万历八年（1580）进士，历礼部员外郎。 ⑤ 倪云林：元代画家，名瓒，字元镇，号云林子。无锡（今属江苏省）人。

【译文】

光福又名邓尉，与玄墓、铜坑等山相连接。山里面梅树最多，开花时一片雪白，暗香浮动，三十里之外都闻得到。山下是虎山桥，峡谷间一条溪流，四周峰峦如画。当中有一个湖，名叫西崦，宽十多里。横渡溪流，到青芝山脚，风景尤其美丽。山前面有一条长堤，差不多与湖一样长，堤上有桃树，也有柳树，每到春天三月，红绿相映，灿烂如同万丈锦缎。落花把湖水都染成胭脂色，奏着管弦鼓板的游船，在湖面上来来往往。堤上穿著华丽的青年男女，又是唱歌，又是奏乐，热闹不亚于杭州西湖。寺里的和尚对我说，董嗣成为了筑这条堤，花费的钱不少于一百万。当时发生大灾荒，老百姓搞不到吃的，嗣成就说，能够运泥土一船的，可以拿到大米几斗。十日之内，泥土堆积成山，就筑成了这条大堤。山里面苍老的松树一万多棵，楼台亭阁与图画里画的差不多，柏树成林，藤萝遮道，到处都是。绿色的栏杆，红色的亭子，与白水青山相辉映，山水园池的美景可以说是兼而有之了。啊呀！这座山如果能够把林和靖、倪云林一二个人安排在里面，岂不是人与山都美绝了吗？为什么层峦叠嶂不用来住人而拿来葬死尸，实在可叹！

初至西湖记

从武林门而西，望保俶塔突兀层崖中，则已心飞湖上也。午刻入昭庆，茶毕，即棹小舟入湖。山色如娥[①]，花光如颊，温风如酒，波纹如绫；才一举头，已不觉目酣神醉。此时欲下一语描写不得，大约如东阿王梦中初遇洛神时也[②]。余游西湖始此，时万历丁酉二月十四日也。晚同子公渡净寺，觅阿宾旧住僧房[③]。取道由六桥、岳坟、石径塘而归[④]。草草领略，未及遍赏。次早得陶石篑帖子[⑤]，至十九日，石篑兄弟同学佛人王静虚至[⑥]，湖山好友，一时凑集矣。

① 娥：娥眉。女子的秀眉。古时女子多用黛（青黑色的颜料）画眉，所以说“山色如娥”。前人多以远山形容女子眉美，这里却以眉形容远山之美。② 东阿王：三国时曹植，曾被封为东阿王。他写过一篇《洛神赋》，说他由京城洛阳回封地，路过洛水，忽见水边有个美女，是洛河之神。原文没有说是作梦，只是“精移神骇，忽焉思散”，意即精神迷离恍惚。这里说是“梦中”，更增加了迷离恍惚之感。 ③ 阿宾：袁小修的小名。作者的弟弟。 ④ 石径塘：即白堤，又称十锦塘。 ⑤ 陶石篑：陶望龄，字周望，号石篑。会稽人。帖子：用简短言词书写的柬帖。 ⑥ 王静虚：王赞化，字静虚，山阴人。学佛居士。

【译文】

从武林门往西走,远远望见保俶塔突出在层叠的山崖当中,我的心就飞到了湖上了。中午到昭庆寺,喝完茶,就划着一条小船进入湖中。山的颜色像女人的眉毛,花的光彩像红润的脸颊,温和的风像醉人的酒,水的波纹像柔软的绫罗。刚一抬头,已经不知不觉从眼睛醉到了心头。这时想要用一句话来形容也找不着,大约就像曹植在睡梦中刚遇见洛神时的光景差不多!我游玩西湖开始于这一次,时间是万历二十五年(1597)二月十四日。傍晚,我和方子公横渡湖面到净慈寺,找寻阿宾当年住过的寺院里的屋子。随后由苏堤、岳坟、石径塘这一条路返回寓所。今天只不过是很草率地领略了一番,来不及仔细欣赏。第二天早晨接到陶石篑的柬帖。到了十九这天,石篑兄弟和佛教居士王静虚一道来。游览湖山胜景的好朋友,一下子都到齐了。

晚游六桥待月记

西湖最盛,为春为月。一日之盛,为朝烟,为夕岚[①]。今岁春雪甚盛,梅花为寒所勒,与杏桃相次开发,尤为奇观。石篑数为余言,傅金吾园中梅,张功甫家故物也[②],急往观之。余时为桃花所恋,竟不忍去湖上。由断桥至苏堤一带,绿烟红雾,弥漫二十余里,歌吹为风,粉汗为雨,罗纨之盛[③],多于堤畔之草,艳冶极矣。然杭人游湖,止午未申三时[④],其实湖光染翠之工,山岚设色之妙,皆在朝日始出,夕舂未下[⑤],始极其浓媚。月景尤不可言,花态柳情,山容水意,别是一种趣味。此乐留与山僧游客受用,安可为俗士道哉!

① 夕岚(lán):傍晚的雾气。　② 张功甫:宋人,即张镃,号约斋。西秦人。　③ 罗纨:两种丝织物。罗,轻软而有疏孔的丝织物。纨,轻细的

熟绢。古代贵家妇女多以罗纨为衣，故以罗纨代表贵家妇女。 ④ 午未申三时：即自上午十一时至下午五时。 ⑤ 夕舂(chōng)：夕阳。

【译文】

西湖最美的是春天，是月下。一天中最美的是早上的朝霞，是傍晚的山岚。今年春天雪下得很大，梅花受了寒气的抑制，迟到和杏花桃花先后开放，更是少有的奇景。石篑屡次对我说，傅金吾园的梅花，原是张功甫家的东西，应该赶快去看。我当时正被桃花迷住，竟舍不得离开湖上。从断桥到苏堤这一条路上，绿色的杨柳如烟，红色的桃花像雾，弥漫二十多里。唱歌奏乐形成了风，挥洒香汗形成了雨，红男绿女，比那堤边的草儿还多，真是艳丽极了！可惜杭州人游览西湖，只在午未申三个时辰。其实湖光染翠的工致，山岚设色的佳妙，都在早晨旭日初升，傍晚夕阳未落的时候，这才是修饰打扮得最艳丽的。月下的景色尤其没法形容，花的姿态，柳的情调，山的容貌，水的意境，都别有一番乐趣。不过这种乐趣只能留给山里的和尚和高雅的游客享受，怎么能跟俗人说呢！

飞 来 峰[①]

湖上诸峰，当以飞来为第一，高不余数十丈，而苍翠玉立：渴虎奔猊[②]，不足为其怒也；神呼鬼立，不足为其怪也；秋水暮烟，不足为其色也；颠书吴画[③]，不足为其变幻诘曲也。石上多异木，不假土壤，根生石外。前后大小洞四五，窈窕通明，溜乳作花[④]，若刻若镂。壁间佛像，皆杨秃所为[⑤]，如美人面上瘢痕，奇丑可厌。余前后登飞来者五：初次与黄道元、方子公同登[⑥]。单衫短后，直穷莲花峰顶[⑦]。每遇一石，无不发狂大叫。次与王闻溪同登[⑧]；次为陶石篑、周海宁[⑨]；次为王静虚、石篑兄弟；次为鲁休宁[⑩]。每游一次，辄思作一诗，卒不可得。

① 飞来峰:在西湖灵隐、天竺两山之间,一名灵鹫。晋僧慧理尝居此,建灵隐寺,号峰曰飞来。 ② 猊(ní):指狻猊,即狮子。 ③ 颠书吴画:米芾的书法和吴道子的绘画。米芾,别号米颠,谓其行止违世脱俗。 ④ 乳:石灰岩洞顶部的檐冰状物,称石钟乳。 ⑤ 杨秃(tū):即杨琏真加。元西藏僧人。世祖时任江南释教总统。杀害人民,无恶不作。杨秃,蔑称。 ⑥ 黄道元:黄国信,字道元。永嘉人。 ⑦ 莲花峰:为飞来峰群峰之一。围绕飞来峰,有灵鹫、稽留、月桂、莲花四峰。 ⑧ 王闻溪:王禹声,字文溪,一作闻溪。吴县人。 ⑨ 周海宁:周廷参,茶陵人。曾任海宁知县,故名。 ⑩ 鲁休宁:鲁点,字子与,号乐同。南彰人。曾任休宁知县,故称鲁休宁。

【译文】

西湖周围的这些山峰,应当推飞来峰为第一。高度不过几十丈,却像块苍翠的玉石耸立着:干渴的老虎,飞奔的狮子,不够形容它的气势;神灵的呼啸,鬼怪的挺立,不够形容它的奇怪;澄明的秋水,婀娜的暮烟,不够形容它的色调;米芾的书法,吴道子的绘画,不够形容它的变幻和曲折。山石上生长着许多奇特的树木,不依靠一点泥土,树根长到了石头外面。山前山后有大洞小洞四五个,体态美好而内通光亮;洞中的石钟乳呈现出各种花纹,有如精雕细刻一般。石壁上的石像,都是那杨秃驴搞的,就像在美人的脸上划了几道瘢痕,难看讨厌极了。我先

后攀登飞来峰有过五次：头一次跟黄道元、方子公做伴，穿的是单衣短衫，一直爬到莲花峰顶。一遇见奇特的石头，没有不发疯似的大声叫唤。第二次跟王闻溪一同攀登；第三次是陶石篑、周海宁；第四次是王静虚、石篑兄弟；第五次是鲁休宁。每一次去游玩，总想写一首诗，结果却总是写不出来。

御 教 场[①]

余始慕五云之胜[②]，刻期欲登，将以次登南高峰[③]。及一观御教场，游心顿尽。石篑尝以余不登保俶塔为笑。余为西湖之景，愈下愈胜，高则树薄山瘦，草髡石秃[④]，千顷湖光，缩为杯子，北高、御教场是其样也。虽眼界稍阔，然我真长不过六尺，睁眼不见十里，安用此大地方为哉？石篑无以难。饮御教场之日，风力稍劲，石篑强吞三爵，遂大醉不能行，亦是奇事。夫石篑之醉，乃沧田一变海，黄河一度清也，恶得无纪哉[⑤]？

① 御教场：在西湖南凤凰山上。　② 五云：山名。在西湖以西，南临钱塘江。　③ 南高峰：在西湖西岸，与北高峰南北相望。　④ 髡（kūn）：剃发。此指光秃。　⑤ 恶（wū）：疑问代词。怎，如何，何。

【译文】

我起先仰慕那五云山的风景优美，立刻想要攀登，准备接下去攀登南高峰。等到看到御教场，游兴一下子就消失干净。石篑曾经因为我不攀登保俶塔作为笑柄。我认为欣赏西湖的风景，愈是站在低的地方愈好，高处就会看到树木单薄、山峦瘦削，草荒石秃，千顷大的一片湖光，缩小得像一只杯子，北高峰、御教场就是例子。站在高处，虽然眼界稍微开阔一些，可是我实际的身高不超过六尺，睁开眼睛望不到十里方圆，那里还用得到这样大的地方？石篑拿不出什么话反驳。在御教场喝酒那一天，风势稍微大了点，石篑勉强喝了三杯，就醺醺大醉走不成路，这也是一桩奇怪的事情。石篑喝醉酒，有如桑田变为大海，黄河忽然出现澄清，所以哪能不用文字记下来呢？

游禹穴记[①]

禹穴，一魁土耳。禹庙亦荒凉[②]。独以玄圭[③]，名重于嵩、华，未可骨态论也。然会稽诸山，尖秀淡冶，远望实佳。王子猷所云山阴道上[④]，斯为传神。余尝评西湖如宋人画，会稽山水如元人画。花鸟人物，细入毫发，浓淡远近，色色臻妙，此西湖之山水也。人或无目，树或无枝，山或无毛，水或无波，隐隐约约，远意若生，此山阴之山水也。二者孰为优劣，具眼者当自辨之。夫山阴显于六朝[⑤]，至唐以后渐减；西湖显于唐，至近代益盛，然则山水亦有命运耶？

① 禹穴：在浙江绍兴市之会稽山，传说为夏禹葬地。 ② 禹庙：在禹穴附近。 ③ 玄圭：黑色的玉，古代帝王举行典礼所用的一种玉器。尧曾经赐玄圭给禹，以表彰他的功劳。 ④ 王子猷：晋人，即王徽之，字子猷，羲之子，献之兄。《世说新语·言语》：王子敬（献之）云："从山阴道上行，山川自相映发，使人应接不暇。"王子猷是作者记忆错误。 ⑤ 六朝：吴东晋宋齐梁陈，相继建都于建康（今南京市），为南朝六朝。这里特指东晋。

【译文】

禹穴是一座小山罢了，禹庙也荒凉，只因为大禹的事迹的缘故，名声显得比那嵩山、华山还大，所以不能拿风骨姿态来衡量。可是会稽的那些山峦，秀丽淡雅，远远望去实在是好。王子猷所说山阴道上的话，的确能把那些山的精神实质传达无遗。我曾经评

论过西湖，说它像是宋朝人的绘画，会稽的山水则像是元朝人的绘画。花卉鸟兽人物，精细得连一根毫毛头发不肯马虎，色彩的浓淡，布局的远近，笔笔都达到美妙的境地。这就是西湖的山水啊。画人物有时候看不到眼睛，画树木有时候看不到枝叶，画山峦有时候看不到草木，画流水有时候看不到波纹，隐隐约约，远远望去就像真的一样。这就是山阴的山水啊。二者谁优谁劣，有眼光的人自然能够加以辨别。山阴出名在六朝，到唐朝以后逐渐减弱；西湖出名在唐朝，到近代更加兴旺，难道山水也有所谓命运吗？

五泄二①

五泄水石俱奇绝，别后三日，梦中犹作飞涛声，但恨无青莲之诗，子瞻之文，描写其高古喷薄之势，为缺典耳。石壁青削，似绿芙蕖，高百余仞，周廻若城，石色如水浣净，插地而生，不容寸土。飞瀑从岩巅挂下，雷奔海立，声闻数里。大若十围之玉，宇宙间一大奇观也。因忆《会稽赋》有所谓“五泄争奇于雁荡”者②，果尔，雁荡之奇，当复如何哉？暮归，各得一诗，余诗先成，石篑次之，静虚、公望、子公又次之[③]。所目既奇，诗亦变幻恍惚，牛鬼蛇神[④]，不知是何等语。时夜已午，魈呼虎号之声[⑤]，如在床几间。彼此谛观，须眉毛发，种种皆竖，俱若鬼矣。

① 五泄：山名。在浙江诸暨县。也作五洩。这是瀑布。当地人叫做泄。②《会稽赋》：宋王十朋撰。雁荡：山名。分南、北雁荡。南雁荡在浙江平阳县西南。北雁荡在乐清县东。绝顶有湖，水常不涸，春归之雁常留宿其间，故名雁荡。下有二潭名为龙湫，飞瀑下泻，悬岩数百仞，为东南奇胜。③ 公望：即陶公望。陶望龄弟陶奭龄，字公望，一字君奭，号石梁。会稽人。④ 牛鬼蛇神：比喻种种虚幻怪诞的情状。牛鬼是佛经上所说的地狱中的牛头虎；蛇神指蛇精。⑤ 魈：又作山魈。山中动物名，从前浙江也有。形似猴，体长三尺余，身披黑褐色长毛，头长大，尾极短，眼黑而深陷。以其状貌丑恶，旧时称之为山怪。也就是屈原《离骚》中所说的“山鬼”。

【译文】

五泄的水与石头都奇特到极点，离开它三天以后，睡梦中还听到瀑布的响声，但是遗憾的是没有李白的诗歌，苏轼的文章，来描写它高峻苍老蓬勃的气势，造成文献上的空缺。石壁青绿色，陡峭如削，像是绿色的荷花，高达几百尺，四周如城墙一样，石头如水洗过那样干净，直立在地上，搁不住一寸泥土。瀑布从岩石顶上挂下来，像巨雷滚动，又像海水直立，声音传到几里路以外。瀑布像十个人合围的一块大玉石，是天地间罕见

的奇景。因此想到《会稽赋》里有所谓“五泄争奇于雁荡”的话，如果真是这样，那么雁荡山的出奇，又该是怎样呢？傍晚回来，每个人都做了首诗，我的诗先做成，其次是石篑，又其次是静虚、公望、子公。见到的既然奇特，诗自然也光怪陆离，牛鬼蛇神，不晓得说的是怎样的话。当时已经夜半，山魈与老虎的呼号声，好像近在床边。相互注视，胡须眉毛头发，一根根直竖起来，都吓得一个个没有人样。

初至天目双清庄记[①]

数日阴雨，苦甚。至双清庄，天稍霁。庄在山脚，诸僧留宿庄中，僧房甚精。溪流激石作声，彻夜到枕上。石篑梦中误以为雨，愁极，遂不能寐。次早，山僧供茗糜，邀石篑起。石篑叹曰：“暴雨如此，将安归乎？有卧游耳[②]。”僧曰：“天已晴，风日甚美，响者乃溪声，非雨声也。”石篑大笑，急披衣起，啜茗数碗，即同行。

① 双清庄：在浙江临安县西天目山，为南朝梁昭明太子（萧统）读书处，也就是禅源寺的所在地。寺建于元代。　② 卧游：谓欣赏山水画以代游览。《宋书·宗炳传》：“有疾还江陵。叹曰：‘老疾俱至，名山恐难遍睹，唯当澄怀观道，卧以游之。’凡所游履，皆图之于室。”

【译文】

连日来不是天阴就是下雨，教人苦闷得很。到了双清庄禅源寺，雨停了，有点晴意。寺在西天目山脚下。和尚们留我们住宿下来，屋子十分精致。溪流冲激岩石发出响声，整夜传到我们枕头边。石篑在睡梦中把溪声错当作雨声，懊恼极了，就再也睡不着。第二天早晨，和尚们送茶送粥来。我催促石篑起来，石篑叹息道：“雨这么大，准备哪里去？只好躺在床上当作游览吧。”和尚说：“天晴了，风和日丽，外面响的不是雨声，是溪流声呀。”石篑大笑起来，赶紧披衣起床。喝过几杯茶,马上一同出发。

齐　　云[①]

齐云天门奇胜[②],岩下碑碣填塞,可厌耳。徽人好题,亦是一僻。仕其土者,熏习成风,朱书白榜,卷石皆遍[③],令人气短。余谓律中盗山伐矿,皆有常刑,俗士毁污山灵,而律不禁,何也?佛说种种恶业,俱得恶报,此业当与杀盗同科,而佛不及,亦是缺典。青山白石,有何罪过,无故黥其面,裂其肤?吁,亦不仁矣哉!五老峰、万人缘石皆好[④],而微乏秀润,山骨亦不巉,以兹不耐久观。然使道院少作数间,官府不常至,碑文渐落,石苔渐长,白岳之神不灵[⑤],不百余年,齐云庶几可复旧观矣。同游为梅季豹、陶周望、潘景升、方子公、僧碧晖及章、李二生[⑥],五宿而后行。

① 齐云:山名。在安徽泾县南四十里。　② 天门:山名。在安徽铜陵县东南四十里。　③ 卷石:石小如拳。卷,微小。通“拳”。　④ 五老峰:在齐云山舍身岩西。　⑤ 白岳:山名。在安徽休宁县西四十里处。⑥ 梅季豹:梅守箕,字季豹。宣城人。潘景升:潘之恒,字景升,一字庚生,歙县人。僧碧晖:杭州净慈寺和尚。章李:章重与李云峰。章字爰发。李名里未详。

【译文】

齐云、天门特别美好,但岩石下石碑成堆,却使人讨厌。安徽人爱好题字,也是一种少见的脾气。在那里做官的人,积习形成了风气,红字白字,连拳头般大的石头都不肯放过,令人郁闷。我说法律规定,偷盗树木矿产,都有固定的刑罚,恶俗的读书人毁坏弄脏山景,而法律不加禁止,这是为什么?佛菩萨说过,种种造孽,都得到恶报，这种造孽应当与杀人偷盗一样处罚，可是佛菩萨不曾说到，也是佛法上的空缺。青山白石，有什么罪过，无缘无故要使它的面受到墨刑，皮肤受到割裂？唉，真是残忍啊！五老峰、万人缘的石头都好，只是稍微缺乏秀丽润泽，山骨也不险峻，因此经不起长久看。但是假使道馆寺院少建造几间，官府里的人不是经常来，石碑逐渐减少，石上的青苔慢慢长出来，白岳的山神不灵验，那么不消一百多年，齐云差不多就可以恢复旧观了。一同游玩的是梅季豹、陶周望、潘景升、方子公、和尚碧晖以及章、李两个年轻人，住了五天以后才离开。

满井游记[①]

燕地寒[②]，花朝节后[③]，余寒犹厉。冻风时作，作则飞沙走砾。局促一室之内，欲出不得。每冒风驰行，未百步辄返。廿二日，天稍和，偕数友出东直[④]，至满井。高柳夹堤，土膏微润，一望空阔，若脱笼之鹄。于时冰皮始解，波色乍明，鳞浪层层，清澈见底，晶晶然如镜之新开，而光之乍出于匣也。山峦为晴雪所洗，娟然如拭。鲜妍明媚，如倩女之靧面，而髻鬟之始掠也。柳条将舒未舒，柔稍披风。麦田浅鬣寸许。游人虽未盛，泉而茗者，罍而歌者[⑤]，红装而蹇者，亦时时有。风力虽尚劲，然徒步则汗出浃背。凡曝沙之鸟，呷浪之鳞，悠然自得。毛羽鳞鬣之间，皆有喜气。始知郊田之外，未始无春，而城居者未之知也。夫能不以游堕事，而潇然于山石草木之间者，惟此官也[⑥]。而此地适与余近，余之游将自此始，恶能无记？己亥之二月也[⑦]。

① 满井:北京东北郊的一个地名。因有一古井,“井高于地,泉高于井,四时不落”而得名。 ② 燕地:指今河北省北部,古属燕国。 ③ 花朝节:俗传农历二月十二日为百花生日,称为花朝节。 ④ 东直:东直门,北京市东面的一个城门。 ⑤ 罍(léi):盛酒器,此指饮酒。 ⑥ 此官:指作者当时所担任的顺天府学教官。 ⑦ 己亥:明万历二十七年(1599)。

【译文】

北京一带是很寒冷的,花朝节以后,冬天的余寒还很厉害,凛冽的风不时吹刮着,吹刮时就飞沙走石。我只好缩在屋子里,不敢出门;就是冒着大风出去,总是走不到一百步就转身回来。二月二十二日,天气稍稍暖和些,我约了几个朋友出了东直门,来到满井游玩。堤岸两旁都是高大的柳树,肥沃的土地稍微有点湿润,举目远望,一片辽阔,心情舒畅像是出笼奋飞的天鹅。这时候,冰冻的水面开始溶解,水波忽而放出亮光,鱼鳞般的波浪一层一层,水清见底,明净得像新磨的镜子,寒光闪闪,就像刚从匣子里取出来。山峰经过白雪洗涤,鲜妍明媚,如同洗过脸美丽的女子,刚梳理好发髻一样。柳芽儿似绽非绽,轻柔的枝条在微风中荡漾,田里的麦苗像鬃毛似的有一寸多高。游人虽然还不是最多,可是煮泉品茗的，饮酒唱歌的，打扮得漂漂亮亮骑在驴子背上的，也常常可以看到。风吹来虽然还很有力量，可是徒步行走，身上的汗水竟湿透了整个背脊。所有那些沙滩上晒太阳的水鸟，水面上吸饮的游鱼，都是那样的自由自在。总而言之，在鸟兽虫鱼中间，都充满了欢乐的气氛。到这里我才明白，城外郊区，不是没有春天，只是住在城里的人不曾知道罢了。看来，能够不因为游览而耽误了公务，而且无牵无挂地陶醉在山水草木中间的，只有我这个闲散的官职了！同时，满井这个地方正好又与我的住处邻近，我的游览北京风景将从这里开始，怎么能不把它记下来呢？时间是己亥年(1599)的二月。

游高梁桥记①

高梁桥在西直门外，京师最胜地也。两水夹堤，垂杨十余里，流急而清，鱼之沉水底者，鳞鬣皆见。精蓝棋置②，丹楼珠塔，窈窕绿树中。而西山之在几席者，朝夕设色以娱游人。当春盛时，城中士女云集，缙绅士大夫非甚不暇，未有不一至其地者也。三月一日，偕王生章甫、僧寂子出游③。时柳梢新翠，山色微岚，水与堤平，丝管夹岸。趺坐古根上，茗饮以为酒，浪纹树影以为侑，鱼鸟之飞沉，人物之往来，以为戏具。堤上游人，见三人枯坐树下若痴禅者，皆相视以为笑。而余等亦窃谓彼筵中人，喧嚣怒诟，山情水意了不相属，于乐何有也。少顷，遇同年黄昭质拜客出④，呼而下，与之语，步至极乐寺观梅花而返。

① 高梁桥：在北京西直门外，因跨高梁河故名。 ② 精蓝：佛寺。蓝是“伽蓝”的简称。伽蓝为精进修行者所居，故称精蓝。 ③ 王章甫：王衫，字章甫，一字子静。汉阳人。僧寂子：未详。 ④ 黄昭质：黄炜，字昭质。南充人。

【译文】

高梁桥在西直门外面，是北京风景最优美的地方。两条溪夹着一道堤岸，堤岸两边种着杨柳，长达十多里路。水流湍急，又很澄清，鱼儿沉在水底，连鳞片背鳍都看得清清楚楚。佛寺星罗棋布，还有楼台宝塔，都掩隐在绿色的树丛中间。美丽的西山像是近在身边，早晚变化出各种景色让游人增添乐趣。在春暖花开的时节，城里的男女聚集在这里，官绅们只要挤得出一点时间的，也都没有不到这里走一趟。三月初一那天，我和王章甫、和尚寂子出城到那里游玩，当时柳条上爆出新芽，山上浮着一点云气，河水满满的同堤岸一样平。两边岸上充满了游客的丝竹弹唱声。我们盘脚坐在大树下，拿茶当作酒喝，由波纹树影劝饮，把鸟儿飞上飞下，鱼儿在水面沉浮，人物走来走去，都作为取乐的对象。堤上的那些游客，看见我们三个人默默地坐在树下，好像老和尚参禅似的，都对着我们发笑。其实，我们也私下里笑话他们，他们只顾在酒席上哄闹争吵，与那山的情意水的姿态毫不相干，又有什么乐趣可说的呢？过了一会儿，遇到同年黄昭质拜访朋友出来，我们便把他从轿子里叫下来，同他一起谈话，然后步行到极乐寺，观赏了梅花后才回进城里来。

袁中道

袁中道(1570—1627),字小修,公安(今湖北公安县)人。十余岁时,著作《黄山》、《雪》赋,长达五千余言,为人称道。后来出门旅游,泛舟西陵,走马塞上,历览南北各地,诗文亦因此大有长进。万历丙辰(1616年)考取进士,官至南京吏部郎中。与二兄宏道同师事李贽,受到很大影响。所作诗文,以反对仿古、迫近自然为宗旨。有《珂雪斋集》。

本书所译,选自《珂雪斋集》。

清荫台记

长安里居,左有园,多老松。门内亘以清溪,修竹丛生水涯。过桥,槐一株,上参天,孙枝皆可为他山乔木[①]。其余桃李枣栗之属,郁然茂盛。内有读书室三楹[②],昔两兄与予同修业此处。两兄相继成进士,举家皆入城市,而予独居此。夏日无事,乃于溪之上、槐之下筑一台。台为青槐所覆,日影不能至,因名之曰清荫,而招客以乐之。虽无奇峰大壑,而远冈近阜,郁郁然攒浓松而布绿竹,举凡风之自远来者,皆婉转穿于万松之中,其烈焰尽而后至此,而又和合于池上芰荷之气,故虽细而清冷芬馥。至日暮,著两重衣,乃可坐。俯观鱼戏,仰听鸟音,予意益欣欣焉。大呼客曰:“是亦不可以隐乎?”

① 孙枝:小枝条。　② 楹(yíng):见前陈继儒《娱老》注。

【译文】

在老家长安村，左面有一个园，多的是苍老的松树。大门里横着一条清溪，高高的竹子丛生在水边。过了桥，有一棵槐树，高入天空，小枝条都相当于别的山上的乔木。其余桃树李树枣树栗树之类，郁郁苍苍非常茂盛。树林中有书房三间，从前两个哥哥和我一起在这里读书学习。后来两个哥哥先后考中进士，全家都搬进城里居住，只有我还一个人住在这里。夏天闲暇无事，我就在溪边槐树下筑了一个台。台被青青的槐树覆盖着，阳光照不到，因此就把它叫做清荫台，而且还常常把朋友接引到这里玩耍。这里虽然没有高山大川，可是远远近近的山冈，郁郁苍苍地不是浓密的松树，就是布满了翠绿的竹子。凡是从远处吹来的风，都转转折折地从松林中穿过来，到这里时所夹带的热气早已消失，而又融和着池上莲叶藕花的香气，所以风虽然是细细的，却是又清凉又芬芳。到了傍晚，要穿上夹衣才能坐在这里。低下头看看鱼儿在清溪中游动，仰起头听听鸟儿在树林里唱歌，我心里便有说不出的愉快，不禁大声对朋友们说："这里难道不可以隐居吗？"

楮亭记[①]

金粟园后，有莲池二十余亩，临水有园，楮树丛生焉。予欲置一亭纳凉，或劝予："此不材木也[②]，宜伐之，而种松柏。"予曰："松柏成荫最迟，余安能待？"或曰："种桃李。"

予曰："桃李成荫，亦须四五年，道人之迹如游云[3]，安可枳之一处[4]？予期目前可作庇荫者耳。楮虽不材，不同商丘之木，臭之狂酲三日不已者[5]。盖亦界于材与不材之间者也。以为材，则不中梁栋枅栌之用[6]；以为不材，则皮可为纸，子可为药，可以染绘，可以颒面[7]，其用亦甚夥。昔子瞻作《宥老楮》诗[8]，盖亦有取于此。"今年夏，酷暑，前堂如炙，至此地则水风泠泠袭人，而楮叶皆如掌大，其荫甚浓，遮樾一台。植竹为亭，盖以箬，即曦色不至，并可避雨。日西，骄阳隐蔽层林，啼鸟沸叶中，沉郁有若深山。数日以来，此树遂如饭食衣服不可暂废，有当予心。自念设有他树，犹当改而植此，而况已森森如是，岂惟宥之哉，且将九锡之矣[9]，遂取以名吾亭。

① 楮(chǔ)：木名。也叫榖树。叶似桑，皮可制纸。 ② 不材：即不成材，意为无用。 ③ 道人：六朝僧人的别称。作者一度信佛，故以道人自称。 ④ 枳(zhǐ)：木名。似橘而小，可作篱笆。这里作"枳维"讲。即取枳篱藩卫之意。 ⑤ 狂酲(chéng)：沉醉。《庄子·人间世》："南伯子綦，游乎商之丘，见大木焉。……子綦曰：'此何木焉哉！此必有异材夫。'……咶其叶，则已烂而为伤，嗅之，则使人狂酲，三日而不已。" 商，地名。今河南商丘县。 ⑥ 枅(jī)：柱上方木。櫨(lú)：大柱柱头承托栋梁的方木。即薄櫨、斗拱。 ⑦ 颒(huì)：洗脸。 ⑧《宥老楮》：中有云："胡为寻丈地，养此不材木。蹶之得舆薪，规以种松菊。静言求其用，略数得五六。肤为蔡侯纸，子入桐君录。黄缯练成素，黝面颒作玉。灌洒蒸生菌，腐余光吐烛。虽无傲霜节，幸免狂酲毒。" ⑨ 九锡：传说古代帝王尊礼大臣所给的九种器物。表示特别加奖。

【译文】

金粟园后面，有一方二十多亩大的莲花池，池边有一个园，园中长着茂密的楮树。我想在那里筑一个亭子乘凉，有人劝我说："这是一种无用之木，应该把它砍掉，换种松树或柏树。"我说："松柏长得很慢，我哪里等得及。”有人说：“种桃树或李树。”我说：“桃树李树要长到可以遮荫，也需要四五年，我的踪迹像游动的云，哪里可以老拴在一个地方？我只希望眼前可以遮荫罢了。楮树虽然无用，却与商丘的大树不同，闻一闻它就会沉醉三天不醒的。大概它是介乎有用与无用之间的东西。认为有用，却不合乎栋梁斗栱的要求；认为无用，却是树皮可以做纸，果子可以做药，可以写字画画，可以洗脸，它的用处也很多。从前苏轼做《宥老楮》诗，也是因为它有这些可取的地方。”今年夏天，天气特别热，前厅里像火烤一样，到这里却水风阵阵，冷气袭人。楮树的叶子有手掌那么大，浓密的树荫，遮住了整个平台。用竹作柱子搭了个亭子，盖上竹箬，不仅阳光照不到，还可以避雨。过午以后，骄阳为浓密的树林所遮掩，啼鸟的声音在树叶中间此起彼落，深沉清幽得如在深山里。几天以来，这些树就像饮食衣服一样片刻也离不开，非常称我的心。我想即使有别的树，我也要换种成楮树，何况已经茂密到这样，不但要宽恕它，还要对它特别奖励呢。就这样，“楮”就成了我这个亭子的名称。

西山十记（选七）

记　一

出西直门，过高梁桥，杨柳夹道，带以清溪，流水澄澈，洞见沙石，蕴藻萦蔓，鬣走带牵[①]。小鱼尾游，翕忽跳达。亘流背林，禅刹相接。绿叶秾郁，下覆朱户，寂静无人，鸟鸣花落。过响水闸，听水声汩汩。至龙潭堤，树益茂，水益阔，是为西湖也[②]。每至盛夏之月，芙蓉十里如锦，香风芬馥，士女骈阗，临流泛觞[③]，最为胜处矣。憩青龙桥[④]，桥侧数武，有寺依山傍岩，古柏阴森，石路千级。

山腰有阁，翼以千峰，萦抱屏立，积岚沉雾。前开一镜，堤柳溪流，杂以畦田，丛翠之中，隐见村落。降临水行，至功德寺，宽博有野致。前绕清流，有危桥可坐。寺僧多业农事，日已西，见道人执畚者插者带笠者野歌而归[5]。有老僧持杖散步塍间，水田浩白，群蛙偕鸣。噫！此田家之乐也，予不见此者三年矣。

① 鬣走带牵：描写萦蔓的蕴藻在水中飘动的样子。鬣，马鬃。② 西湖：即昆明湖。③ 泛觞：即古代风俗“流觞曲水”。后来仿行，于环曲的水渠旁宴集，在水上放置酒杯，杯流行停其前，当即取饮，称为流觞曲水。④ 青龙桥：在北京宛平县北三十五里。⑤ 插：同“锸”，铁锹。

【译文】

出了西直门，经过高梁桥，路两边都是杨柳树；溪涧像一条长带子，流水澄清，可以看到水底的泥沙石头，水中蕴藻又多又长，像抖动的马鬃和拉直的带子。小鱼儿相互尾随着洄游，忽然间又噗哧一声跳了起来。沿着溪流和背靠树林的，是一个接一个的寺院。繁茂的绿叶，把寺院的门户都覆盖了起来，寂静得看不到一个人，只有鸟在叫，花在落。经过响水闸，听到水声潺潺。到了龙潭堤，树木更加茂盛，溪涧更加宽阔，这就是所谓西湖了。每到六月夏天，荷花盛开，一片锦绣，长达十里，香风馥郁，男男女女十分拥挤，列坐水边，拿古人流觞曲水的办法喝酒行乐。这是西直门外最好玩的地方。到青龙桥休息一回。在离桥边不远的地方，有一座寺院靠着山和岩石，寺内古老的柏树阴森森地，石阶有千把级。半山腰有一座阁，对着四周上千个山峰像屏风似的，所以老是有夕岚晓雾弥漫着。向前望去，又是一番景色。柳树溪水以外，还夹杂着一块块的庄稼地，在绿荫荫的树丛中间，还可以看到隐隐约约的村庄。下了那座阁，沿着溪涧走，到了功德寺，寺宽敞富有野趣。前面有清溪洄绕，有高大的石桥可以休息。寺里的和尚大多从事农业，在太阳西斜的时候，只见和尚有拿着畚箕的、铁锹的、戴着笠帽的唱着山歌回来。有个老和尚拄着拐杖在田塍上散步，水稻田如一片白水，无数青蛙一齐叫个不住。咦！这是庄稼人的快乐呀，我不曾见到已经有三年了。

记　二

功德寺循河而行，至玉泉山麓[①]，临水有亭。山根中时出清泉，激喷巉石中，悄然如语。至裂帛泉，水仰射，沸冰结雪，汇于池中。见石子鳞鳞，朱碧磊砢，如金沙布地[②]，七宝妆施[③]，荡漾不停，闪烁晃耀。注于河，河水深碧泓渟[④]，澄澈迅疾，潜鳞了然，荇发可数。两岸垂柳，带拂清波，石梁如雪，雁齿相次。间以独木为桥，跨之濯足，沁凉入骨。折而南，为华严寺，有洞可容千人，有石床可坐。又有大士洞，石理诘曲，突兀奋怒，皱云驳雾，较华严洞更觉险怪。后有窦，深不可测。其上为望湖亭，见西湖明如半月，又如积雪未消，柳堤一带，不知里数，袅袅濯濯，封天蔽日。而溪壑间民方田作，大田浩浩，小田晶晶，鸟声百啭，杂华在树，宛若江南三月时矣。循溪行，至山将穷处，有庵，高柳覆门，流水清激，跨水有亭，修饬而无俗气。山余出巉石，肌理深碧，不数步见水源，即御河发源处也。水从此隐矣。

① 玉泉山：为西山军都山的分支之一。 ② 金沙布地：据佛经记载，曾有人请佛说法，用金沙铺在地上，表示对佛的尊重。 ③ 七宝：各种佛经的说法不一，一般指金、银、琉璃、珍珠、玛瑙、玫瑰、砗磲等。 ④ 泓渟(tíng)：水深停聚的样子。

【译文】

由功德寺沿着河流前进，到了玉泉山山脚，靠水边有一座亭子。山脚边时常流出清泉，在岩石中喷溅着，像是悄悄地说着话语。到了裂帛泉，泉水是向上喷射的，像冰雪一样滚动着汇集到池塘里。池塘底里的石子，历历可见，红色的青绿色的堆积得很多，好像金沙铺地、七宝妆点，不住地摇晃闪耀着。池水流到河里，河水深深，变成碧绿色，水体清澈，水流迅速，水底的鱼儿可以看得明明白白，连极细小的水草也可以数得清楚。河流两岸都是垂柳，柳丝好像一条条的带子，拂着清清的水波。石桥白得如雪，栏杆排列得非常整齐。间或有一座独木桥，人可以骑在上面洗脚，河水冷彻骨髓。由裂帛泉拐弯向南，就是华严寺，那里有可以容纳千把人的一个山洞，洞里有石头床可以休息。还有一个观音洞，石头的纹理曲折不平，张牙舞爪似的突然震怒，比华严洞更觉得险怪。洞后面有一个小穴，深得没法知道。它的上面就是望湖亭，可以望见那西湖明朗像一个半月，又像下的雪不曾融化。一条像带子的柳堤，不知道有多长，柳丝长长短短，隐天蔽日。这时节田畈里的农民正在耕作，大田里的水一片茫茫，小田里的水闪闪发亮，鸟儿唱出各种歌声，树上开着各种鲜花，极像是江南三月里的光景。再沿着溪流向前走，到了山快要完结的地方，有一个庵堂，庵门被高高的柳树覆蔽着，水流很清澈；溪流对岸建着一座亭子，精致而没有一点俗气。山尽处有一块高峻的岩石，纹理呈深绿色；不到几步看到了水源，就是御河的发源地了。从这里起就见不到水了。

记　四

从香山俯石磴行柳路，不里许，碧云在焉。刹后有泉，从山根石罅中出，喷吐冰雪，幽韵涵澹[①]。有老树中空火出，导泉于寺，周于廊下，激聒石渠，下见文砾金沙。引入殿前为池，界以石梁，下深丈许，了若径寸。朱鱼万尾，匝池红酣，烁人目睛，日射清流，写影潭底，清慧可怜。或投饼于左，群赴于左，右亦如之，咀呷有声[②]。然其跳达刺泼游戏水上者，皆数寸鱼，其长尺许者，潜泳潭下，见食不赴，安闲宁寂，毋乃静躁关其老少耶？水脉隐见，至门左，奋然作铁马水车之声[③]，迸入于溪。其刹宇宏丽不书，书泉，志胜也。或曰："此泉若听其喷溢石根中，不从龙口出，其岩际砌石，不令光滑，令披露山骨，石渠不令若槽臼，则刹之胜，恐东南未必过焉。"然哉！

① 幽韵：指声音幽静和谐。也可解释为泉声如琴音。涵澹：水影摇曳。② 咀呷(jǔ xiā)：咀嚼吸饮。指鱼在水面抢食饼饵。　③ 铁马：又叫檐马。亦谓之风铃、风马儿。悬于檐下，风起则琤琮有声。

【译文】

从香山寺沿着石阶往下走，杨柳夹道，不到一里多路，就是碧云寺了。寺后有一股泉水，从山脚边的石缝中流出，好像喷冰吐雪，泉声清幽，水波摇荡。有一段中心被火烧通的老树，把泉水引入寺内，泉水围绕走廊，冲激着导水的石砌渠道。在渠道底部，可以看得见那五颜六色的石子和金黄色的泥沙。泉水引流到大殿前面，成为一个池塘，用石条砌岸；池水深一丈左右，可是看起来却如同寸把深一样清澈。池中有万条金鱼，使得满池都成为红色，耀人眼目。阳光照在清水上，把金鱼的影子映在池底里，清美灵巧，十分可爱。有人在池左边抛下饼饵，鱼就成群地奔向左边，抛在池右边也一样，还会发出啜食吸饮的声音。不过那些往来蹦跳，在水面上嬉耍的，都是些几寸长的小鱼，那些尺把长的大鱼，却往往躲藏在池底下，看见饼饵也不来争夺，安闲宁静，岂不是好静好动都与年齿的老少有关系吗？泉水流过池塘，水脉或隐或现，到了山门左边，又好像有猛烈的铁马声和水车声传来，然后才流向溪中。我不写碧云寺的高大华丽，却写了泉水，目的在于记下它的优点。有人说："这股泉水要是听凭它从岩石跟下喷射出来，而不是从龙口里；那些砌在岩石上的石头，要是不使它光滑，而是让它显露出石骨嶙嶙；石渠也不让它像槽形或臼形，那么碧云寺的优美，恐怕连东南的名刹也不一定超得过它。"这话是说得很对的。

记　五

香山跨山踞岩，以山胜者也。碧云以泉胜者也。折而北，为卧佛，峰转凹，不闻泉声。然门有老柏百许森立，寒威逼人，至殿前，有老树二株，大可百围，铁干樛枝[①]，碧叶虬结，纡羲迴月[②]，屯风宿露，霜皮突兀，千瘿万螺，怒根出土，磊魄诘曲，叩之丁丁作石声。殿墀周遭数百丈，数百年以来，不见日月。石墀整洁不容唾。寺较古，游者不至，长日静寂，若盛夏晏坐其下，凛然想衣裘矣。询其名，或云娑罗树[③]。其叶若蔌，予乃折一枝袖之，俟入城以问黄平倩[④]，必可识也。卧佛盖以树胜者也。夫山刹当以老树怪石为胜，得其一者皆可居，不在整丽。三刹之中，野人宁居卧佛焉。

① 樛(jiū)枝：向下弯曲的树枝。　② 纡(yū)羲迴月：谓不让太阳月亮直接照到。羲，即羲和，神话中太阳的御者。借指太阳。　③ 娑罗树：木名。又作沙罗、莎罗。为龙脑香科常绿大乔木。佛教传说释迦牟尼在拘尸

那城河边娑罗树下涅槃。其树四方各生二株，故称“娑罗林”或“娑罗双树”。
④ 黄平倩：黄辉，字平倩，一字昭素，号慎轩。南充人。万历十七年进士。

【译文】

香山寺骑在山上，蹲在岩上，它是以山的优美著名。碧云寺以泉的优美著名。拐一个弯向北走，就是卧佛寺，山峰转向低平，也听不到泉水声。可是卧佛寺山门外有古柏百来株，森森然矗立着，寒气逼人；到大殿前面，又有老树二棵，都极为粗壮，枝干像用金属铸成，碧绿的叶子密密交结，使得日月的光都无法直接照进来，成了藏风积露的地方。树皮凹凸不平，疙瘩累累。树根穿出土外，粗大盘曲，敲敲它发出丁丁似的石头声，站台阶边连续几百丈的地方，几百年以来都没有晒到过阳光和月光。石阶整洁，使人连一口痰也不敢吐。卧佛寺比别的寺都要古老，一般游人不到这里来玩，所以镇日寂静得很。如果六月夏天安坐在树荫下，就会寒冷得想到穿棉衣皮袄。询问树的名称，有人说是娑罗树。这种树的叶子像蔬菜叶，我就折了一段树枝藏在衣袖中，想等到进城去问黄平倩，他一定知道。卧佛寺应当是以树木见长的。山寺应当有老树怪石才好，只要有一样就可以居住，而不在于寺院的整齐与美观。所以三个寺院当中，我是宁愿住在这个卧佛寺的。

记 六

背香山之岭，是谓万安山，刹庵绮错其中。有寺不甚弘敞，而具山林之致者，翠岩也。门有渠，天雨则飞流自山巅来，岩吼石击，涛奔雷震，直走原麓①，洞骇心目。刹后石路百级，有禅院，四周皆茂树，左右松柏千株，虬曲幽郁，无风而涛。好鸟和鸣于疏林中。隐隐见都城九衢②，宫观栉比，万岁山及白塔寺③，了了可指。其郊坰之林烟水色，山径柳堤，及近之峰峦叠秀，楼阁流丹，则固皆几席间物。出门即为登眺，入门即就枕簟，虽夜色远来，犹可不废览瞩。有泉甚清，可煮茗，遂宿焉。风起，松柏怒号，震撼冲击，枕上闻其声，如在扬子舟中，驾风帆破白头浪也。予遂定计，九夏居此④，以避长安尘矣⑤。

① 原麓：山与平原相交接处。 ② 九衢：四通八达的道路。 ③ 万岁山：即景山。在北京市内。又名煤山。白塔寺：在北京西四牌楼。 ④ 九夏：夏季的九十天。 ⑤ 长安：古都城。故城在今陕西西安市西北。这里借指北京。

【译文】

香山北面的山头，就是所说的万安山。在众多庵堂寺院交织错杂的山中，有一个寺院虽然不怎么宏大，却富于山峦林木的情趣的，这就是翠岩寺。寺门前有一条溪沟，天下雨时瀑布从山顶上飞来，声振山谷，水激石头，好像巨浪翻腾，雷霆震动，一直向山脚下奔去，见了惊心动魄。翠岩寺后面有一条路，石阶百余级，那里有个寺院，四周都是茂密的树林，两边松树柏树千百株，郁郁苍苍像是虬龙盘结，即使没有风也会发出一片涛声。鸟儿在相互婉转鸣叫。从稀疏的树林中约略可以望见北京的街市，佛殿道观栉比鳞次，万岁山以及白塔寺也都清清楚楚可以看到。北京城郊的树木、河流、烟雾、山路、柳堤，以及靠近西山的重峦叠秀，红楼翠阁，就本来都好像是放在面前桌子上的东西，因此出门可以凭眺，进门可以睡觉，即使夜里到这里来，也照样可以观赏。潭里的泉水非常清洁，可以用来煮茶，于是我们就决定在这里住宿。风起了，松树柏树发出猛烈的吼声，一片震撼冲击之势。睡在床上听到这些声音，像是坐着船在长江上乘风破浪。我就打算盛夏到这里来消暑，以便躲避京城里的吵闹与烦杂。

记　八

予欲穷万安绝顶之胜，而僧云徐之，俟微雨洒尘，乘其爽气，可以登涉，且宜眺瞩也。一宿而微雨至，予大喜曰："是可游矣。"遂遡涧而上，徘徊怪石之间，数步一息。于时宿雾既收，初日照林，松柏膏沐之余，杨柳浣濯之后，深翠殷绿，媚然娟美，至于原隰隐畛[1]，草色麦秀，莫不淹润柔滑，细腻莹洁，似蕹簟初展[2]，文锦乍铺矣。既至层巅，意为可望云中、上谷间[3]，而香山、金山诸峰，遮樾云汉，惟东南一鑑，了了可数。平畴尽处，见南天大道一缕，捲雾喷沙，浩白无涯，或曰："此走邯郸道也[4]。"扪萝分棘，遂过山阴，憩于香山松棚庵中。松身尽五尺许，而枝干虬结，蔽于垣内。下有流泉清激，声与松风相和。松花堕地，飘粉流香。晚烟夕雾，萦薄湖山，急寻旧路以归。

① 原隰（xí）：广平低湿之地。　隐畛（zhěn）：茂盛。与"隐轸""殷轸"通。② 蕹簟：席子。蕹，草本植物。　③ 云中、上谷：地名。战国燕地。云中，即今内蒙古托克托县。上谷，包括今河北中部、西北及西部。　④ 邯郸（hán dān）：县名。属河北者。邯，山名，郸训尽，谓邯山至此而尽，故名。

【译文】

我想要攀登万安山的顶峰，对那里的风景赏玩个够，可是和尚却说不妨等一等，等到微雨清除了空中的灰尘，趁它空气爽朗时，才适宜于登高望远。过了一晚，果然下了微雨，我很高兴地说："现在可以上去游玩了。"我就沿着溪流向上走，徘徊在奇特的岩石中间，走几步停息一下。这时夜雾已经消散，旭日照着树林，松柏经过润泽，杨柳受了洗涤，青翠深绿，鲜妍美好，至于那低湿的平原，草木茂盛，无论是青草还是麦苗，没有不是湿润柔滑、细腻鲜洁的，好像席子刚刚展开，美丽的锦绣突然铺展开来一样。到了山顶之后，以为可以望见云中、上谷一带，可是香山、金山这些山峰遮蔽在半天空，只有东南角开阔得像一面镜子，一切都可以看得非常清楚。平原尽处，只见南边像一缕线似的大路，雾露弥漫，尘沙飞扬，白茫茫一片，无边无际。有人说："这就是通向邯郸的道路呀。"攀住藤萝，撩开荆棘，就到了万安山的北面，在香山松棚庵里休息。松树全部只有五尺来高，可是枝干矫健屈曲，遮住了整个院子。下面有一股泉流，又清澈又湍急，泉声与松树声彼此应和，松花掉在泉流上，使水也变成了芬芳。傍晚时，烟雾缭绕着湖面和山峦，我们就赶快沿着原来的道路走了回来。

记 九

依西山之麓而刹者，林相接也。而最壮丽者，为鲍家寺。寺两掖石楼屹立，青槐百株，交蔽修衢，微类村庄。殿墀果松仅四株，而枝叶婆娑，覆荫无隙地，飘粉吹香，写影石路，堂宇整洁，与碧云等。于弘教寺之下，又得滕公寺，石垣周遭，若一大县。其中飞楼相望，五十余所，清渠激于户下，杂花灵草，芬馥檐楹；别院宛转，目眩心迷，幽邃清肃，规駁娑而摹未央[①]。噫，衒之之纪伽蓝[②]，盛矣，中州固应尔[③]。燕冀号为沙碛[④]，数百年间，天都物力日盛，王侯貂贵[⑤]，不惜象马七珍[⑥]，遂使神工鬼斧，隐轸山谷。予游天下，若金陵之摄山、牛首[⑦]，钱塘之天竺、净慈，诚为秽土清泰[⑧]，至于瑰奇修整，无纤毫酸寒之气，西山诸刹，亦为独多。玉环、飞燕[⑨]，各不可轻。虽都人有担金填壑之讥，然赫赫皇居，令郊坰间皆为黄沙茂草，不亦萧条甚欤？王丞相所谓“不尔，何以为京师”者也。

① 駁(sà)娑：汉宫殿名。　未央：即未央宫，西汉宫殿名。　② 衒之：杨衒之，北魏北平人。曾作《洛阳伽蓝记》，记洛阳城佛寺盛衰始末，以寓规讽之意。　③ 中州：古豫州地处九州中间，称为中州。今河南为古豫州地，故相沿亦称河南为中州。　④ 燕冀：古地名。燕，河北省的别称，周时为北燕旧地，故名。冀，即冀州。古九州之一。包括今陕西全省、河北西北部、河南北部、辽宁西部。沙碛(qì)：沙漠。　⑤ 貂贵：得宠的宦官。貂，汉代宦官冠上插貂尾悬珥以为饰，后遂以貂珥喻显贵。　⑥ 七珍：亦称“七宝”。为金轮宝、白象宝、女宝、马宝、珠宝、主兵宦宝、主藏宦宝。

⑦ 摄山：在江苏江宁东北。山多药草，可以摄生，故名。　牛首：山名。在江苏江宁南，即牛头山。　⑧ 秽土：佛教称此世界为秽土，犹言浊世。

⑨ 玉环飞燕：人名。唐玄宗妃杨太真，小名玉环，体较肥。赵飞燕，汉成帝宫

人，初学歌舞，以体轻号曰“飞燕”。成语“燕瘦环肥”，谓二人体态各异。

【译文】

靠西山山脚建造的寺院，像森林一般密集着。可是最雄伟华丽的，要数鲍家寺。寺两边有石块砌成的高楼屹立着，百来株翠绿的槐树，枝叶伸展，覆盖着长长的道路，仿佛有点像农村。佛殿的阶前虽然只有松树四株，可是枝叶茂盛，把地面全都遮盖得没有空隙，松树飘粉吹香，树影子映在石子路上；庙宇整齐清洁，与碧云寺差不多。在弘教寺下面，又发现了滕公寺，四周用石块垒成围墙，好像一个大县城。其中高楼不少，大约有五十多所，门外是潺潺的清流，奇花异卉，使得屋檐和前厅都是一片芬芳。另外筑有小院子，结构曲折别致，令人目眩神迷，又幽静又深邃，是仿效馺娑宫和未央宫的格局建造的。咦，杨衒之记载洛阳的寺庙，盛况空前，中州本来应该这样。燕冀号称沙漠，几百年来，北京的物产、资财一天比一天富有，那些王侯中贵，毫不吝啬白象骏马之类的宝贝，因此就使鬼斧神工般的精巧技艺，隐藏在山谷中间。我浪游全国，如金陵的摄山、牛首，钱塘的天竺、净慈，真的是尘世间的清明安泰地方，至于说到奇伟整洁，毫无一点寒酸气的，在西山的这些寺院中又特别的多。玉环、飞燕各有优点，都不可轻视。虽然京都的人有“挑金填沟”的讽刺话，不过显赫盛大的帝王之都，要是让城郊一带都成为黄沙漫漫、荒草芊芊，不也显得太萧条了吗？王丞相说得不错，“不这样，怎么能叫京都呢？”

王思任

王思任(1575—1646),字季重,号谑庵,山阴(今浙江绍兴市)人。万历乙未(1595)进士,曾任九江佥事。有《王季重十种》,又有《谑庵文饭小品》,为其子鼎起所编辑。散文受徐渭、袁宏道的影响,以《游唤》、《历游记》成就为大,笔意放纵诙谐,颇有特色。清顺治三年,绍兴城破,绝食而死,年七十二。

本书所译,选自《谑庵文饭小品》、《王季重十种》。

剡　　溪[①]

浮曹娥江上[②],铁面横波,终不快意。将至三界址[③],江色狎人,渔火村灯,与白月相上下,沙明山静,犬吠声若豹,不自知身在板桐也[④]。昧爽,过清风岭,是溪江交代处[⑤],不及一唁贞魂[⑥]。山高岸束,斐绿叠丹,摇舟听鸟,杳小清绝,每奏一音,则千峦嗜答[⑦]。秋冬之际,想更难为怀。不识吾家子猷[⑧],何故兴尽?雪谿无妨子猷,然大不堪戴。文人薄行,往往借他人爽厉心脾[⑨],岂其可?过画图山,是一兰苕盆景。自此万壑相招赴海,如群诸侯敲玉鸣裾,逼折久之,始得豁眼,一放地步。山城崖立,晚市人稀。水口有壮台作砥柱[⑩],力脱帻往登,凉风大饱。城南百丈桥,翼然虹饮,溪逗其下,电流雷语。移舟桥尾,向月碛枕漱取酣[⑪],而舟子以为何不傍彼岸,才喃喃怪事我也。

① 剡(shàn)溪:水名。曹娥江的上游,北流入上虞,为上虞江,在浙江嵊县南。　② 曹娥江:水名。为剡溪之下流。至嵊县各支流汇合,曲折北流

经曹娥庙前，故名曹娥江。 ③ 三界：地名。在嵊县境内。 ④ 板桐：地名。⑤ 交代处：交接处。 ⑥ 唁(yàn)：对遭遇非常变故者的慰问。贞魂：指曹娥的阴魂。曹娥，东汉时会稽郡上虞人。相传其父五月五日迎神，溺死江中，尸骸流失。娥年十四，沿江哭号十七昼夜，投江而死。⑦ 啨(qiú)答：应答。 ⑧ 吾家子猷：晋王徽之，字子猷，大书法家王羲之的儿子。居会稽时，雪夜泛舟剡溪，访戴逵，至其门而返。人问其故，答道："本乘兴而来，兴尽而返，何必见戴？"作者亦姓王，故曰吾家。 ⑨ 爽厉：犹磨厉。厉，磨刀石，"砺"的本字。 ⑩ 壮台：高台。砥柱：山名。亦名三门山。此作"砥柱中流"讲。 ⑪ 枕潄(shù)：即"枕石潄流"之略。比喻隐居山林，作闲适讲。

【译文】

坐船上溯曹娥江，江水映出死板板的山影，看上去总不痛快。快到三界的地方，江上景色方使人感到亲近，渔舟灯火和村落灯光，与洁白的月光上下浮动，沙岸明净，青山静谧，犬吠声如豹，自己也不知道已经身在板桐了。黎明时，经过清风岭，这是溪与江的交接处，我没能对孝女曹娥作一番吊唁。山很高，岸又窄，两边景物五彩斑斓。在船摇动中听鸟声，悠远清亮，每叫一声，千山应答。秋冬两季，料想就更不能不激起内心的感情。不知道我家子猷，为何会没有兴致？大雪下的溪谷对子猷没有什么妨碍，他尽可以凭自己的兴致独往独来，而对戴逵来说却是很不好受的。文人不厚道，常常借别人来使自己心胸得到清快，难道这样做是可以的吗？翻过画图山，仿佛是一盆兰花似的盆景。从这里开始，万道溪流仿佛约好了一齐奔赴大海，好像一群朝见王帝的诸侯国君，衣襟响着佩玉，经过好长一段狭窄曲折的路以后，才到达这豁然开朗的地步。山城耸立在岩崖上,傍晚的市街上人迹稀少。江上有一座高台,仿佛中流砥柱,我脱掉头巾努力向上攀登,痛痛快快吹了一阵凉风。城南的百丈桥,其势如虹吸水,溪水从桥下流过,急得像电流,响得像打雷。我叫把船划到桥边,好对着明月笼罩下的沙滩闲适地喝酒,可是船夫却以为何不靠那对岸停泊,正在低声地说我这是怪事。

天　姥[①]

从南明入台山[②],如剥笋根,又如旋螺顶,渐深遂渐上。过桃墅[③],溪鸣树舞,白云绿坳,略有人间。饭班竹岭[④],酒家胡当垆[⑤],艳甚,桃花流水,胡麻正香[⑥],不意老山之中,有此嫩妇。过会墅[⑦],入太平庵看竹,俱汲桶大。碧骨雨寒,而毛叶离蓰[⑧],不啻云凤之尾[⑨],使吾家林得百十本,逃帻去裈其下[⑩],自不来俗物败人意也。行十里,望见天姥峰,大丹郁起。至则野佛无家,化为废递,荒烟迷草,断碣难扪。农僧见人辄缩,不识李太白为何物,安可在痴人前说梦乎?山是桐柏门户[⑪],所谓半壁见海,空中闻鸡[⑫],疑意其巅。上至石扇洞天[⑬],青崖白鹿,葛洪丹丘[⑭],俱在明昧之际,不知供奉何以神往[⑮]?天台如天姥者,仅当儿孙内一魁父[⑯],焉能"势拔五岳掩赤城"耶[⑰]?山灵有力,夤缘入供奉之梦[⑱],一梦而吟,一吟而天姥与天台遂争伯仲席[⑲]。嗟乎,山哉,人哉。

① 天姥(mǔ):山名。在浙江嵊县新昌两县之间。《太平寰宇记》九六《越州》引《后吴录》:"剡县有天姥山。传云登者闻天姥歌谣之响。" ② 南明:山名。一名石城山,在浙江新昌南。台:天台。山名,亦区名。 ③ 桃墅:地名。 ④ 班竹岭:地名。 ⑤ 胡:即"胡人"。我国古代对北方边地及西域各民族的称呼。唐代是诸民族混合的时代,当垆的多有胡人。后世遂称当垆者为胡。当垆:古时的酒店,垒土为垆,安放酒瓮,卖酒的坐在垆边,叫做

"当垆"。 ⑥ 胡麻:胡麻饭。可作饭讲。 ⑦ 会墅:地名。 ⑧ 离蓰(xǐ):毛羽始生貌。蓰,也作褷。 ⑨ 云凤:天上的凤凰。云,比喻高。⑩ 帻(zè):包头巾。裈(kūn):裤子。"逃帻去裈"这件事,或与竹林七贤的刘伶有关系。《世说新语》:"刘伶恒纵酒放达,或脱衣裸形在屋中,人见讥之。伶曰:我以天地为栋宇,屋室为裈衣,诸君何为入我裈中!" ⑪ 桐柏:山名。在浙江天台西北二十五里。有紫霄、翠微、玉泉等九峰。上有桐柏宫。⑫ 半壁见海,空中闻鸡:本李白《梦游天姥吟留别》诗中的句子:"半壁见海日,空中闻天鸡。" ⑬ 石扇洞天:疑是地名或景名。石扇,又作石扉,即石门。洞天,指神仙居地。 ⑭ 葛洪:晋句容人,字稚川,自号抱朴子。家贫好学,始以儒术知名,后好神仙导引之法。 丹丘:神话中神仙之地。⑮ 供奉:即李白,字太白,曾任玄宗朝供奉。天宝四年作《梦游天姥吟留别》诗,"洞天石扉,訇然中开"、"且放白鹿青崖间,须行即骑访名山",都是诗中的句子。 ⑯ 魁父:小山。 ⑰ 势拔五岳掩赤城:李白诗句。五岳:东岳泰山,西岳华山,南岳衡山,北岳恒山,中岳嵩山,总称五岳,是我国古代以为最高的山。 赤城:山名。在今浙江天台北。 ⑱ 夤(yín)缘:凭借关系,进行钻营。 ⑲ 争伯仲席:争高低地位。伯仲,评论人的才能时,比喻相差很少,难分优劣。

【译文】

从南明山进入天台山区,像是剥笋,又像是盘螺蛳顶,逐渐深入又逐渐上升。过了桃墅,溪涧鸣响,树木飘舞,在白云缭绕的绿色山谷中,略有一些人家。在班竹岭吃饭,卖酒的是一个女子,长得很漂亮。桃花盛开,溪水流鸣,酒饭香甜可口,料不到在这深山野墺中间,竟有这样年轻美貌的女子。过了会墅,到太平庵观赏竹子,竹子都有吊桶那么粗,碧绿的枝干散发着阴凉,而竹叶跟凤凰的尾巴没有什么两样。假如我家园中能有这么上百十来株,我就能解去头巾脱掉长裤,坐在竹林下面乘凉,自然要没有俗人来败坏兴致才好。走了十来里路,望见天姥峰,一座赭红色的大山在前面耸起。到了山上,只见佛像不见庙宇,庙宇早已变成废弃的驿馆,在一片荒烟漫草当中,断裂的石碑无从查考。山民与和尚见了人就躲闪,他们连李太白是什么人都不知道,又哪里可以在这些愚昧无知的人面前谈论李太白梦中的景物呢?山是桐柏的门户,李白所说的“半壁见海日，空中闻天鸡”，猜想可能是在它的顶峰。上去到了“石扇洞天”，李白所说的青崖白鹿，葛洪的丹丘都在若有若无之间，不晓得李白为什么是如此关注？天台的那些山中间，像天姥峰这样的山，仅仅只是山子山孙中的一座小山罢了。怎么能超出五岳盖过赤城呢？大概是山神有能力，凭借关系进入了供奉的梦中，而一场梦就造成了一篇诗歌，一篇诗歌就使得天姥峰与天台山争起高低地位来。啊呀，这是靠山呢，还是靠人呢！

历小洋记[①]

由恶溪登括苍[②]，舟行一尺，水皆汗也。天为山欺，水求石放，至小洋而眼门一辟。吴闳仲送我[③]，挈睿孺出船口[④]，席坐引白，黄头郎以棹歌赠之[⑤]。低头呼卢[⑥]，俄而惊视，各大叫，始知颜色不在人间也。又不知天上某某名何色？姑以人间所有者仿佛图之：落日含半规，如胭脂初从火出。溪西一带山，俱似鹦绿鸦背青。上有猩红云五千尺，开一大洞，逗出缥天[⑦]，映水如绣铺赤玛瑙。日盆冒[⑧]，沙滩色如柔蓝懈白，对岸沙则芦花月影，忽忽不可辨识。山俱老瓜皮色。又有七八片碎剪鹅毛霞，俱金黄锦荔，堆出两朵云，居然是透葡萄紫也。又有夜风数层斗起，如鱼肚白穿入出炉银红中[⑨]，金光煜煜不定[⑩]。盖是际天地山川，云霞日采，烘蒸郁衬，不知开此大染局作何制？意者妒海蜃，凌阿闪[⑪]，一漏卿丽之华耶[⑫]？将亦谓舟中之子，既有荡胸决眦之解，尝试假尔以文章，使观其时变乎？何所遘之奇也！夫人间之色仅得其五，五色互相用，衍之数十而止，焉有不可思议如此其错综幻变者！曩吾称名称类，亦自人间之物而色之耳，心未曾通，目未曾睹，不得不以所睹所通者，达之于口，而告之于人。然所谓仿佛图之,又安能仿佛以图其万一也?嗟呼!不观天地之富,岂知人间之贫哉!

① 小洋:地名。一说为恶溪下游。 ② 恶溪:溪名。即今好溪,在浙江缙云。相传溪中多水怪,唐段成式为刺史时,水怪绝,乃改名好溪。 括苍:山名。主峰在浙江仙居东南,也名苍岭。以山多括木(本作"栝"),故名括苍。 ③ 吴闳仲:作者的朋友。 ④ 睿孺:人名。似为作者的子侄辈。 ⑤ 黄头郎:船夫。汉代管理航运的官员头戴黄色帽子,故称黄头郎。 ⑥ 呼卢:古代一种赌博。呼卢为"呼卢喝雉"之简称。这里代指饮酒畅快。 ⑦ 缥:淡青色。俗所谓月白色。 ⑧ 日盆:即太阳。㫚:日暮。 ⑨ 出炉银红:即刚出炉的银子。出炉银红,转指熔银,又称熔金,后人常用来比喻月下的水色,如刘禹锡《洞庭秋月行》:"洞庭秋月生湖心,层波易识如熔银。" ⑩ 煜煜:光明貌。 ⑪ 阿闪:佛名。这里借指佛的神力。 ⑫ 卿丽:指司马相如与扬雄。司马相如字长卿,扬雄字子云,是汉朝著名的赋家,合称卿云。《南齐书·文学传》史臣曰:"卿云巨丽,升堂冠冕;张左恢廓,登高不绝。"是为卿丽的出处。

【译文】

从恶溪坐船向括苍山攀登,前进一尺,船夫所流的汗就跟溪水一样多。两边的山峰高插云霄,让老天爷也感到为难;水流很急,都是因为那些顽石不肯让路的缘故。到了小洋,眼界方才开阔。吴闳仲来送行,我带着睿孺迎至船头,大家就坐下来喝酒。船夫唱船歌为我们助兴。只顾低头畅饮,忽然举目看天,都不禁大声叫绝,天上的众多颜色都不是人间所有!却又不知道它们在天上该叫什么名称？姑且就拿人世间的名物来刻画它：夕阳在山只留下一个半圆形，颜色鲜丽得像胭脂刚从熬盘中取出。溪西面的那些背阳的山，颜色青黑就像鹦鹉的绿与乌鸦的黑相混和。山上一大片猩红的云彩，总有五千尺之谱，中间留出一个大窟窿，透漏出一片月白色的天空，倒映在水中，就像铺开的绣品上一块红色的玛瑙。不一会太阳全没了，沙滩上反映出嫩蓝浅白的颜色。对面沙滩上是一片白色的芦花，在月光下白茫茫看不分明。山色更加黝暗，就跟瓜老了时的皮差不多。另有七八片像剪碎的鹅毛似的云霞，真像一粒粒鲜艳的荔枝。其中有两朵居然透出紫葡萄的颜色。忽然间夜风阵阵，就像在鱼肚似的一片白色进入刚出炉的火红的银液之中，金光灿灿，闪烁不定。原来这时候的天地山川，经过日照月射，云蒸霞蔚，但不知道开这么个大染坊有何作用？大概是妒忌海市蜃楼的奇怪莫测，是想超越阿闪佛的佛力无穷，还是有意透漏“卿云”的华丽呢？或者是想告诉我们船里的人：“既然你们具有大诗人的睿智，就不妨向你们展示一下天上的文章风采，让你们看一看大自然的变化有多大！”这真是一次难得的机遇呵！人世间的颜色只有五种，相互搭配，也不过变化出几十种罢了，哪里有丰富多彩、变幻莫测到如此之多的！刚才我称名称类的说明，不过是用人世间的名物加以刻画，那些心里不曾想到，眼前不曾看到的，不得不以想到看到的说出来，告诉别人。所谓大致刻画一下。但是它又怎么能刻画大自然的万分之一呢？啊呀！不看到大自然的富有，又怎么能知道人世间的贫乏呢！

游杭州诸胜记

之　四

西湖之妙，山光水影，明媚相涵，图画天开，镜花自照，四时皆宜也。然涌金门苦于官皂，钱塘门苦僧，苦客，清波门苦鬼。胜在岳坟,最胜在孤山与断桥。吾极不乐豪家徽贾,重楼架舫,优喧粉笑,势利传杯,留门趋入[①]。所喜者野航两棹,坐恰两三,随处夷犹,侣同鸥鹭,或柳堤鱼酒,或僧屋饭蔬,可信可宿[②],不过一二金,而轻移曲探,可尽西湖之致。

① 留门趋入:旧日城门启闭有一定时间,所以要与守门者打个招呼,以便赶入城内。 ② 信:再宿叫信。

【译文】

西湖的美丽,在于山峦的风光和湖水的倒影,鲜妍悦目,彼此包容,像是一幅天然的图画,又像是反映在镜中的鲜花:四季都适宜于游玩。只是涌金门苦于官吏隶役多,钱塘门苦于和尚多,游客多,清波门苦于坟墓多。美好处在岳坟,最美好处在孤山与断桥。我很不喜欢豪门大户、徽州富商,他们乘坐高大的楼船,优人喧闹,歌妓哄笑,为结交权势、谋取财富,在湖上大吃大喝,招呼管城门的延迟关门,到时候匆匆赶回城里去。我所喜欢的是用一条小船两支划桨,正好坐二三个人,在湖上任意划行停留,和鸥鹭作游伴;有时候在柳堤边买鱼喝酒,有时候在佛寺中吃素食,当然也不妨住上一两夜,花费不过一二两银子,这样从容不迫地到东到西,探访曲折幽深之处,才能充分领略西湖的妙处。

之　五

昭庆一市闹耳。净寺幽云肥绿可爱,佛宫峻壮,入其中似我身小;东北僧舍皆竹建,寺前莲沼,香红万点,白鸥沙鸟,往来飞啄。酒家鱼藕甚贱,颇适游人。黄贞父寓园在右肩[①],有石可剔[②],而无泉可淙,终不若寺门境界之豁爽可坐也。

① 黄贞父寓园:黄汝亨,字贞父,仁和(今杭州市)人。张岱《西湖梦寻·小蓬莱》:"小蓬莱在雷峰塔右,宋内侍甘升园也。……自古称为小蓬莱。石上有宋刻'青云岩'、'鳌峰'等字。今为黄贞父先生读书之地,改名寓林,题其石为'奔云'。" ② 剔:剔抉,挑选。

【译文】

昭庆寺只不过是个闹市罢了。净慈寺才是个环境幽雅、林木茂盛、教人喜欢的地方。佛殿高大雄壮,走进里面仿佛觉得自己身子一下子变小了。东北边和尚的宿舍都是用竹子建成,山门外有荷塘,开放着无数鲜红芬芳的藕花,白鸥沙鸟来回飞翔啄食。那里酒店出卖的鱼儿鲜藕,价钱相当低廉,对游客来说非常合适。黄贞父家的寓园就在净慈寺右边,那里有可玩赏的石头,却没有琤琮的泉水,到底比不上净慈寺山门外境界的开阔爽朗,值得一坐。

之十四

赤山埠往南三四里[①],走林壑中,大率苍荡寒翳[②]。上一岭而得定慧寺[③],坐大慈山如交椅然。门榜"万象森罗"[④]。杉桧皆数百年物。入看虎跑泉,言南岳分至[⑤]。泉甘而洌,载到城,担可百钱,汲不停手。予以罗岕试之[⑥],僧以龙井和之,一时逸气冷然,此子瞻题诗后一乐也[⑦]。

① 赤山埠:在西湖南岸,净慈寺以西。 ② 苍荡:大竹。荡当作簜。 ③ 定慧寺:通称虎跑寺,始建于唐元和十四年(819)。 ④ 万象森罗:指宇宙间纷然罗陈的各种事物现象。 ⑤ 南岳分至:《西湖游览志》:"唐元和十四年,性空大师来游兹山,乐其灵气郁盘,栖禅其中。寻以无水将他之。忽神人跪而告曰:'自大师之来,我等缴惠者甚大,奈何弃去?南岳有童子泉当遣二虎移来,师无忧也。'翌日,果见二虎跑地作穴,泉遂涌出,甘冽胜常。大师因留,建立伽蓝。" ⑥ 罗岕:《辞源》"岕"字项下说:"读如界,两山之间

也。浙江之长兴县,山地多岕者,如罗岕,丁字岕之类。字书无此字。”
⑦ 子瞻诗:子瞻即苏东坡,曾作《病中游祖塔院》诗。

【译文】

从赤山埠向南三四里路,走在树林溪涧中间,多数是荫蔽天日的大竹。攀登一条山岭,就找到了定慧寺。它坐落在像一把交椅似的大慈山中。大门上写着“万象森罗”四个字。杉树柏树都是几百年前的旧物。进去看虎跑泉,说是从南岳衡山搬来。泉水甘美寒冷,运到城里,每担可以卖一百个铜钱,所以汲水的人不断。我拿罗岕茶泡水尝试,和尚拿龙井茶与它相比,一时间香气消散,浑身凉爽,这也就是子瞻做诗以后的一大乐趣了。

之十八

六桥花柳妍媚,忽尔松柏威森,则精忠武穆之庙墓也。山环水潴,醉人狂子岸帻者整巾,笑喧者习肃。嗟呼!人心尚有血在。白杨碧槚[①],乌亦悲啼。奸桧等铸错接反,头颈俱断。此死铁耳[②]。何不于金牌十二时,效澹庵先生一按哉[③]?予令茂陵过汤阴[④],晤其子孙,即茁发者皆凛凛有生气[⑤],垂老分节九江[⑥],谒其祠已颓废,捐俸葺之。尝读其词吟笺表,雄伟理密,不但武穆,亦文渊也。丰碑大刻,何足揄扬其万一乎!

① 槚(jiǎ):木名。即榎。一名山楸。古人常以做棺椁,或植墓前。 ② 死铁:没有知觉的铁。 ③ 效澹庵先生一按:宋胡铨,字澹庵,庐陵(今江西吉安)人。建炎二年(1128)进士,历任枢密院编修官,上书乞斩王伦、秦桧、孙近三人头,悬之藁街,好事者锓木传之。按,抑制。 ④ 茂陵:古县名。今陕西兴平市地。汤阴:县名,属河南省。古羑里地。为岳飞故里,有羑里故址和岳王庙等古迹。 ⑤ 茁发者:刚长头发的人。犹小孩子。茁,草初生貌。 ⑥ 节:符节。古时使臣执以示信之物。

【译文】

西湖苏堤，一路上桃花杨柳鲜妍明媚，走到一个地方忽然变为松树柏树严肃茂密，这就是精忠岳武穆的祠堂与陵墓的所在。一到这个四周青山环抱，绿水停聚的地方，不论醉汉疯子露着额头的都会立即整整头巾，嘻笑吵闹的也马上换成严肃的样子。啊呀！这可见人们的心里还有血性存在。在白杨碧楸之中，乌鸦也知道悲哀哭泣。秦桧等铸成大错的奸臣反绑着双手跪在墓前，头颈都被游人打断了。其实，这不过是一块毫无知觉的死铁罢了，为什么不在用十二块金牌召回岳飞时，就学那胡澹庵先生的样，给以当头一棒呢？我在任茂陵县令时经过汤阴县，会见过岳飞的子孙，即使是小孩子也都威风凛凛很有生气；晚年担任九江佥事，也拜访过他的祠堂，看见祠堂已经倒坍，就捐献俸金加以修葺。我曾经读过他的诗词奏章，觉得气魄宏伟，说理周密，知道他不仅武功壮美，文章也很博大深刻，庙中这些高大的石碑文字，哪里足以表彰他文事武功的万分之一呢？

游惠锡两山记①

越人自北归，望见锡山，如见眷属，其飞青天半，久暍而得浆也②。然地下之浆，又惠泉首妙。居人皆蒋姓，市泉酒独佳。有妇折阅[3]，意闲态远，予乐过之。买泥人，买纸鸡，买木虎，买兰陵面具[4]，买小刀戟，以贻儿辈。至其酒，出净磁许先尝，论值。予丐冽者清者，渠言燥点择奉，吃甜酒尚可做人乎！冤家，直得一死。沈丘壑曰："若使文君当垆[5]，置相如何地也。"

① 惠锡：即惠山、锡山。均在江苏无锡市西郊。惠山为江南名山之一，以泉水著名，有天下第二泉之称。 ② 暍（yē）：中暑，伤于暴热。 ③ 折阅：减低售价。阅，卖。 ④ 兰陵面具：即假面具。《隋唐嘉话》："齐文襄长子恭封兰陵王，与周师战，尝着假面对敌，击周师金墉城下，勇冠三军，战士共歌谣之，曰《兰陵王入阵曲》。" ⑤ 文君当垆：《史记·司马相如传》："买一酒舍酤酒，而令文君当垆。"古时的酒店，垒土为垆，安放酒瓮，卖酒的坐在垆边，叫做"当垆"。

【译文】

浙江人从北方归来，望见锡山，就像看到了家属一样亲昵，见那青青的山峰高耸在半天空，仿佛长久暴热的人得到了水浆。但是地底下的水浆，又要算惠山泉为最好。居民都姓蒋，出售用惠泉水酿造的酒特别有名。有个妇女坐在店堂里做买卖，价格公道，神态闲雅不俗，我乐意到她那里去买东西。我买了泥人，买了纸鸡，买了木虎，买了假面具，买了小刀小枪，准备拿回去送给小孩子。至于那酒，她先用干净的磁碗舀一点让我品尝，然后再讲价钱。我要求买清淡一点的，她说："拣凶一点的给你，吃甜酒还能够算是个男子汉吗！"好冤家，真值得为她一死！沈丘壑说："如果让卓文君站在柜台边卖酒，那么把司马相如怎么安顿呀！"

游满井记

京师渴处，得水便欢，安定门外五里有满井，初春，士女云集，予与吴友张度往观之。一亭函井，其规五尺，四注而中满，故名。满之貌，泉突突起，如珠贯贯然，如蟹眼睁睁然，又如鱼沫吐吐然，藤蓊草翳资其湿。游人自中贵外贵以下[①]，巾者，帽者，担者，负者，席草而坐者，引颈勾肩履相错者，语言嘈杂。卖饮食者，邀诃好火烧，好酒，好大饺，好果子[②]。贵有贵供，贱有贱鬻。势者近，弱者远，霍家奴驱逐态甚焰[③]。有父子对酌、夫妇劝酬者；有高髻云鬟、觅鞋寻珥者；又有醉詈泼怒、生事祸人、而厥夭陪乞者[④]。传闻昔年有妇即此坐蓐[⑤]，各老妪解襦以帷者，万目睽睽，一握为笑[⑥]。而余所目击，则有软不压驴、厥夭扶掖而去者[⑦]；又有脚子抽登复坠、仰天露醜者；更有喇唬恣横、强取人衣物[⑧]，或狎人妻女；又有从旁不平、斗殴血流、折伤至死者。一国惑狂[⑨]。予与张友买酌苇盖之下，看尽把戏乃还。

① 中贵：显贵的侍从宦官。外贵：外戚中得宠的人。 ② 邀诃：吆喝。果子：即油馃子，也即油条。 ③ 霍家奴：指仗势欺人的豪门奴仆。④ 夭：指年轻美貌的女子。 ⑤ 蓐（yù）：草席，草垫。今通作“褥”。此作生产。 ⑥ 一握为笑：捂住嘴笑。 ⑦ 软不压驴：指轻柔无力的女子。⑧ 喇唬：即喇子、地痞，靠敲榨勒索为生的游民。 ⑨ 国：国都，即北京。

【译文】

北京是个干旱的地方，有了水就高兴。安定门外五里路有一口满井，初春时节，男男女女挤得满满的，我也同一个苏州的朋友张度到那里去游观。一个亭子覆盖在井上，井面有五尺来宽，水四周低平，中间盈满，所以叫做满井。怎么个满的样子？泉水突突涌起，像一串串的珠子，像蟹眼睁得大大的，又像鱼不断吐着泡沫；井边茂盛的藤萝与丛草，都得到了滋润。游人从中贵外贵以下都有，有裹着头巾戴着帽子的，有挑担背东西的，有铺了草坐着的，有扶肩搭背挤挤挨挨的，语言嘈杂。售卖饮食的人，有吆喝着叫卖好烧饼，好酒，好大饺子，好油条的。高贵者可以买到高档食品，低贱者也有普通的吃食。有钱有势的人靠近井边坐，没钱没势的人只好离得远一点，那些豪门的奴仆，驱赶别人的气焰可厉害呢！有父子对饮、夫妻互劝的，有梳着漂亮的发髻、找寻鞋子耳环的，还有醉汉生事、撒泼骂人，有从旁讨情的。传说从前有个孕妇在这里生产，急得几个老太婆解下裙子来为她遮护，众目睽睽，都捂着嘴发笑。而今天我亲眼目睹的，有骑不上驴子、由丫环搀扶着离开的；又有脚夫抽掉踏凳后、人从驴背上掉下来、四脚朝天当众出丑的；更有流氓逞凶、强抢别人衣服东西，或者调戏他人妻女，又有代打不平、互相斗殴、流血受伤而死的。京都地方的人如此疯狂惑溺，我和姓张的友人坐在芦棚底下，喝着酒，看够了种种把戏后才回来。

钟　惺

钟惺(1574—1624),字伯敬,号退谷,湖北竟陵人。万历三十八年进士,官至福建提学佥事,后以事落职。能诗善画,与同里谭元春为竟陵派的创始人。诗文风格幽深孤峭,提倡抒写性灵,反对模拟。著作有《隐秀轩集》等。

本书所译,选自《隐秀轩集》。

夏梅说

梅之冷,易知也,然亦有极热之候。冬春冰雪,繁花累累,雅俗争赴,此其极热时也。三四五月,累累其实,和风甘雨之所加,而梅始冷矣。花实俱往,时维朱夏[①],叶干相守,与烈日争,而梅之冷极矣。故夫看梅与咏梅者,未有于无花之时者也。张谓《官舍早梅》诗所咏者[②],花之终,实之始也。咏梅而及于实,斯已难矣,况叶乎!梅至于叶,而过时久矣。廷尉董崇相官南都[③],在告[④],有夏梅诗,始及于叶。何者?舍叶无所为夏梅也。予为梅感此谊,属同志者和焉,而为图卷以赠之。夫世固有处极冷之时之地,而名实之权在焉[⑤]。巧者乘间赴之,有名实之得,而又无赴热之讥。此趋梅于冬春冰雪者之人也,乃真附热者也。苟真为热之所在,虽与地之极冷,而有所必辩焉。此咏夏梅意也。

① 朱夏:《尔雅·释天》:"夏为朱明。"因称夏季为朱夏。朱明,气赤而光明。　② 张谓:唐代诗人。他在《官舍早梅》诗中有云:"晚时花未落,阴处叶难生。摘子防人盗,攀枝畏鸟惊。"　③ 廷尉:官名,即大理寺卿,掌管刑

狱之事。　南都：今南京市。参看前王稚登《武林门》注。　④ 在告：官吏休假叫“告”，在休假期中称为“在告”。　⑤ 名实：名称和实际。可以理解为言行。

【译文】

梅花素来冷淡，这是人所共知的事，但它也有热火的时候。冬末春初，冰雪交加，梅花盛开，人不分雅俗，争着前去观赏，这就是它热火的时候。从三月到五月，梅子挂满枝头，暖风吹着，甘雨淋着，它却开始被人冷落。梅花早就凋谢，梅子也已采摘，时序进入夏天，只有枝干和叶子坚守着，与烈日抗争。这时候，它受到的冷落也到了极点。因为赏梅和咏梅的人，不可能会在无花的时候出现。张谓的《官舍早梅》诗写的，就是梅花即将凋谢、梅子刚刚结成的那段时间。咏梅而能够涉及到梅子，这已经是很不容易了，何况叶子呢！因为从梅花盛开到叶子繁茂，不合时已经很久了。廷尉董崇相在南京做官，假期里写了一首夏梅诗，涉及到梅树的叶子。这是为什么呢？因为如果抛开叶子，夏天的梅树实在也没有什么可写。不过我还是为梅树感到庆幸，所以发动爱梅的朋友来写诗应和，并且提议把诗抄在绢素上送给他。人世间本来有处境极其冷漠的时候，这当中最容易看出一个人的言行是否一致。乖巧的人乘机而动，

名利双收，又不遭到投机取巧的讽刺。这就像冬末春初梅花盛开时赶热闹的人，实际上就是趋炎附势之辈。假如有人真有热爱存在，虽然对方处在极端冷落的境地，他也会设法加以辩护。这就是我咏夏梅的意思了。

浣花溪记

出成都南门，左为万里桥[①]，西折，纤秀长曲，所见如连环，如玦如带，如规如钩，色如鉴，如琅玕，如绿沉瓜[②]，窈然深碧，潆回城下者，皆浣花溪委也。然必至草堂，而后浣花有专名，则以少陵浣花溪在焉耳。行三四里，为青羊宫[③]。溪时远时近，竹柏苍然隔岸阴森者，尽溪。平望如荠，水木清华，神肤洞达。自宫以西，流汇而桥者三，相距各不半里。舁夫云通灌县，或所云"江从灌口来"是也[④]。人家住溪左，则溪蔽不时见，稍断则复见溪，如是者数处，缚柴编竹，颇有次第。桥尽，一亭树道左，署曰"缘江路"。过此，则武侯祠。祠前跨溪为板桥一，覆以水槛，乃睹"浣花溪"题榜。过桥，一小洲，横斜插水间如梭，溪周之，非桥不通。置亭其上，题曰"百花潭水"。由此亭还，度桥，过梵安寺[⑤]，始为杜工部祠。像颇清古，不必求肖，想当尔尔。石刻像一，附以本传，何仁仲别驾署华阳时所为也[⑥]。碑皆不堪读。钟子曰：杜老二居，浣花清远，东屯险奥[⑦]，各不相袭。严公不死[⑧]，浣溪可老，患难之于朋友大矣哉！然天遣此翁增夔门一段奇耳。穷愁奔走，犹能择胜，胸中暇整[⑨]，可以应世，如孔子微服主司城贞子时也[⑩]。时万历辛亥十月十七日[⑪]，出城欲雨，顷之霁。使客游者多[⑫]，由监司郡邑招饮[⑬]。冠盖稠浊，磬折喧溢[⑭]，迫暮趣归。是日清晨，偶然独往。楚人钟惺题。

① 万里桥:在成都南门外锦江上。三国蜀费祎奉命出使吴国,诸葛亮在此饯行,曰:“万里之行始于此。”故名万里桥。　② 绿沉:浓绿色。③ 青羊宫:著名道馆。在成都市西,始建于唐代。相传老子曾乘青羊至此得名。　④“江从灌口来”:杜甫《野望因过常少仙》中的句子。江,锦江。灌口,今四川江堰市。　⑤ 梵安寺:在成都市南,与杜甫草堂相连,俗称草堂寺。　⑥ 别驾:官名。汉置别驾从事使,为刺史的佐吏。华阳:县名,故治在今四川广元北。　⑦ 东屯:地名,在今四川夔州城东瀼溪边。⑧ 严公:指严武。杜甫入川不久,严武任剑南节度使,对杜甫多有照顾。严武死后,杜甫就东下夔州。　⑨ 暇整:即“整暇”,形容从容不迫。　⑩“如孔子”句:孔子到宋国游说,宋国司马桓魋要害他,就逃到陈国,住在司城贞子家中。司城,官名。　⑪ 万历辛亥:万历三十九年(1611)。万历,明神宗朱翊钧年号。　⑫ 使客:使者。朝廷派到地方上的使臣。　⑬ 监司郡邑:监司为监督州县的地方官;郡邑为州县官。　⑭ 罄折:像罄一样鞠躬弯腰。罄,曲尺形的打击乐器。

【译文】

出了成都的南门,左边是万里桥,往西拐弯,溪流蜿蜒曲折,像玉环,像丝带,像圆规,像银钩,颜色像镜子一样明亮,像美玉一样润泽,像西瓜一样翠绿,幽深沉碧,潆回在城边的,都是浣花溪的流域。然而必定要到草堂,才有浣花溪的名称。这是因为杜甫曾在这里居住过。往前走三四里路,到了青羊宫。溪流或远或近,附近都是苍翠的竹林和柏树,连站在对岸的人也觉得阴森,远远望去就像一片蒺藜,一直延伸到溪的尽头。那里水流清澈,草木繁茂,看了让人心旷神怡。青羊宫的西边,有三条溪汇流在桥下,相距都不到半里路。轿夫说从这里可以通到灌县，可能就是杜甫在诗中所说的“江从灌口来”。溪左边住着一些人家，遮住了溪流；没有人家的地方，溪流又复出现。这样的情况反复了好几次。树枝或竹子编成的篱笆错落有致。过桥后路左边有个亭子，名叫“缘江路”。再过去就是武侯祠。祠前有一座板桥横跨在溪上，桥上有轩，可以看到“浣花溪”的牌匾。过了桥，是一个小洲，像梭子一样斜插在水当中，四周都是溪流，没有桥过不去。洲上有一个亭子，名叫“百花潭水”。从这个亭子过桥回来，经过梵安寺，就到了杜工部祠堂。塑像清臞古朴，不必说像不像，想来是这模样就好。一块石碑刻着杜甫像，还附上一篇传记，都是何仁仲别驾在代理华阳县令时所立。石碑上的字都不值得一看。我说，杜甫住过两个地方，浣花溪清静悠远，东屯地僻险峻，环境很不一样。倘若严武不死，杜甫可以在浣花溪安度晚年。一个人的遭遇跟朋友的关系有多大啊！这也许是上天有意让杜甫增加了夔门这一段奇特的经历吧。穷困潦倒，四处奔波，仍然能选择风景优美处住，他胸襟宽阔，行动洒脱，是能够顺应世俗的具体表现，与孔子当年在宋国落难时的情况差不多。万历三十九年十月十七日，出城时天像要下雨的样子，不一会就晴了。朝廷使者游浣花溪的人很多，在地方官员的陪同下，官吏错杂，揖让喧嚣，到傍晚就回去了。这一天清早，我一个人到此游玩，觉得很自由自在。楚人钟惺记。

张京元

张京元，字思德，别字无始，泰兴（今江苏泰兴）人。生卒年不详。万历戊戌（1598），王稚登游泰兴，时年四十六，遇到京元，作有《张郎行赠张无始》一诗，中有云："子方壮年吾老矣。"可见年辈在稚登之后。万历甲辰（1604）考取进士，官至提学副使。文辞敏赡，倾倒一时。为人恬淡寡欲，性喜隐逸，酷爱山水。著作有《寒灯随笔》等。

本书所译，选自《湖上小记》。

九　里　松①

九里松者，仅见一株两株，如飞龙劈空，雄古奇伟。想当年万绿参天，松风声壮于钱塘潮，今已化为乌有。更千百岁，桑田沧海②，恐北高峰头有螺蚌壳矣，安问树有无哉。

① 九里松：地名，在西湖西南灵隐附近，以多松树出名。　② 桑田沧海：又称"沧海桑田"。朝为桑田，暮为沧海，说大自然变化很大。

【译文】

叫九里松的，只看得到一棵两棵松树，像飞腾的蛟龙冲破天空，又宏伟，又苍老，又奇特。推想当年上万棵松树的绿荫上接天空，松涛的声音比那钱塘江的潮声还要雄壮，如今已经变得一无所有。再经过百年千年，桑田变成大海，恐怕北高峰顶上也有螺蚌壳了。还问什么有没有松树呢！

石　屋①

石屋寺，寺卑下无可观。岩下石龛②，方广十笏③，遂以屋称。屋内，好事者置一石榻，可坐。四傍刻石像如傀儡④，殊不雅驯。想以幽僻得名耳。出石屋西，上下山坡夹道皆丛桂，秋时着花，香闻数十里，堪称金粟⑤世界。

① 石屋：洞名。在西湖南岸山中，附近以产桂花闻名，通称满觉陇。　② 龛(kān)：供养佛像或神主的小阁。　③ 笏：古时向天子奏事时所执手板，长尺许。　④ 傀儡：木偶。　⑤ 金粟：桂花的别名。

【译文】

石屋寺，屋子低矮狭小，没有什么可观赏的。岩石下面的石龛，有十来尺见方，就叫做"屋"了。石屋洞里，热心人凿了一张石头床，人可以坐憩。四面壁上刻着佛像，呆板得都像木头人，很是粗陋。猜想起来，这里只是幽静冷僻才出名的吧。离开石屋寺向西走，上上下下的山坡上，沿路两旁都是一片片的桂花树。秋天桂花开放，香气几十里外都闻得到，可以称得上是桂花世界。

烟　霞　寺①

烟霞寺在山上，亦荒落，系中贵孙隆易创②，颇新整。殿后开宕取土，石骨尽出，巉峭可观。由殿右稍上两三盘，经象鼻峰，东折数十武为烟霞洞，洞外小亭踞之，望钱塘如带。

① 烟霞寺：在西湖南岸南高峰南面。　② 中贵：见前袁宗道《西山五记》之二注。

【译文】

烟霞寺在半山腰上,也是个荒凉寂寞的地方。太监孙隆所改建,倒也整齐别致。殿堂后边因为挖掘泥土,洁白的岩石都露了出来,高峭险峻,值得欣赏。由殿堂右边拐几个弯上去,经过象鼻峰,向东走几十步就是烟霞洞,洞外边有个小亭子,眺望钱塘江就像一条带子。

法相寺[①]

法相寺,不甚丽,而香火骈集。定光禅师长耳遗蜕[②],妇人谒之,以为宜男,争摩顶腹,漆光可鉴。寺右数十武,度小桥,折而上,为锡杖泉。涓涓细流,虽大旱不竭。经流处,僧置一砂缸,挹注供爨。久之,水土锈结,蒲生其上[③],厚几数寸,竟不见缸质,因名蒲缸。倘可铲置砚池炉足,古董家不秦汉不道矣。

① 法相寺:故址在西湖南岸。 ② 长耳遗蜕:长耳和尚,即定光禅师。遗蜕:遗体。道家佛家谓人的死亡如蝉的脱壳,故称为“蜕”。

③ 蒲:草名。即菖蒲。此虽名蒲缸,但锈结的恐是苔藓。因为文中说是“厚几数寸”,而不是说“长几数寸”。蒲可能有几寸长,甚至几尺长。苔藓则极短,只能说几寸厚。再说蒲不能铲贴,苔藓却可以。

【译文】

法相寺不很壮丽,可是烧香的人聚集得很多。定光禅师——长耳和尚的遗体,妇女们向他礼拜,认为能够保佑多生男孩。她们抢着摸遗体的头顶和肚皮,弄得这些地方光亮如漆,几乎可以照见人影。向寺右边走几十步路,跨过一座小桥,转个湾上去,就是锡杖泉。虽说只是一道细流,却是大旱天不会枯干的。在泉水流过的地方,和尚放了一只大砂缸,把泉水引入缸内贮存起来,以便烧茶煮饭。年深月久,湿土粘积在砂缸内壁,像生了锈一样,蒲草就在那上面生长，积了有几寸厚，竟看不到缸的砂质，因此叫做“蒲缸”。倘若蒲草能够铲下来贴到砚台的水槽里或香炉的脚上，那么古董行家也不会不说这是秦朝、汉朝的遗物了。

龙　井①

过风篁岭，是为龙井，即苏端明、米海岳与辨才往来处也②。寺北向，门内外修竹琅琅。井在殿左，泉出石罅，甃小圆池，下复为方池承之。池中各有巨鱼，而水无腥气。池淙淙下泻，绕寺门而出。小坐与惜亭③，玩一片云石④。山僧汲水供茗，泉味色俱清。僧容亦枯寂⑤，视诸山迥异。

① 龙井：地名。在西湖西岸山中，以产茶闻名，泉水亦佳。　② 苏端明：即苏轼，因曾为端明殿学士，故称。米海岳：即米芾，因别号海岳外史，故称。辨才：即和尚无净，苏轼的好友。　③ 与

惜亭:亭名。惜是个冷僻字,音义不详。恐有误。　④ 一片云:石名。许承祖《西湖渔唱》:"一片云石,《名胜志》在风篁岭上……旧有一片云亭,司礼孙隆构……又与众亭,亦孙所构,并废。"　⑤ 枯寂:形容状貌苍老,深沉持重、不苟言笑。

【译文】

过了风篁岭,就是龙井,就是苏轼、米芾与辨才往来的地方。龙井寺坐南朝北。山门的里里外外,高大的竹子在风中发出响声。那口井在大殿的左边,泉水从石头缝里流出来,流入用石块砌成的一个小圆池里,下面还有一个池是方形的。两个池里都有不少大鱼,可是水里连一点鱼腥气都没有!池水丁丁冬冬地再往下流,最后绕过山门流出寺外。我在与惜亭坐了一会儿,观赏了那块叫做"一片云"的石头。和尚打了泉水烧茶招待客人。泉水的味道、颜色都很清冽。和尚的状貌也是苍老、沉静,跟其他许多寺院完全不同。

韬光庵

韬光庵,在灵鹫后[①],鸟道蛇盘[②],一步一喘。至庵,入坐一小室。峭壁如削,泉出石罅,汇为池,蓄金鱼数头。低窗曲槛,相向啜茗,真有武陵世外之想[③]。

① 灵鹫:印度山名。以山中多鹫得名。杭州的飞来峰也叫灵鹫。② 鸟道:谓路极狭小,仅通飞鸟。　③ 武陵世外之想:晋陶渊明作《桃花源记》,说有武陵渔人曾入桃花源。武陵桃源之想,就是世外桃源之想。

【译文】

韬光庵,在飞来峰后面,道路狭窄弯曲,走一步喘一口气。到了庵里,坐在一间小屋中。石壁陡峭,泉水从石缝中流出来,汇集成一个池塘,池塘里养着几条金鱼。我靠着低低的窗户,曲曲的栏杆，看看金鱼，喝喝清茶，真的像是到了世外桃源一样。

李流芳

李流芳（1575—1629），字茂宰，一字长蘅，号泡庵，嘉定（今属上海市）人。万历丙午（1606）举人。天启壬戌赴京师参加进士考试，甫抵近郊，闻魏珰气燄嚣张，赋诗而返，绝意仕途。能诗善画，雅好山水，对西湖尤为倾倒。诗文风格清新自然，与程嘉燧、娄坚、唐时升合称"嘉定四先生"。有《檀园集》、《西湖卧游图题跋》等。

本书所译，选自《西湖卧游图题跋》、《檀园集》。

游虎山桥小记[①]

是夜，至虎山。月初出，携榼坐桥上小饮[②]。湖山寥廓，风露浩然，真异境也。居人亦有来游者，三五成队，或在山椒[③]，或依水湄，从月中相望，错落晻[④]映，歌呼笑语，都疑人外[⑤]。予数过此，爱其闲旷，知与月夕为宜，今始得果此缘[⑥]。因忆闲孟、子薪、无际、彦逸皆贪游好奇[⑦]，此行竟不得共。闲孟以病，挟子薪、彦逸俱东；无际虽倦游[⑧]，意犹飞动[⑨]，以逐伴鞅鞅而去[⑩]，尤可念也。清缘难得，此会当与诸君共惜之。

① 虎山桥：在邓尉山下。邓尉山，在苏州东南吴县境内，又名光福。 ② 榼（kē）：古代盛酒或贮水的器具。小饮：小酌，和"大宴"相对。 ③ 山椒：山顶。 ④ 晻（ǎn）映：昏暗遮掩。晻，同"暗"。 ⑤ 人外：世外。 ⑥ 果：成为事实。事与预期相合的称果，不合的称不果。 ⑦ 闲孟、子薪、无际、彦逸：均为作者朋友。闲孟为程嘉燧字，休宁人，侨居嘉定。下文说"闲孟以病，挟子薪，彦逸俱东"，疑即归嘉定。 ⑧ 倦游：指仕宦不如意而思退休。 ⑨ 飞动：比喻精神振奋，意志昂扬。 ⑩ 鞅鞅（yāng yāng）：即怏怏。意有不满。

【译文】

这天晚上，我们来到虎山，月亮刚刚升起，就坐在桥上拿出酒来喝。广阔的湖面，远远的山峰，空气清新爽朗，真是难得的佳景啊！当地居民也有来游玩的，三个一队，五个一群，有的在山顶上，有的在湖岸边，从月光中望去，影影绰绰地，歌唱声笑语声，都好像是从天外传来。我几次到这里游玩，喜欢它的安静空旷，而且知道它以月夜为最好，如今才算如愿以偿了。我于是想起了闲孟、子薪、无际、彦逸这些朋友，他们也都是爱玩要好新奇的人，这一次竟然不能同来。闲孟因为生病，硬要子薪、彦逸一起跟着去；无际虽然无意于做官，却游兴勃勃，也跟着伙伴怏怏不乐地走了，尤其觉得十分怀念。机会难得，所以这一次的虎山之游，应该与诸位朋友共同珍惜的。

横　塘[①]

去胥门九里[②]，有村曰横塘。山夷水旷，溪桥映带村落间，颇不乏致。予每过此，觉城市渐远，湖山可亲，意思豁然，风日亦为清朗，即同游者未喻此乐也。横塘之上，为横山，往时曾与潘方孺阻风于此。寻径至山下，有美松竹，小桃方红，恍若异境。因相与攀跻，至绝顶；风怒甚，几欲吹堕。二十年事也。丁巳中秋后三日画于孟阳闾门寓舍[3]。九月，复同孟阳至武林，夜雨，泊舟朱家角补题[4]。

① 横塘：地名。在江苏苏州之西南。 ② 胥门：苏州之西南门。 ③ 丁巳：即明万历四十五年(1617)。阊门：今吴县城西门。 ④ 朱家角：今属上海市青浦。

【译文】

离胥门九里路，有个村子叫横塘。在平山远水中间，村庄中映带着溪流、石桥、农舍，很富于情趣。我每次经过这里，总感到城市渐渐远离，面对着碧湖青山，心境十分畅快，天气又清新爽朗，就是同游的人也很难体会到我的这种乐趣。横塘的上头是横山，从前与潘方孺为风所阻，就在这里停过船。当时我们踏着小路到了山脚边，有茂盛的松树竹林，小桃树正开着红花，仿佛来到了桃源仙境一般。于是就一起向上攀登，到了最高峰；风大极了，几乎把人吹倒。这已经是二十年前的事情了。万历四十五年(1617)中秋节后的第三天，在阊门孟阳的寓里画了这幅画。九月里，又同孟阳到杭州去，逢到夜里下雨，在朱家角停船，补写了这幅画记。

虎　丘

虎丘宜月，宜雪，宜雨，宜烟，宜春晓，宜夏，宜秋爽，宜落木，宜夕阳，无所不宜，而独不宜于游人杂沓之时。盖不幸与城市密迩，游者皆以附羶逐臭而来[1]，非知登览之趣者也。今年八月，孟阳过吴门，余挐舟往会。中秋夜，无月。十六日，晚霁，偕游虎丘，秽杂不可近[2]，掩鼻而去。今日为孟阳书此，不觉放出山林本色矣[3]。丁巳九月六日[4]，清溪道中题[5]。

① 羶(shān)：羊臭，羊的气味。俗称羊羶气。 ② 秽杂：肮脏杂乱。

③ 山林本色：山林的本来面目。　④ 丁巳：明万历四十五年(1617)。
⑤ 清溪：水名。在安徽含山西南。

【译文】

游虎丘适宜月夜，适宜雪朝，适宜下雨，适宜烟雾迷濛，适宜春天的早晨，适宜长夏，适宜秋高气爽，适宜落叶萧萧，适宜斜阳夕照，无时无刻无不适宜，只是不适宜在游人纷至沓来的时候。因为它与城市太接近了，游人总是像苍蝇追逐羊臭一样赶来，不是真的能够领略登临游览的乐趣的。今年八月里，孟阳路过苏州，我雇了条小船去会他。中秋节那天夜晚，见不到月亮，第二天傍晚开始放晴，就一起到虎丘游览，可是肮脏杂乱得难以接近，只好扪着鼻子一走了事。今天替孟阳写了这篇小记，不知不觉恢复了虎丘原来的样子了。万历四十六年九月六日，写在清溪的路上。

游石湖小记[①]

予往时三到石湖游，皆绝胜。乙亥[②]，与方孺冒雨著屐[③]，登山巅亭子，贳酒对饮[④]，狂歌绝叫，见者争目摄之[⑤]。去年与孟阳、弱生、公虞寻梅到此，遍历治平僧舍[⑥]，已登郊台[⑦]，至上方绝顶[⑧]。风日清美，人意颇适。九日，复来登高，以雨不果登。放舟湖中，见烟樯雨楫，杂沓而来，举酒对之，亦足乐也。是日，秋爽，伯美舍弟辈俱有胜情[⑨]，由薇村至上方[⑩]，复从郊台、茶磨取径而下[⑪]。路旁时有野花幽香，童子采撷盈把。落日，泊舟湖心，待月出方命酒。孟阳、鲁生继至，方舟露坐，剧饮至夜半而还，盖十年无此乐矣。

① 石湖：在江苏吴县西南，相传范蠡从这里入五湖。南宋诗人范成大曾经结庐其间。　② 乙亥：时间恐有错误。据《中国历史人物生卒年表》载，

作者生于明万历乙亥(1575),卒于明崇祯己巳(1629),享年五十五岁,一生中除出生那一年,未曾遇到过乙亥年。 ③ 方孺:即潘方孺,与下文孟阳、弱生、公虞、鲁生都是作者的朋友。 屐(jī):木屐。 ④ 贳(shì):原指赊酒,这里指买酒。 ⑤ 目摄:以严厉的目光威摄。 ⑥ 治平:地名。 ⑦ 郊台:拜郊台,吴王夫差祭天处。 ⑧ 上方:山名。一名楞伽山。 ⑨ 伯美:作者的朋友。舍弟:对自己弟弟的谦称。胜情:游兴极浓。 ⑩ 薇村:即紫薇山。 ⑪ 茶磨:山峰名。

【译文】

我从前三次到石湖游玩,都认为是最好的名胜。乙亥那年,与方孺冒着雨穿了木屐,登上了山项的亭子,买了酒彼此对饮,发狂似的唱歌呼叫,见到的人都对我们瞠目而视。去年与孟阳、弱生、公虞找寻梅花到过这里,玩遍了治平的佛寺;爬上郊台,到了上方山顶峰。风和日丽,心情十分舒畅。重阳那天,又来登高,却因为下雨没有上去。于是坐了船在湖中游荡,只见无数只船在烟雨中来来往往,面对着这番景色,喝着酒,也是够愉快的了。这一天,秋高气爽,伯美和我的弟弟等都游兴极浓,从紫薇村到上方山,再从郊台、茶磨峰走下来,路边野花散发着幽香,书童采了满满的一把。傍晚时候,把船停泊在湖当中,等到月亮出来才开始饮酒。孟阳、鲁生接着也到了,两条船并排在一起,大家坐在船头上,痛饮到半夜才回来,大概十年来不曾有过这样的快乐了。

紫阳洞[①]

南山自南高峰，逦迤而至城中之吴山[②]，石皆奇秀一色，为龙井、烟霞、南屏、万松、慈云、胜果、紫阳，一岩一壁，皆可累日盘桓，而紫阳精巧，俯仰位置，一一如人意中，尤奇也。余己亥岁与淑士同游[③]，后数至湖上，以畏入城市，多放浪两山间，独与紫阳隔阔。辛亥偕方回访友云居[④]，乃复一至，盖不见十余年，所往来胸中者，竟失之矣。山水胜绝处，每恍惚不自持[⑤]，强欲捉之，纵之旋去，此味不可与不知痛痒者道也。余画紫阳时，又失紫阳矣。岂独紫阳哉，凡山水皆不可画，然皆不可不画也，存其恍惚者而已矣。书之以发孟阳一笑。

① 紫阳洞：在杭州吴山上。 ② 吴山：在杭州城南，原名伍山，又称吴山。 ③ 己亥：明万历二十七年(1599)。 ④ 辛亥：明万历三十九年(1611)。云居：寺名，在吴山上。 ⑤ 恍惚：记忆不清及辨不真切。文中第一个恍惚，意谓迷于山水绝胜的赏玩而不暇详加揣摹，故有所会心而不得其实。亦犹"好读书，不求甚解"。因此，一画就失。失者，并不真像或完全像也。第二个恍惚，即谓上述这些情况。存其恍惚者，是但把"说像不像，说不像又像"的东西画下来，即"求神似而不求形似"。此乃画中三昧，因亦不能与外人道也。

【译文】

西湖南面的山，从南高峰发脉，蜿蜒连绵地到了城里的吴山，石头都是一样的奇特秀丽，譬如龙井、烟霞洞、南屏山、万松岭、慈云山、胜果庵、紫阳洞，对一块岩石一道石壁，都可以作整天逗留观赏。可是紫阳洞更精巧，高低位置，全都像人们所希望的那样，所以特别出奇。我在万历二十七年(1599)曾与淑士一起去游过，以后几次来到西湖，因为怕进城市，多数是在南北两山之间游荡，却与紫阳久违了。万历三十九年(1611)陪方回到云居寺访问友人，就再到紫阳，因为分别了十多年，不想心里所想念的，再也找不到了。我每次到了山水风景极美的地方，老是自己做不了主地会对它看不真切，勉强想要抓住它，一松手就跑得无影无踪，这种情味是不可能同那些不知痛痒的局外人说的呀。我画紫阳的时候，就失掉了紫阳。其实，何尝只是紫阳如此，凡是山水都不可以画，但是又都不可以不画，所以只是画下那些印象的东西罢了。写下这些话以博孟阳一笑。

云 居 寺

武林城中招提之胜[1]，当以云居为最。绕山门前后皆长松，参天蔽日，相传以为中峰手植[2]。岁久浸淫，为寺僧剪伐，十不存一，见之辄有老成凋谢之感[3]，殆不欲多至其地。去年五月，偕方回泛小舟，自小筑至清波[4]，访张懋良寺中，落日坐长廊，沽酒小饮。已徘徊城上，望凤凰南屏诸山，沿月踏歌而归。翌日遂为孟阳画此，殊可思也。壬子十二月鹿中舟中题[5]。

① 招提：僧舍。　② 中峰：即僧明本，号中峰。　③ 老成：年高有德。凋谢：本指草木衰败，也比喻人的死亡。　④ 小筑：环境幽静的小建筑物。相当于后来的精舍、别墅。　⑤ 壬子：明万历四十年(1612)。鹿中：当是地名。但具体不详。

【译文】

杭州城里寺院的优美风景，应该数云居寺为最好。环绕着山门，前前后后都是高大的松树，高插天空，遮住了日光，相传这些树都是中峰和尚亲手种植的。年深月久，松树不断被寺里的和尚砍伐，十棵当中几乎连一棵也没有留下来。看到这种光景，总有点像年高德长的人遭到不测的感觉，所以我不愿意多到这里来。去年五月中的一天，我跟方回一起雇了一条小船，从小筑到清波门，在云居寺里访问了张懋良。太阳已经偏西，我们坐在长廊上，买了酒来随意喝喝。一会儿后，登上城头散步，眺望凤凰山、南屏山一带的景色，又趁着月光，一边走一边唱歌地回到住处。第二天就给孟阳画了这幅画，这是很有纪念意义的。万历四十年(1612)在鹿中的船里书写。

题两峰罢雾图[①]

三桥龙王堂[②]，望湖西诸山，颇尽其胜。烟林雾障，映带层叠，淡描浓抹，顷刻变态，非董巨妙笔[③]，不足以发其气韵。余在小筑，时小桨至堤上，纵步看山，领略最多，然动笔便不似。甚矣，气韵之难言也。予友程孟阳《湖上题扇》诗云："风堤露塔欲分明，阁雨萦烟两未成，我试画君团扇上，船窗含墨信风行。"此景此诗，此人此画，俱属可想[④]。癸丑八月清晖阁题[⑤]。

① 两峰：南高峰与北高峰。"两峰白云"为《钱塘十景》之一。 ② 三桥：即苏堤上的望山桥。据明田汝成《西湖游览志》说"水仙王庙，亦名龙王祠"，在第四桥压堤桥边。 ③ 董巨：即董源和巨然。五代南唐董源善画，其后有僧巨然，师承源法，故世称董巨。 ④ 可想：可爱。 ⑤ 癸丑：明万历四十一年(1613)。

【译文】

第三桥边的龙王堂，眺望西湖西部的那些山峰，最能够领略到它的妙处。烟带树林，雾笼山峦，彼此掩映，层层叠叠，有时候像是淡描，有时候像是浓抹，顷刻之间，变化无穷，除非是董源、巨然的高明手笔，怎么也画不出它的神韵来。我住在小筑的时候，时常雇一条小船划到苏堤，一边散步，一边看山，领略到的神韵最多。

可是一提起笔来作画，就总是不像。困难啊，神韵的不容易表达！我的朋友程孟阳《湖上题扇》诗写道："风堤露塔欲分明，阁雨萦烟两未成。我试画君团扇上，船窗含墨信风行。"这样的风景这样的诗，这样的人这样的画，都是很可爱的。万历四十年(1613)八月在清辉阁题。

云栖春雪图跋[①]

余春夏秋尝在西湖，但未见寒山而归。甲辰[②]，同二王参云栖。时已二月，大雪盈尺。出赤山步[③]，一路琼枝玉干，披拂照耀。望江南诸山[④]，皑皑云端，尤可爱也。庚戌秋[⑤]，与白民看月两堤。余既归，白民独留，迟雪至腊尽[⑥]。是岁竟无雪，怏怏而返。世间事各有缘，固不可以意求也。癸丑阳月题[⑦]。

① 云栖：寺名。在西湖西面山中，以产竹闻名。 ② 甲辰：明万历三十二年(1604)。 ③ 赤山步：在西湖南岸。步亦写作"埠"。 ④ 江南诸山：指钱塘江南岸的山。 ⑤ 庚戌：明万历三十八年(1610)。 ⑥ 迟雪：等待下雪。迟，等待。 ⑦ 癸丑：明万历四十一年(1613)。 阳月：旧历十月的别称。

【译文】

我春夏秋三季曾在西湖上游玩，可是不到冬天就回来了。万历三十二年(1604)，我与两个姓王的朋友去参拜云栖寺。当时已经是二月里，大雪下得有尺把厚。经过赤山步，一路上树木积满了雪，枝干像用美玉做成，微风吹拂，光明耀眼。望望钱塘江南岸的那些山峦，白皑皑的耸立在半空中，特别逗人喜爱。万历三十八年(1610)秋天，我与白民在苏堤白堤上看月亮。我回家以后，白民还一个人留在杭州，想看雪景一直等待到年底。这一年想不到没下雪，他只好闷闷不乐地回来。人世间的事情各有缘分，本来不可以按照愿望来要求的呀。万历四十一年(1613)十月题。

断桥春望图题词[1]

往时至湖上，从断桥一望，便魂消欲死。还谓所知，湖之潋滟熹微，大约如晨光之着树，明月之入庐，盖山水相映发，他处即有澄波巨浸，不及也。壬子正月[2]，以访旧重至湖上，辄独往断桥，裴回终日。翌日为杨谶西题扇云："十里西湖意，都来到断桥。寒生梅萼小，春入柳丝娇。乍见应疑梦，重来不待招。故人知我否？吟望正萧条。"又明日作此图。小春四月[3]，同孟旸、子与夜话，题此。

① 断桥：桥名。在西湖白堤东端。　② 壬子：明万历四十年(1612)。③ 小春：农历十月，称小阳春。意谓十月不寒，有如初春。四月不当作早春。或是作者的写作时间。而文中的确是早春的景色。疑不能明。

【译文】

以前我到西湖游玩，登上断桥一望，便如迷似醉，像是丢了魂灵似的。回来对朋友们说，西湖上绿水荡漾，波光微明，大约就像早晨的阳光落在树上，皎洁的月光照进屋子，这是由于山水映照反射的缘故，别的地方即使湖面辽阔，碧波澄澈，也难得有这样的好景色。万历四十年(1612)正月，因为访问朋友再到西湖，曾一个人跑到断桥，整天在那里闲逛。第二天替杨谶西写了这首题扇诗："十里西湖意，都来到断桥。寒生梅萼小，春入柳丝娇。乍见应疑梦，重来不待招。故人知我否？吟望正萧条。"第三天画了这幅画。小春四月，和孟旸、子与一起夜谈，写了这篇题记。

雷峰暝色图

吾友子将尝言[①]:“湖上两浮屠,雷峰如老衲,宝石如美人[②]。”予极赏之。辛亥在小筑[③],与方回池上看荷花[④],辄作一诗,中有云:“雷峰倚天如醉翁。”印持见之跃然曰[⑤]:“子将老衲,不如子醉翁,尤得其情态也。”盖予在湖上山楼,朝夕与雷峰相对,而暮山紫气,此翁颓然其间,尤为醉心。然予诗落句云:“此翁情淡如烟水”,则未尝不以子将老衲之言为宗耳,癸丑十月醉后题[⑥]。

① 子将:姓闻,作者的朋友。 ② 宝石:塔名,通称保俶塔。因其座落于宝石山上,故亦称宝石塔。 ③ 辛亥:明万历三十九年(1611)。 ④ 方回:姓沈,作者的朋友。 ⑤ 印持:姓严,作者的朋友。 ⑥ 癸丑:明万历四十年(1613)。

【译文】

我的朋友闻子将曾说:“西湖边的两座宝塔,雷峰塔像个老和尚,保俶塔像个美人儿。”我十分欣赏这句话。万历三十九年(1611),我在小筑和沈方回看池塘里的荷花,就写了一首诗,其中有这样的一句:“雷峰倚天如醉翁。”严印持看到这句诗,高兴得跳了起来,说:“子将比方的老和尚,不如你比方的醉翁更能抓牢它的情态。”这是因为我住在湖边的小楼上,从早到晚总跟雷峰塔面对面,再说,到了傍晚,在山色烟雾下,这个老头儿醉醺醺地呆在那里,更为迷人。不过,我的诗里最后一句还说“此翁情淡如烟水”,那也仍然是用子将的“老和尚”那个比方作为依据的。万历四十一年(1613)十月,酒后作此题词。

题西溪画[①]

壬子正月晦日[②],同仲钖、子与,自云栖翻白沙岭至西溪[3],夹路修篁,行两山间,凡十里,至永兴寺[4]。永兴山下夷旷,平畴远村,幽泉老树,点缀各各成致。自永兴至岳庙又十里,梅花绵亘村落,弥望如雪,一似余家西碛山中。是日饭永兴,登楼啸咏。夜还湖上小筑,同孟阳、印持、子将痛饮。翌日出册子画此。癸丑十月乌镇舟中题[5]。

① 西溪:见前王稚登《西溪寄彭钦之书》注。 ② 壬子:明万历四十年(1612)。 晦日:指阴历每月的末一天。 ③ 云栖:地名。见前李流芳《云栖春雪图跋》注。 ④ 永兴寺:旧址在西溪。 ⑤ 乌镇:地名。在浙江桐乡。

【译文】

万历四十年(1612)正月三十日,我和仲锡、子与一起,从云栖翻过白沙岭到达西溪。路两边都是高高的竹子。我们走在两座山中间,走了十里,才到达永兴寺。永兴山下平坦宽阔,广平的田野,远远的村庄,幽静的溪流,古老的树木,各各都装点得很有情趣。从永兴寺到岳坟,又是十里,一路上村庄连绵不断,梅花盛开,满眼洁白如雪,风景极像我家西碛山中。这一天在永兴吃午饭,还在楼上唱歌呼啸。夜里回到西湖边的小筑,跟孟旸、印持、子将喝酒喝个痛快。第二天拿出画册画了这幅画。万历四十一年(1613)十月在乌镇船里写了这篇题词。

刘　侗

刘侗(?—1636),字同人,号格庵,麻城(今湖北麻城)人。生年不详。崇祯甲戌(1634)进士,选派吴县(今江苏苏州市)知县,在赴任途中死于扬州,时为崇祯九年(1636),年四十四。曾与于奕正合著《帝京景物略》一书(于负责收集材料),记北京城郊景物,"序致冷隽"、"幽深孤峭",为竟陵派的后起之秀。

本书所译,选自《帝京景物略》。

定国公园①

环北湖之园②,定园始,古朴莫先定国者,实则有思致文理者为之③。土垣不垩,土地不甃,堂不阁不亭,树不花不实,不配不行,是不亦文矣乎!园在德胜桥右,入门,古屋三楹,榜曰"太师圃"。自三字外,额无匾,柱无联,壁无诗片。西转而北,垂柳高槐,树不数枚,以岁久繁柯,荫遂满院。藕花一塘,隔岸数石,乱而卧,土墙生苔,如山脚到涧边,不记在人家圃。野塘北,又一堂临湖,芦苇侵庭除,为之短墙以拒之。左右各一室,室各二楹,荒荒如山斋。西过一台,湖于前,不可以不台也。老柳瞰湖而不让台,台遂不必尽望。盖他园,花树故故为容,亭台意特特在湖者,不免佻达矣④。园左右多新亭馆,对湖乃寺。万历中有筑于园侧者,掘得元寺额,曰"石湖寺"焉。

① 定国公园:在北京城北面。明开国功臣徐达,封魏国公,长子辉祖袭封,子孙多居南京;次子增寿因燕王起兵攻南京时与之通谋,为建文帝所杀,燕王即位后,追封增寿为定国公,子孙袭爵,居北京。增寿五世孙光祚于嘉靖

五年加官太师，故下文称园内题榜曰“太师圃”。　② 北湖：即积水潭，明代亦称海子，诗文中多称为北湖。士人称净业寺、德胜桥。　③ 有思致文理者：意谓有高度文学艺术修养的人。园林布置与作画写诗相近。古之名匠，尽管识字不多，不会做诗画画，但有艺术实践经验、有思致，故能不落俗套，意参造化。反之，一般有名的文人却未必能做得到这一点。　④ 佻（tiāo）达：同“挑达”。轻佻不庄重，含有故意卖弄的意思。

【译文】

围绕在北湖边的花园，算定国公园最早，所以谈古朴就得从定国公园开始。其实，它是经过有高度文学艺术修养的人安排布置的。墙不粉刷，地不铺砖，堂屋不造亭阁，树木无花无果，也不讲究搭配排列。定国公园这样不露刻意经营的痕迹，难道就看不出设计者的见解高明吗？定国公园在德胜桥右边，一进园门，有老屋三间，挂着一块牌子，写的是“太师圃”。除了这三个字以外，门楣上没有匾额，柱子上没有对联，墙壁上没有诗屏。从老屋西面转弯向北，倒挂的杨柳，高大的槐树，没有多少棵，只因为年份一久，树繁叶茂，树荫就铺满了一院子。有一小池塘荷花，对岸有几块大石头，散乱地躺在那儿。泥墙上生长了青苔，如同从山脚直到溪边那样，令人不觉得是在人家的花园里。野塘北面，又有一所厅堂靠近北湖，芦苇一直丛生到厅堂的台阶边，在那儿筑了条矮墙拦住它。厅堂两边各有一座屋子，每座屋子都是两开间，简陋得就像农村里的小屋。再向西，经过一个平台，因为前面就是北湖，所以就不好不筑个平台在那儿。多年的柳树俯瞰着湖面，一

点都不让开平台，所以在平台上就不一定能完全望得到湖面。可见一般的园子故意拿花呀树呀来打扮装点，特意把亭呀台呀建筑在湖边，倒未免显得有点轻佻了。定国公园附近有不少新建的亭台楼阁，北湖对岸是一座寺院。万历年间，有人在定国公园旁边大兴土木，掘到一块元朝一座庙的匾额，那上面写着"石湖寺"三个字。

金 刚 寺

金刚寺，即般若庵也。背湖水①，面曲巷，盖舍弃光景，调心坊肆庵者；泊然猛力，使人悲仰。旧有竹数丛，小屋一区，曲如径在村，寂若山藏寺，僧朴野如自未入城市人。万历中，蜀僧省南大之，前立大殿，后立大阁，廊周室密，奂焉②。工未竟，南殁，方僧争宇以讼，桐城诸绅，迎蕴璞住之。蕴璞同省南师雪浪者，雪浪具大辩才③，讲经四十年，然不著一字。蕴璞居此八年，则著《金刚筏喻》、《心经》、《钵柄》等书。蕴璞殁，方僧又讼焉。寺西庑石刻《金刚经》，人书一分，署宰官名④，代笔也。士大夫看莲北湖，来憩寺中，僧竟日迎送，接谈世事，折旋优娴⑤，方内外无少差别⑥。

① 湖：指北湖。　② 奂：众多，盛大。　③ 辩才：佛家语。梵语钵底婆，指解说佛法，贯通无滞，具辩说之才。　④ 宰官：周代冢宰的属官。后泛指官吏。　⑤ 折旋：应对从容。　⑥ 方内外：即"方内"与"方外"。方外，指世俗之外，即出家为僧；方内与方外相对，即指在家。

【译文】

金刚寺，就是般若庵。庵背朝着北湖湖水，面对着弯曲的小巷，这是为了抛掉风景，躲开市街而建的。这种恬淡寡欲的果断行为，令人又是悲凉又是钦佩。从前有几丛竹子，小屋一间，曲折得像村里的小路，寂静得像深山中的古寺，和尚们朴实粗野，仿佛从来没有到过城里的人。万历年间(1573—1620)，四川和尚省南加以扩建，前面筑起大殿，后面筑起高阁，走廊周围是一间间幽静的小屋，可以说是十分华美了。可惜没有完工，省南就死了。那些游方僧因为争夺这座寺院告到官府，于是桐城的一些官绅，就请蕴璞和尚来当主持。蕴璞与省南都是拜雪浪和尚为师的，雪浪具有能言善辩的大才干，讲授佛经四十年，却不曾留下一个字。蕴璞在这里住了八年，却写了《金刚筏喻》、《心经》、《钵柄》等书籍。蕴璞死后，那些游方僧又闹到告官为止。寺院两边廊屋下的《金刚经》石刻，一人写一份，署名的是宰官，却是别人代写的。官绅们到北湖去观赏荷花，就来这寺院中休息，和尚整天送往迎来，交谈着世俗的事情，应对从容，在家与出家毫无区别。

三 圣 庵

德胜门东，水田数百亩，沟洫浍川上[①]，堤柳行植，与畦中秧稻，分露同烟。春绿到夏，夏黄到秋，都人望有时。望绿浅深，为春事浅深；望黄浅深，又为秋事浅深。望际，闻歌有时：春插秧歌，声疾以欲；夏桔槔水歌[②]，声哀以啐；秋合酺赛社之乐歌[③]，声哗以嘻；然不有秋也[④]，岁不辄闻也。有台而亭之，以极望，以迟所闻者[⑤]。三圣庵，背水田庵焉，门前古木四，为近水也，柯如青铜亭亭。台庵之西，台下亩，方广如庵，豆有棚，瓜有架，绿且黄也。外与稻、杨同候。台上亭，曰"观稻"，观不只稻也；畦垄之方方，林木之行行，梵宇之厂厂[⑥]，雉堞之凸凸[⑦]，皆观之。

① 沟洫(xù)：田间水道，沟渠。 浍(kuài)：田间排水之渠。此处作动词，犹开掘。 ② 桔槔：井上汲水的一种工具。 ③ 合酺(pú)：犹合

醵，即合伙饮酒。 赛社：一年农事既毕，陈酒食以报田神，聚饮作乐。 ④ 秋：谷物成熟，收成。 ⑤ 迟(zhì)：希望。 ⑥ 厂(hǎn)厂：高大宽广。 ⑦ 雉堞：城墙长三丈高一丈为雉；堞，女墙，即城上端凸凹叠起之墙。 凸凸：高出貌。

【译文】

在德胜门东边，有水稻田几百亩。纵横的沟渠通向河流，堤上杨柳成行，与田里的禾苗一同分享露水与烟雾。从春绿到夏天，从夏黄到秋天，京都的人在不同时节前来观望。看农田绿色的深浅，判断春种的程度；看农田黄色的浓淡，判断秋收的好坏。在观望的时候，不同的时节有不同的歌声。春天插秧时的秧歌，歌声轻快而饱含期望；夏天汲水时的汲水歌，歌声悲哀而悠长；秋收后祭神时合伙饮酒的乐歌，歌声喧闹而欢快，然而如果收成不好，一年到头就难于听到这样的歌声。附近有一座高台，上边修了一座亭子，可以纵目远望，也使听得更远更清楚。三圣庵背靠着水田建筑，庵门前有古老的树木四棵，由于近水的缘故，树干长得像青铜一般，亭亭直立。高台在三圣庵的西面，下面有一块园地，大小同庵相似，有种豆的豆棚，种瓜的瓜架，它们的绿色已渐变黄，与园外的水稻、杨柳的物候相同。高台上的亭子，叫做“观稻”，其实观望的不止是稻，一方方的田地，一行行的树木，高峻的庙宇，连缀的雉堞，都可以观望。

满　井

出安定门外，循古壕而东五里[①]，见古井，井面五尺，无收有干[②]。干石三尺，井高于地，泉高于井，四时不落，百亩一润，所谓滥泉也[③]。泉名则劳，劳则不幽，不幽则不蠲洁[④]；而满井傍，藤老藓，草深烟，中藏小亭，昼不见日。春初柳黄时，麦田以井故，鬣毵毵且秀[⑤]。游人泉而茗者，罍而歌者，村妆而蹇者道相属，其初春首游也。

① 壕：护城河。　② 收：即轸，原指车厢底部四周的横木。满井用的是石井栏，所以说无收有干。干：井上的栏杆。　③ 滥泉：涌出的泉水。④ 蠲（juān）：通“涓”。清洁。　⑤ 鬣（liè）：兽类颈领上的毛。此处指麦苗。毵毵（sān）：毛细长貌。秀：茂盛。

【译文】

出了安定门，沿着古老的护城河往东走五里路，有一口古井，井面宽五尺，没有轸木却有栏杆。栏杆石有三尺高，井口高出地面，而泉水面又超过井口，一年四季不会低落。附近上百亩的庄稼靠这口井灌溉，真所谓“滥泉”呀。泉水有名了，汲取的人就多，汲取的人一多就不幽僻，不幽僻就不干净；可是在满井旁边，却有古老的藤蔓长满翠绿的苔藓，茂密的草丛中氤氲着烟雾，其中掩藏着一个小亭子，白天连太阳也看不到。初春时候，杨柳刚爆出鹅黄的嫩芽，麦田因为有这口井的缘故，麦苗儿长得细长茂盛。游人有在此汲取泉水煮茶喝的、有饮酒又唱歌的、有农村打扮而骑着驴子的，一路上络绎不绝。这是初春时候头一次出城游玩呀。

极 乐 寺

高梁桥水，来西山涧中，去此入玉河[①]，辞山而平，未到城而净，轻风感之[2]，作青罗纹纸痕。两水夹一堤，柳四行夹水。松之老也秃，梅之老也秃，柳之老也，愈细叶而长丝。高梁堤上柳，高十丈，拂堤下水，尚可余四五尺。岸北数十里，大抵皆别业僧寺，低昂疏簇，绿树渐远，青青漠漠，间以水田，界界如云脚下空[3]。距桥可三里，为极乐寺址。寺，天启初年犹未毁也[4]，门外古柳，殿前古松，寺左国花堂牡丹，西山入座[5]，涧水入厨。神庙四十年间[6]，士大夫多暇，数游寺，轮蹄无虚日，堂轩无虚处。袁中郎、黄思立云："小似钱塘西湖然。"

① 玉河：玉泉源出京兆宛平县西北玉泉山，流为玉河，汇为昆明湖。　② 感：即"撼"。吹动。　③ 界：指一定范围或地位的划分。这里是指云脚分明。　④ 天启：明熹宗朱由校的年号(1621—1627)。　⑤ 西山入座：即袁中郎《游高梁桥记》所谓"而西山之在几席者，朝夕没色以娱游人"的意思。　⑥ 神庙：即明神宗朱翊钧。在位四十七年。庙，庙号的略称。帝王死后，在太庙立室奉祀，并追尊以某祖、某宗的名号，称庙号。

【译文】

高梁桥下的水，来自西山的溪涧中，从这里流入玉河。它离开山区流到平原，未到北京水已经澄清，微风吹动水面，呈现出像是青色的罗纹纸那样的波痕。两道溪水夹着一条长堤，四行柳树又夹着两道溪水。大凡松树老了就露出光秃的枝干，梅树老了也露出光秃的枝干，而柳树老了呢，叶子就愈细，枝条就愈长。高梁桥堤上的柳树，高达十丈，柳丝在溪流上飘拂，仍可多出四五尺。沿溪流北岸几十里，大部分都是别墅寺院，高高低低疏疏密密，绿色的树林伸展得很远，青青地显出广漠无边的样子。中间夹杂着些水田，一块一块的，像是从天空中挂下来的云脚。距高梁桥约三里路，是极乐寺的旧址。寺在天启初年还不曾倒坍。山门外有古老的柳树，大殿前面有古老的松树，寺左面国花堂有牡丹，西山如近在身边，涧水直流入厨房。神宗皇帝在位四十年，士大夫有的是闲暇，常常到寺里游览，车轮马蹄没有一天没有，大堂小屋没有一间空着。袁中郎、黄思立说："这里略微有点像杭州的西湖。"

惠安伯园①

都城牡丹时，无不往观惠安伯园者。园在嘉兴观西二里。其堂室一大宅；其后牡丹，数百亩一圃也。余时荡然藁畦耳②。花之候、晖晖如目不可极③，步不胜也。客多乘竹兜，周行塍间④，递而览观，日移晡乃竟。蜂蝶群亦乱相失，有迷归径暮宿花中者。花名品杂族，有标识之，而色蕊数变⑤，间着芍药一分，以后先之。

① 惠安伯：张升，明正德五年(1510)封，六世孙庆臻万历三十七年袭封，崇祯十七年卒。 ② 藁畦：荒草地。藁，通"槀"，草。 ③ 晖晖：晴明貌。 ④ 周行：绕行。 ⑤ 数变：多种变化。即不是一律的。

【译文】

北京牡丹盛开的时节，人们没有不到惠安伯园观赏牡丹的。园在嘉兴观西面二里路的地方。园中房屋很多，是一个大住宅；后面种着牡丹几百亩，是一个大花圃。除了开花一段时间外，只是空空荡荡的一片田地罢了。花开时，色彩眩目，一眼望不到边，脚力也够不上处处走到。游客大多乘坐竹兜,在田塍上绕着走,顺次观看欣赏,直到傍晚才结束。游蜂浪蝶,嬉戏相逐,其中有离了群迷失归途的,就借宿在花丛中间。牡丹的名称、品种,各有标记,可是颜色和花蕊、花瓣等,有多种变化。中间夹种着十分之一的芍药,使与牡丹花先后开放。

钓鱼台[①]

近都邑而一流泉,古今园亭之矣。一园亭主,易一园亭名,泉流不易也。园亭有名,里井人俗传之,传其初者。主人有名,荐绅先生雅传之,传其著者。泉流则自传。偶一日园亭主,慎善主之,名听士人,游听游者。出阜成门南十里花园村,古花园。其后村,今平畴也。金王郁钓鱼台[②],台其处。郁前玉渊潭,今池也。有泉涌地出,古今人因之。郁台焉,钓焉,钓鱼台以名。元丁氏亭焉,因玉渊以名其亭。马文友亭焉,酌焉,醉斯舞焉。饮山亭、婆娑亭,以自名,今不台,亦不亭矣。堤柳四垂,水四面,一渚中央,渚置一榭,水置一舟。沙汀鸟闲,曲房人邃,藤花一架,水紫一方,自万历初为李皇亲墅。

① 钓鱼台:在北京海淀区阜成门外。传说金章宗完颜璟曾在此钓鱼,后人称金章宗钓鱼古台。 ② 王郁:金代文人,曾隐居于此"筑台垂钓"。

【译文】

靠近北京城如果有一处流动的泉水,从古到今人们就会在这里建筑园林。换一个园林的主人,就改一次园林的名称,而园林中的泉水本身并没有改变。园林一旦有名,老百姓当中就会流传开来,但流传的只是园林最初的一个名称。如果主人是有名的,上层人士中间也会流传,流传的是那个最著名的。不过泉水却仍是流传它自己的名称。偶尔也有这样一个园林的主人,他谨慎周到地主持他的园林,名称听凭士大夫的,风景则听凭游人。出了阜城门往南十里,有地名叫花园村的,原是一个古老的花园,后面的村子现在已成了平坦的田野。金代王郁的钓鱼台,就建筑在这个地方。王郁建台以前的玉渊潭,现在是一个池塘。因为有一股泉水从地下涌出,从古到今人们相沿这样叫它。王郁在这里建台,在这里钓鱼,从此人们就称它为钓鱼台。元代一个姓丁的在这里建筑亭子,就用玉渊作为亭子的名称。马文友在这里建筑亭子,在这里喝酒,喝醉了就跳舞。饮山亭、婆娑亭,就是这样取的名字。而现在不仅没有台,也没有亭了。现在的钓鱼台,周围堤岸上全是垂柳,四面环水的中间是个小洲,洲上建有一座水榭,岸边准备一条小船。沙滩上鸟儿悠闲自得,曲折的屋子里居人幽深自处,满架的藤花,把池塘里的水染成一片紫色。从万历初年以来,这里就成为皇亲李伟的别墅。

温　泉

西堂村而北,曰画眉山,产石墨色,浮质而腻理,入金宫为眉石,亦曰黛石也①。山北十里,平畴良苗,温泉出焉。泉如汤未至沸时,甃而为池,以待浴者。泉虽温乎,其出能藻,能虫鱼,禾黍早成,早于他之秋再旬②。林后凋,草色久驻,晚于他之秋再旬。资泉之民,无苦疡躄③。泉前数武,有碧霞殿,单楹板扉④。泉而东六十里,大汤山,又一温泉。再东三里,小汤山,又一温泉。

① 黛石:古代妇女用来画眉的青黑色颜料。　② 秋:秋收,成熟。
③ 疡躄(bì):生疮跛足。即俗所谓“烂脚”。　④ 楹(yíng):厅堂的前柱。

【译文】

西堂村以北,有座山叫画眉山,山上出产的石头黑得像墨,石质又疏松又细腻，运进金朝宫廷供妇女们作画眉毛用，所以又称“黛石”。画眉山以北十里，是一块平坦的田野，庄稼长得很好，温泉就从那里流出来。泉水像热汤还没到沸腾的时候，拿砖石砌成个池塘，用来招待洗澡的人。泉水虽然那么温暖，流到田野却能够生长蕰藻，能够生长虫豸鱼儿，它使稻谷早熟，比别地方的收割时间要提前二十天。能使树木的叶子延迟凋落，草儿的颜色长久不变。比别地方草木的枯黄时间要延迟二十天。利用温泉的人，不再会有生疮烂脚的疾苦。在温泉前面几步，有一座碧霞殿，门和柱子都很单薄简陋。温泉以东六十里，有一座大汤山，又是一口温泉。再往东三里，还有一座小汤山，又是一口温泉。

水尽头

观音石阁而西，皆溪，溪皆泉之委[①]；皆石，石皆壁之余。其南岸皆竹，竹皆溪周而石倚之。燕故难竹，至此，林林亩亩。竹，丈始枝；笋，丈犹箨[②]；竹粉生于节，笋梢出于林，根鞭出于篱，孙大于母[③]。过隆教寺而又西，闻泉声。泉流长而声短焉，下流平也。花者，渠泉而役乎花；竹者，渠泉而役乎竹，不暇声也。花竹未役，泉犹石泉矣。石罅乱流，众声澌澌，人踏石过，水珠渐衣。小鱼折折石缝间，闻跫音则伏[④]，于苴于沙[⑤]。杂花水藻，山僧园叟不能名之。草至不可族，客乃斗以花，采采百步耳，互出，半不同者。然春之花，尚不敌其秋之柿叶，叶紫紫，实丹丹。风日流美，晓树满星，夕野皆火。香山曰杏，仰山曰梨，寿安山曰柿也。西上圆通寺，望太和庵前，山中人指指水尽头儿，泉所源也。至则磊磊中，两石角如坎[⑥]，泉盖从中出。鸟树声壮，泉喈喈不可骤闻[⑦]。坐久始别，曰：“彼鸟声，彼树声，此泉声也。”又西上广泉废寺，北半里，五华寺，然而游者瞻卧佛辄返，曰：“卧佛无泉。”

① 委：水流所聚。 ② 箨（tuò）：笋壳。 ③ 孙：孙竹。竹鞭的末梢所生的小竹，叫孙竹。 ④ 跫（qiáng）音：足音，脚步声。 ⑤ 苴（chá）：水中浮草。 ⑥ 坎：地面低陷的地方。 ⑦ 啧啧（zè）：喧闹声。

【译文】

观音石阁以西，都是溪流，这些溪水都由山中泉水流泻而成；都是石块，这些石块都是陡峭山崖的残余。在溪水的南岸，都是竹子，这些竹子都是绕溪倚石而生长着的。北京一带很难生长竹子，在这里却是一丛丛一片片地生长着。竹子这种植物，长到一丈多高才开始分枝，新竹长到一丈多高还带着笋壳；竹粉生在分节处，笋尖儿高出竹林，竹根延伸到篱笆外面，爆生的竹子比竹根长得还粗壮。经过隆教寺再往西走，就听到泉水的响声。泉水的流程很长，而响声却很低微，因为它的下流地势比较平坦。种花儿的人，开一条沟拿泉水灌溉花儿；种竹子的人，开一条沟拿泉水滋润竹子，都不会发出泉声。没有花儿竹子的地方，那泉水仍是石堆间的泉水。在石缝中随意流淌，发出一片澌澌的响声，人们踏着石块过溪，水珠儿溅湿了衣服。小鱼儿安闲地游泳在石缝中间，听到人的脚步声就潜伏起来，有的钻进水草，有的钻进泥沙。各种野花水

藻，就是山里的和尚和种园的老人也不能叫出它们的名字。花草的品类多到没法分辨。游人拿发现新花作为比赛，在繁茂的百步之间，虽然有些是重复的，大半却不相

同。不过春天的花儿还比不上秋天的柿叶，柿树的叶子是深紫的，果实是朱红的。在风和日暖的时候，早晨看来就像挂满了星星，黄昏时候又仿佛遍地燃起了篝火。香山以杏著名，仰山以梨著名，寿安山则是以柿著名呀。向西登上圆通寺，眺望太和庵前，山里人指点的水尽头儿，就是泉水的发源地。跑到面前去一看，在磊磊的石堆中间，有两只石角形成的一个坑穴，泉水就从那儿涌出来。这里鸟声嘈杂、风吹树叶声也很响亮，嘶嘶的泉流声就不可能一下子听到。坐的时间长一些，才能分辨出来，说："那是鸟声，那是树声，这是泉流声。"再往西登上广泉寺的旧址，北面约半里路，就是五华寺，不过游人瞻仰了卧佛后就转身回去，说："卧佛寺没有泉水。"

雀儿庵

雀儿庵，在潭柘后山五里①，在千峰万峰中，在四时树色、四时虫鸟声中。庵方丈耳，一灯满光，一香满烟，然佛容龛，容供几，僧容席，容榻，容厨，客来容坐，庵矣。山田给粥饭，叶给汤饮，蔬果给糗饵②，庵矣。庵名雀儿者，金章宗幸此，弹雀。弹往雀下，发百不虚。盖山无人，雀无机，树有响，弦无声也。章宗喜，即行幄庵之，曰雀儿。后方僧来住，未悉本所名义，以臆造佛母孔雀明王佛像③。又后僧曰："明王佛修行处。"或又曰："显化处也。"今者僧确然对客曰："孔雀庵也。雀儿名为当更。"而人呼雀儿庵如初。

① 潭柘(zhè)寺：坐落在京西门头沟区的崇山峻岭中，景色秀丽。因寺后有"龙潭"，山上有"柘树"，所以称为潭柘寺。 ② 糗(qiǔ)：干粮。
③ 孔雀明王：佛教菩萨名。著白缯衣，头冠缨络，耳珰臂钏。身有四臂，分执莲花及孔雀尾等，乘金色孔雀，结跏趺坐白或青莲花上。

【译文】

雀儿庵，座落在潭柘寺后山五里的地方，处在无数座山峰中间，树木四季常青、虫声鸟声长年不断。庵只有一丈见方罢了。一盏灯可以使整间屋子光亮，一炷香可以使满屋子烟雾缭绕，然而对佛菩萨来说可以放得下佛龛，放得下供桌，对和尚来说可以打坐，可以睡眠，可以做饭，客人到来也有地方可坐，这样就成为庵了。山里的田地可供给粥饭，菜叶可供作汤水，果子可以充当干粮饼饵，这样就成为庵了。庵名叫做雀儿，是因为金朝章宗皇帝到这儿游玩，用弹弓猎取过麻雀。弹丸一发出去麻雀就掉下来，百发百中。这是因为山里人少，麻雀不知提防，树木瑟瑟作响，弓弦声音听不到呀。章宗皇帝非常高兴，就在所驻的帐篷盖了一所屋子，所以名叫“雀儿”。后来，有个游方和尚到这里居住，不明白原来取这个庵名的意义，凭瞎想塑了座孔雀明王的佛像。以后的和尚竟说：“这是孔雀明王修行的地方。”另外还有和尚说：“这是孔雀明王显灵化身的地方。”如今的和尚更十分肯定地对游客说：“是孔雀庵，雀儿的名称应当更改。”可是人们叫它雀儿庵还是和当初一样。

浦祊君

浦祊君(1594—?),字倞甫,明湖北滲水人。生平履历不详。所著《游明圣湖日记》一卷,据泉唐丁氏八千卷楼刊本"平安居士沈梅"小识云:"此册得之杨清畏四先生案头。原本多讹夺,随笔补正,清写于含董斋,三日而毕。时乾隆丙午(1786)八月晦。"

本书所译,选自《游明圣湖日记》,题目为译者所加。

游　临　安

余稚年闻人谈临安之胜,未尝不神跃欲往。万历癸丑,余始弱冠,即欲裹三月粮①,作畅游计。迩来十有一年,时结梦想。岁癸亥,往贺武陶叔正旦②,叔抚余言曰:"子夙有武林之兴,今年秋,当偕子往。"余欣然敬诺。及秋光将晚,方念前约,闻叩门甚急,叔遣长须来召③,即束装赴之。是夜,宿君宰弟之酿花书屋,时九月十一日也。

① 裹粮:携带粮食,备出战或远行。　　② 正旦:农历正月初一。
③ 长须:汉王褒《僮约》有髯奴便了。后亦以长须指男仆。

【译文】

我幼年时听别人谈起临安(杭州)之美,没有不怦然心动而想立即去玩的。万历癸丑(1613)那年,我刚刚成年,就想准备盘缠,到那里去畅游一番。如今又过了十一个年头,其间还常有这样的梦想。癸亥(1623)正月初一,我去向武陶叔贺年,武陶叔拍拍我的肩膀说:"你一向有游玩武林(杭州)的兴趣,今年秋天,我就和你一起去。"我高兴的答应了。等到深秋,正在记挂这件事情,听到敲门声很急,原来是武陶叔派了男仆来叫我,我就立即准备好行装过去。这一夜,就宿在君宰弟的酿花书屋里。那都是九月十一日的事。

抵西湖

抵西湖。湖在城外,所谓明圣湖也。又名金牛,昔有金牛涌见湖中。假馆于片石居①。即出闲步,上断桥,坐石阑四望,略识湖山真面,其乐已不可支。强还寓,寓中轩榜曰:"一碧万顷"。轩外有池,池外即湖。凭栏远眺,颓然其前者,雷峰也。孑然当湖之中者,湖心亭也。屹然对峙者,南北峰也。楼阁参差,望之如锦屏者,吴山也。历历如雁齿者,郡城也。湖光晃漾,乍晦乍明,波皱微风,霞横夕照,游人渐稀。童子陈设酒馔,呼卢浮白②,月上东林,既醉而卧。

① 片石居:据张岱《西湖梦寻》:"由昭庆缘湖而西,为餐秀阁,今名片石居。" ② 呼卢:即"呼卢喝雉"。古时类似掷骰的一种赌博。

【译文】

到达西湖。湖在城外,也就是大家所说的明圣湖。又叫金牛湖,因为从前有金牛在湖中出现。借宿在片石居里。随即出去散步,上了断桥,坐在石阑上,眺望四周,约略地看到湖山真面目,就已使人高兴得不知如何是好!我好不容易才使自己离开回寓所。寓中小室里有一块匾额,写着"一碧万顷"四个字。因为室外有个池塘,池塘外边就是西湖。靠着栏杆远远望去,外观显得有点颓唐模样的是雷峰塔。孤零零屹立在湖当中的是湖心亭。高耸峭拔彼此相对的是南北两高峰。楼阁参差多姿、像彩色画屏的是吴山。像大雁那么排列成行的是杭州城的城墙。湖水荡漾,忽明忽暗,风微波皱,落日霞光,游人渐渐少起来了。书童摆上酒肴,掷骰喝酒,等到月亮从东边的树梢升起,人也早已醉倒在床上。

韬光庵

登餐霞阁。阁凌峭壁之上,为韬光庵别室。其下有降龙池、伏虎石存焉。时红轮出海,云霞绚彩,五色变幻,喷薄无际,诚奇观也。已而下界鸡鸣,阳光渐满大地,乃归庵。由僻径造能仁堂,后有维摩洞,寂然如隔人境,养生者之居也。午饭罢,上北高峰,其巅有五圣殿,凭高眺远,会稽诸山,历历可数。武林小于弹丸,之江细若衣带。游目天表,不知端倪①,恍疑此身已入霄汉。还游灵隐寺,寺外包园②,不过盆中景耳。寻呼猿洞于荒蓁中,僧云,中可通西蜀,余漫应之。复访李岣嵝,但其名存而亡。是夜,仍宿韬光。

① 端倪:头绪;边际。　　② 包园:即"青莲山房"。为涵所包公之别墅。

【译文】

登上餐霞阁。阁在峭壁上面,是韬光庵所属的另一处房屋。在它下面有降龙池、伏虎洞。一轮红日从海上升起,云霞灿烂,变化出各种颜色,充满整个天空,是难得一见的奇观。一会儿山下的鸡叫起来,阳光渐渐照遍大地,我就回韬光庵。由一条小路到达能仁堂,后面有个维摩洞,寂静得真似与人间隔绝,为修身养性的好去处。午饭过后，爬上北高峰，山顶有一个五圣殿，登高远望，钱塘江南岸那些山峰，一座座看得清清楚楚。杭州城比一颗弹子还小，钱塘江狭得像一条细小的衣带。环顾天空，无边无际，仿佛我已经到了九霄云外。下山后游灵隐寺，寺外面有个包园，像个盆景罢了。在荒烟蔓草中找到了呼猿洞，和尚说："洞可以通四川。"我只哦了一声。又去寻访李菱的岣嵝山庄，却找它不到，名存实亡而已。这一夜，依旧宿在韬光庵。

集 庆 寺

至集庆寺。寺当天竺通衢，左文昌①，右真武②，士女往来，多集其门，故称小天竺。寺之西房僧月轩、绍安者，以吾家为檀越③，凡来杭者必寓此，因留饮，颇丰。出佛骨相示，其说荒诞，涉妄幻，姑置弗论。然释氏尝借此以启愚夫愚妇之善心，不无小补。又出宋理宗画像④，天姿丰厚，眉宇英爽，偏安一隅，享国四十余年，徒事燕游，良可深叹！过傅家园，茅屋数椽，清流一带。经雷殿至玉泉，池方广数丈，澄澈见底，蓄鱼百数十，有红白青黄诸色，小大不一。有人顶筐卖饼饵，好事者买以投之，翔跃争啖。老衲作礼，美其名曰："斋鱼。"

① 文昌：道教神名。即"梓潼帝君"。相传姓张名亚子，居蜀七曲山，仕晋战死，后人立庙纪念。 ② 真武：传说中北方之神。玄武，本为北方七宿之神。七宿中虚危两宿，形似龟蛇，因称玄武。玄，龟；武，蛇。宋讳"玄"字，因称真武。 ③ 檀越：施主。梵语陀那钵底。亦作"檀那"。 ④ 宋理宗：即赵昀。在位四十一年，为南宋在位最长的。

【译文】

到了集庆寺。寺位于去天竺的大路旁。左边是文昌庙，右边是真武庙，男女游客大多会集于此，所以又叫“小天竺”。该寺的知客僧月轩、绍安二人，知道我们家是施主，每次来杭州都必定住在寺里，因而备饭招待，菜肴颇丰。还拿出佛骨来给我们看，十分荒唐，都是不可相信的。这却不去管它。不过佛家借此诱导愚夫愚妇一心向善，也不是没有好处。又拿出宋理宗皇帝的画像来看，此君王天生一付福相，眉宇间也透出英气，却满足于守着半壁江山，在位四十余年，一味吃吃喝喝、游游荡荡到底，实在可悲可叹！到傅家园，只见几间草屋，一条溪流。经过雷公殿，到了玉泉寺，有一个几丈见方的池塘，清澈见底，养着一百几十条鱼，颜色有红的白的青的黄的，大小不一。有人头顶着竹筐卖糕饼，爱玩的人就买了糕饼喂鱼，鱼儿跳跃着抢饼吃，老和尚合掌施礼，还美其名曰“斋鱼”。

于谦墓

信步苏堤，过龙王庙。庙后有钓鱼台。鸥鹭群飞，山水一碧。茂之曰：“对此佳景，顾安所得酒以赏之。”余使童子还携酒榼，布席台畔，酣畅而起。过六桥，上法相寺①，乔松夹路，修竹拂云，迤逦入寺。寺为定光佛涅槃道场②，其蜕尚存，万年虹③，锡杖泉，皆其遗迹。仲兄奇之。余曰：“尝闻一茎草可化丈六金身，佛氏神幻，固有如此者。”相率往拜于少保墓④。少保当英庙蒙尘之际，定大难，安社稷，其功当与寇莱公澶渊之役争烈⑤。景仰孤忠，复悲罹害，低回再三。仍由六桥返。

① 法相寺：在南高峰下。旧名长耳相。后唐时，有僧行修，号法真者，耳长九寸，自天台国庆寺来游钱塘，吴越王待以宾礼，延居寺中。 ② 涅槃：亦作“泥洹”。义译为灭度。后来僧人死也叫涅槃。 ③ 万年虹：疑为“万年缸”之误。张京元《法相寺小记》：“经流处，僧置一砂缸，挹注供爨，久之，水

土锈结,蒲生缸上。” ④ 于少保:即于谦。明浙江钱塘人。永乐十九年进士。曾任监察御史、兵部尚书。英宗正统十四年(1449),瓦剌首领也先侵扰大同,英宗亲征,在土木堡兵败被俘。侍讲徐珵等主张放弃北京南迁。于谦坚决反对,拥立英宗弟为帝(明景宗),主军务,击退也先军。景帝景泰八年(1457),徐有真、石亨等发动“夺门之变”,拥英宗复位,诬陷于谦谋逆,处死。后追谥忠肃。 ⑤ 澶渊之役:宋真宗景德元年(1004),契丹入侵,寇准任同平章事,力排众议,促使真宗亲征,进驻澶州督战,与契丹订澶渊之盟。

【译文】

漫步苏堤,过龙王庙。庙后有个钓鱼台。水鸥白鹭翩翩起舞,青山绿水溶成一色。茂之说:“面对如此美景,要是能有佳酿相伴就好了!”我叫书童回去拿酒来,在台畔摆开了饮席,喝个痛快才离开。经过六桥,再到法相寺;向法相寺走去,沿途两边都是高大的松树,还有参天的竹林。寺是定光法师修行圆寂的地方。他的真身还在,万年虹,锡杖泉,都是他的遗迹。仲兄感到奇怪。我说:“曾经听说,一根草可以化出一丈六尺的菩萨,佛家真可能会有这样的奇迹!”一起前往拜谒于谦墓,于谦在英宗皇帝遭难时,安定大局,稳固国家,他的功绩可以与寇准澶渊一役比个高低。一边仰慕他的忠心耿耿,一边又为他的受到残害感到悲哀,心潮起伏,久久不能平静。仍旧从六桥返回。

雨 湖

晨钟初歇,披衣启户,细雨溟濛,湖光山色,不甚分明,模糊中别有妙处。茂之方浓睡,余抚其背曰:“黄粱熟矣[①],何尚蘧蘧然耶?[②]”茂之一笑起,不暇束带,倚户延望。曰:“此真米家泼墨法也[③]。”既而叔父至,仲兄以告叔父,亦云然。相与读画久之。童子汲水,品龙井明前茶,又试武夷,余终推龙井第一。奕棋四局,呼酒小饮,击箸曼歌,再歌再饮,座中无不醉者。醉后纵目,云开雨止,夕阳在山，湖中歌舫纵横，管弦未歇。俄，灯火已上，若萤火风中不定。漫成一诗云："千山落日暮烟曛，无数笙歌水上闻。借问萧郎今夜泊[4]，纷纷灯火隔溪云。"

① 黄粱(熟矣)：唐沈既济《枕中记》中有主人公梦醒时所煮的黄粱还未熟的情节，此处借用来说：时候早已过了该醒的时候了。 ② 蘧蘧然：惊动貌。《庄子·齐物论》："昔者庄周梦为胡蝶，栩栩然胡蝶也。……俄然觉，则蘧蘧然周也。" ③ 泼墨：中国山水画的一种画法。画时用水墨浑洒纸上，其势如泼，故名。 ④ 萧郎：后以泛指所亲爱或为女子所恋的男子。

【译文】

早晨的钟声刚停止，我就披衣起床，推开窗户一看，细雨迷濛，湖光山色，不很分明，但是模糊中也另有一番美景。茂之正睡得香，我拍拍他的背说："时候不早了，梦还没有醒吗？"茂之笑了笑坐起来，也来不及整衣束带，就跑到窗边去瞭望。说："这真像是米芾的一幅泼墨山水啊！"接着叔父也来了，仲兄把茂之的话告诉他，他也说此话不假。于是大家品评绘画多时。书童汲水煮茗，品尝龙井明前茶，又尝了点武夷茶，我到底觉得还要数龙井茶为最好。下了四盘棋，就叫书童拿酒来喝，还敲着筷子唱歌，不停地边唱歌边喝酒，在座的没有不喝得醺醺然的。喝醉了也还是看风景。这时候，云已经散开，雨也停止，夕阳已近下山，游艇在湖面上来往，管弦之声不断。不一会，灯火亮起来，就像萤火虫在风中闪烁。我口占一诗云："千山落日暮烟曛，无数笙歌水上闻。借问萧郎今夜泊，纷纷灯火隔溪云。"

湖　心　亭

请于叔父曰:“白沙未干[①],六桥苔滑,宜泛小艇,揽湖南之胜。”叔父首肯。呼童子买舟,舟名嬉春小社,王姓长年主之[②]。既而霁色开朗,湖光潋滟,携酒登舟,推窗四望,山色明净如新沐,珠宫绀宇[③],金碧重重,白云红树,高下互映。舟次湖心亭,亭当水中,左孤屿[④],右云居[⑤],诸景瞭然,尽萃此亭。登眺久,舟中壶觞已具,盘馔罗列。剧饮既酣,移舟访藕花居[⑥],不得见。龙钟一叟,扶杖来,就问之,三问乃应,指芦荻丛中曰:“此即藕花居址也。”噫!芙蓉之国,化为烟莽之墟,盖已久矣!

① 白沙:即“白堤”,又名“白沙堤”。　② 长年:船工。　③ 珠宫绀宇:泛指寺院。成语有“珠宫贝阙”,意思是以珠贝为宫阙。指水神的宫殿。“珠”与“朱”通。绀宇,佛寺。绀,天青色,深青透红之色。　④ 孤屿:即“孤山”,亦称“梅花屿”。　⑤ 云居:山名。在清坪山之阳,南与城外万松岭连接。　⑥ 藕花居:在雷峰山湖滨。明洪武间净慈僧广衍建。

【译文】

我向叔父请示:“白堤路还未干,苏堤路又太滑,不如坐着小船,对西湖南岸一带玩个痛快。”叔父同意。我叫书童雇了一条船,名叫“嬉春小社”,由一个姓王的船工操掌。一会儿天色晴朗,波光粼粼,带着酒上船,从船窗望出去,山色清爽得像刚沐浴一般,红墙黛瓦的佛寺,金碧辉煌,白云红树,上下映衬。船划到湖心亭,亭在西湖当中,左边是孤山,右边是云居,清清楚楚,景色的精粹都集中到亭子上来了。观望很久,船中的酒肴也准备妥当,杯盘罗列,喝个痛快。接着船向藕花居移动,却找不到这个景点。有一个龙钟的老人,扶着拐杖过来,我们问他,问了好几声才答应,他指着那边的芦苇丛说:"这就是藕花居的旧址。"咳!藕花胜地,却变成一片荒烟蔓草,大概也不是一天两天了。

宝 石 山

联步上宝石山,一石横亘数十丈,大似虎阜千人石。又有垂云石,一勺泉,泉左为天然图画。再上为宝叔塔[①],窄径荒凉,古殿圮败,不堪寓目。遽欲返,僧曰:"其后尚有胜地可游。"予从之,见刻石,为雪达太子像[②],形容奇古,箕踞巉岩之上[③],与落云石相对。旁有径甚隘,互相扶曳而下。峭壁如屏,与云相接,苔藓斑驳,树木虬蜷。过此即纱帽峰,螺旋而上,至初阳台[④],惜早游五日,未能看日月并升也。

① 宝叔塔:通称"保俶塔"。别名很多。　② 雪达太子:雪达又作"悉达"。钟毓龙《说杭州》"宝石山":"壁上有悉达太子像,形容奇古,箕踞巉鏬,仅容一人出入,名川正洞,实非洞也。"《词源》有"悉达多":原为天竺净饭王太子的释迦牟尼之本名。也作"悉达陀"。　③ 箕踞:古时无椅凳,坐于席上,坐则跪,行则膝前,足皆向后,以是为敬。若伸两足,则手据膝,故若箕状。箕踞为傲慢不敬之容。　④ 初阳台:在

宝石山巅，其地高朗，宜远眺。每岁十月朔旦，见日月并升，为一大奇观。

【译文】

一口气跑上宝石山。有一块石头横放着总有几十丈长，很像苏州虎丘的千人石。又有垂云石，一勺泉，泉左边是天然图画。再上去是宝叔塔，道路狭窄，又很荒凉，殿堂倒坍，不值得一看。正想回头就走，有和尚说："后面还有好景可看。"我跟着他走，看见一块石刻，是雪达太子的像，形状古怪，大模大样地坐在峭壁上，跟落云石面对面。旁边有条路很狭窄，只能互相搀扶着下去。峭壁像屏风竖立着，高似碰得到天，苔藓斑斑驳驳，树木苍老弯曲。过了这里，就是纱帽峰，螺旋般上去，就到初阳台，可惜早来了五天，看不到日月并升的奇观。

望 湖 亭

既盥栉，焚香啜茗，清兴悠然。叔父曰："数日遨游，略尽南北之胜。今日宜对湖山清话[1]，以节劳顿。"仲兄与茂之举钱王雄略，宋室偏安遗闻逸事[2]，凭吊古今，浩然兴叹。君锡弟问湖上之游，何时为佳。余曰："雨奇，晴好，西子固'淡妆浓抹总相宜'也。昔人有'晴湖不如雨湖，雨湖不如月湖，月湖不如雪湖'之语，安得勾留一载，以践四时之游乎！"叔父若不闻也者，颓然而卧，梦以游之。各适其适，同乐其乐，此亦胜游之余事耳。午后，步至望湖亭[3]，与湖心亭相对。亭下湖舫，雁接蝉联。俄，长风从朔方来，飞云疾于奔马，南北诸峰或隐或见，湖中白浪顿高数尺，俨如滚雪，又一异境。

① 清话：高雅的言谈。 ② 偏安：旧史于被视为正统之王朝据地一方，不能统治全国的，谓之偏安。 ③ 望湖亭：即望湖楼，故址在昭庆寺

前。一名看经楼，宋乾德二年(964)，钱忠懿王建。

【译文】

洗梳完毕，点上香喝茶，心情十分悠闲。叔父说："多日来到处游玩，西湖南北的风景也大都看到了。今天应该面对湖山坐下来好好说说话，也让劳累的身体得到休息。"仲兄和茂之谈到吴越王钱镠的雄才大略，还有南宋建都临安后的种种旧闻传说，说古道今，不觉感慨系之。君锡弟问我，游西湖最好是在什么时候。我说："雨天固然奇特，晴天也很不错，西湖本来有'淡妆浓抹总相宜'的美誉呀！前人有晴湖不如雨湖，雨湖不如月湖，月湖不如雪湖的话，真想能逗留一年，把四季的美景赏玩个够！"叔父像不曾听到我们的谈话，只顾自己倒下身子就睡，想来是在梦中去游了。各人按照适合自己的方式生活，也就能自得其乐，这种体验可算是我们这次出游所附带的收获了。午后，我来到望湖亭，与湖心亭面对面。亭子下面停靠着不少游船，一字儿排列着。一会儿，大风从北方吹来，天空的云像飞奔的马一样快，南北两岸的山峰或隐或现，湖中的浪头高达数尺，好像滚雪球似的，这又是一番出奇的景色！

过 溪 亭

登过溪亭[①],亭为东坡先生建,内供先生像。过片云亭,对亭一石,高数仞,孤秀挺拔,名曰片云石。度略彴[②],有观音洞。至龙井寺,井深不盈十尺,大旱不竭,中畜二鱼,长可如人。泉从井溢出,在山泉水本清也。上风篁岭,岭上有万丈泉,异石奇峰,累累然作奔狮、舞象、飞鸾、浴鹄之状。昔米南宫拜石[③],称石为石丈。若此诸石之奇,米颠见之当更何如也。

① 过溪亭:辨才送东坡,越过门前的归隐桥,旁边的人说:"远公复过虎溪矣。"用惠远与陶潜的故事。因此就将归隐桥改称过溪桥,并在风篁岭上造了个过溪亭。 ② 略彴:小木桥。 ③ 米南宫拜石:米南宫,即米芾。宋叶梦得《石林燕语》:"米芾诙谲好奇……知无为军,初入州廨,见立石颇奇,喜曰:'此足以当吾拜。'遂命左右取袍笏拜之。每呼曰石丈。"

【译文】

上了过溪亭,亭是为东坡先生建造的,里面供着先生的像。到了一片云亭,与亭相对有一块石头,高一丈多,秀丽挺拔,名叫一片云石。越过小木桥,有一个观音洞。不久就到龙井寺。井深不到一丈,可是大旱不枯,井中养着两条鱼,有人那么长。泉水从井里满出来;在山泉本清么!上了风篁岭,上面有个万丈泉,奇峰异石,一块块生得像奔跑的狮子、舞蹈的大象、飞翔的凤凰、沐浴的天鹅。从前米芾拜石,把石头叫作"石丈",如果这里的石头让疯疯颠颠的他看见了,不知道又会做出怎样的举动呢!

凤 凰 山

自钱塘门外沿湖而行,由里万松诣至圣书院[①],并谒四贤祠[2]，上凤凰山。北有见湖亭，荒芜已久，石刻数字，漫漶不可辨。穿小径，摄衣缘崖而上，始达御教场。有将台，台前有排牙石。钱江带其南，西湖绕其北，郡城环其东，富春峙其西，真天府之国也。后有小庵，人迹罕至。观八卦田，下坡，有犀牛石、月牙洞，石上劖(chán)"无影相"三字。前有跃云石，其状如梯，级而上，至圣果寺，可望江，雅秀仿佛灵岩。拂石而坐，清风落袖，岚气袭人。其左石上刻"忠实"二大字，宋思陵笔也。忠实亭在通明洞之前，又有"凤山"两大字，宋人王大通书。过天门洞，近洞有听讲石，天梯石。再上有许僧泉，上有石窝。再上为白玉宫墙，外列鼎狮、香象二石，色莹润，望之如琼楼玉宇。转入归云洞，云雾迷濛，幽寂过甚，不堪久留。以上皆幽深僻远，游人所不到，惟寒烟衰草，山禽乱鸣而已。然其境自佳，故历览殆遍，虽极险不顾也。

① 至圣书院：今称"万松书院"。有大成殿，祀孔子像。 ②四贤祠：四贤为子思、颜回、曾子及孟子。

【译文】

从钱塘门外沿西湖边走去，由里万松到至圣书院，在拜谒了四贤祠后，就登上凤凰山。北面有见湖亭，已经荒芜很久，石上刻着一些字，模糊不可辨别。穿过一条小路，撩起衣服沿着悬崖爬上去，才能到达御教场。有一个将台，台前就是排牙石。钱塘江像一条带子围在它的南边，西湖绕在它的北边，杭州城蹲在它的东边，富春山站在它的西边，真是一个天造地设的好地方呀！后面有一个小庵，很少有人到这里来。观看了八卦田，走下山坡，有犀牛石、月牙洞，石上凿有"无影相"三个字。前面有跃云石，它的形状像梯子，拾级而上，到圣果寺，可以眺望钱塘江，此处之灵秀好像苏州的灵岩。掸掸石头上的灰尘坐下来，觉得清风拂袂，山气袭人。在它左边的石头上刻着“忠实”两个大字，是宋高宗写的。忠实亭在通明洞前面，又有“凤山”两个大字，是宋人王大通的手笔。过天门洞，靠洞边有听讲石，天梯石。再上去有许僧泉，上面有石窝。再上去是白玉宫墙，外边站立着鼎狮、香象两块石头，色泽莹润，看上去像是琼楼玉宇。转身进入归云洞，云雾迷濛，幽寂得很，不宜久留。以上这些景点，都处在深奥冷僻的地方，游人不大会来的，只有荒烟蔓草，山鸟乱叫而已。然而风景却很好，所以我还是一处处都看了，即使极其危险也顾不得了。

古　荡

居停主人曰[①]："山之北，曰古荡，颇饶幽致，诸君搜奇选胜，宁独遗此耶？"叔父曰："噫，吾几忘之。"命童子具早餐，乘肩舆过松木场，不十里而至其地。溪光荡漾，沿溪皆葭荻，微风乍来，飞花若雪，秦望、法华诸山，围若屏障，出入非小舟不可。舍舆鼓楫而前，约里许，抵岸。鱼庄蟹舍，山市烟村，林林在望[②]。临水一茅庵，登其楼，四面可远眺。鸥眠沙渚，菱歌渔唱，若相和答。领此一段野趣，恍然如在元人渔乐图中。庵僧供茗饮，蔬食精洁。余尚欲遍游墟落，见鸦翻夕照，溪界寒烟，山色迷离，冥冥欲暮，乃循旧路而归。归寓，漏下二声矣。

① 居停：栖止、歇足之处。　② 林林：纷纭众多貌。

【译文】

房东说："山北面，叫古荡，是个很富于情趣的地方，各位专找风景优美处玩，怎么把它也忘记了？"叔父说："咳，我几乎把它忘掉了。"叫书童准备早餐，然后坐上兜子轿，经过松木场，不到十里路就到了那地方。溪水荡漾，两岸都是芦苇，微风吹过，雪白的芦花随风飘落;秦望、法华等山围在四周像屏风一样;进进出出,没有小船是不成的。我们下了轿子,坐上船前进,大约一里路的样子,就靠岸登陆,一间间渔民的小屋,聚集成一个小村落,林林总总,一目瞭然。靠水边有座庵堂,入庵登楼,四面可以瞭望。河边打盹的沙鸥,渔民们此唱彼和,像是在做对歌的游戏。望着听着这一番野趣盎然的情景,就像进了元代人所画的渔乐图似的。庵里的和尚供应茶饭,虽然是些素菜,却精致鲜美。我想把这些村落游览个遍,无奈鸦噪夕阳,溪起烟雾,山色迷濛,时近薄暮,于是就沿着原路回来。回到住处,已是半夜了。

六　和　塔

约行半日抵江口。江上有开化寺[①]。闻每岁八月十八日,士女云集于此观潮。潮之为物也,上落有时,大小有候,其声若雷奔,势若电掣,高如雪山,涌如白马,堤岸为崩,陵谷为振,阴风怒号,白日暗淡,枚乘所谓曲江广陵之涛[②],天下壮观也。余以不得见为恨。寺中有六和塔,经劫火,佛宇荡然。循梯级升高望之,富春严濑据其上游[③],海门三山雄其东隅,近自天台,远届白岳[④],巘接云连,周遭千里,眼界宽大,于斯已极。

① 开化寺:即今“六和塔寺”。　② 曲江广陵:作者以谓钱塘江。但另一说是指江苏扬州。钟毓龙《说杭州》:“汉枚乘作《七发》,有‘观涛于广陵之曲江’一语。元代钱惟善以为曲江即钱塘江。……不知此皆未研求地理之故也。……长江当秦汉时,崇明岛未涌见,口门甚阔,潮势直达洞庭。其后乃仅及小孤山。今之潮涨犹达金、焦。枚乘作《七发》时,广陵涛之汹涌,当然之事,非钱塘江所独有也。况钱塘江之三曲,起于南宋以后。西汉时何尝已如此耶。”　③ 富春严濑:即今富春江七里陇。后汉严光(子陵)隐于浙江富春山,后人名其处曰严陵濑,也叫严滩。　④ 白岳:山名。在安徽休宁西四十里。奇峰四起,石壁五彩,状若楼台。

【译文】

大约半天的路程，就到钱塘江边，那里有个开化寺，听说每年八月十八日，红男绿女云集在这里观潮。说到潮，潮涨潮落有一定的时间，潮大潮小也有一定的日期，潮声响得像打雷，速度快得像闪电，像一座座雪山拥来，像一匹匹白马奔过，堤岸被它崩坍，大地受到震撼，阴风呼啸，天色暗淡，枚乘说观钱塘江之潮是天下一大奇观，我真恨自己未能见到。寺里面有个六和塔，经过一场大火，寺院被烧得精光。沿着阶梯爬到高处瞭望，富春江七里陇在它的上游，海门三山在它的东面，近一点是浙东的天台，远一点是安徽的白嶽，山连山云连云，周围上千里的地方，眼界之宽，在这里已经达到极点。

理 安 寺

去(水乐)洞即杨梅岭，岭接九溪十八涧。十里，至理安寺，寺为日佛开士手创[1]，在岩石之下。溪泉可汲，山果可餐，以朝云暮霭、清风明月为长物[②]，真禅家净修地也。禅堂后精舍室中，炉烟一缕，《法华》一卷，清致翛（xiāo）然[③]。室后有楼，直踞危峰之巅，曰：来青。四围虬松古桧，与山翠相接。竹炉汤沸，茶香逆鼻，细啜一瓯，两腋间清风习习。俄欲作别，日佛曰："此山深僻，游者极少，居士惠然肯来[④]，老僧当扫榻留居士一赏空山夜色，如何？"许之。夜半，与日佛谈禅[⑤]，机锋正洽[⑥]，忽大声作，响振林木，如长风怒涛，窗户为之荡摇，同人咸屏息。日佛云："虎啸，山中常有之，不足惊也。"

① 开士。菩萨的异名。后来作为对僧人的敬称。　② 长物：剩余之物。　③ 翛然：自然超脱貌。　④ 惠然肯来：语出《诗·邶风·终篇》："终风且霾，惠然肯来。"《笺》："肯，可也，有顺心，然后可以来至我旁。"后多用作对客人表示欢迎之词。居士，梵语"迦罗越"的义译。后来专称在家奉佛的人。　⑤ 谈禅：谈佛教的哲理。　⑥ 机锋：机警锋利。佛教禅宗用以比喻迅捷锐利、不落迹象、含意深刻的语句。

【译文】

离水乐洞不远处是杨梅岭，岭下就是九溪十八涧。跑十里路就到理安寺，寺是日佛大师一手创立，座落在岩石下面。有泉水可饮，有山果可吃。至于朝霞暮霭，清风明月，就更是司空见惯不在话下了。真是出家人理想的修行之地啊。禅堂后面的僧房中，香烟一缕，《法华》经一卷，悠然自得。僧房后面还有一个小楼，简直是安坐在高峰上头，叫"来青"。四周怪松古柏，与山色相交接。竹炉里的茶水在沸滚，茶的香味扑鼻而来，细细品尝一杯，真是"腋下生风"，浑身舒服。一会儿正想离开，日佛说："在这深山野坞，游客很少来到，居士光临敝庵，老僧应当竭诚欢迎，留宿一宵，看看山里的夜景，怎么样？"我们答应留下来。到了深夜，与日佛讨论佛法，正在应对热烈之际，忽然有一种巨大的响声，振动树林，像大风又像巨浪，门窗都为之摇晃，在场的人面面相觑，吓得不敢出声。日佛说："这是老虎叫，山里常有的事，不必惊惶。"

张 岱

张岱(1597—1679),字宗子,又字石公,号陶庵,又号蝶庵,山阴(今浙江绍兴市)人。侨寓杭州。出身于仕宦家庭,自己没有做过官。在明亡以前,过着游山玩水、读书品兰的豪华生活;在明亡之后,隐居山村著书,文笔清新,汲取公安、竟陵两派之所长,被称为晚明小品的集大成者。有《琅嬛文集》、《石匮书》、《陶庵梦忆》、《西湖梦寻》等。

本书所译,选自《陶庵梦忆》、《西湖梦寻》。

报 恩 塔[①]

中国之大古董,永乐之大窑器[②],则报恩塔是也。报恩塔成于永乐初年,非成祖开国之精神,开国之物力,开国之功令[③],其胆智才略足以吞吐此塔者不能成焉。塔上下金刚佛像千百亿金身。一金身,琉璃砖十数块湊成之。其衣褶不爽分,其面目不爽毫,其鬓眉不爽忽[④];斗笋合缝,信属鬼工。闻烧成时,具三塔相,成其一,埋其二,编号识之。今塔上损砖一块,以字号报工部,发一砖补之,如生成焉。夜必灯,岁费油若干斛,天日高霁,霏霏霭霭,摇摇曳曳,有光怪出其上,如香烟缭绕,半日方散。永乐时,海外夷蛮重译至者百有余国[⑤],见报恩塔必顶礼讚叹而去,谓四大部洲所无也[⑥]。

① 报恩塔:即报恩寺塔。报恩寺是南京第一大刹,相传吴赤乌间吴大帝建,号建初寺,为江南建塔之始。明永乐十年(1412)敕工部重建;至宣德六年(1431)始成,赐报恩寺额,朱孔阳书。后毁于太平天国之役。考其遗址,大概

在今中华门外南山门宝塔山一带。 ② 永乐：明成祖（朱棣）的年号（1403—1424）。 ③ 功令：国家考核和运用学官的法令。这里作选用人才讲。 ④ 忽：古代极小的度量单位名。据《孙子算经》上说："度之所起，起于忽，欲知其忽，蚕吐丝为忽。十忽为一丝，十丝为一毫，十毫为一厘，十厘为一分。" ⑤ 重译：辗转翻译。此指距离遥远的国家。 ⑥ 四大部洲：即四大洲。佛经称有四大洲，即东胜身洲（东毗提河洲），南赡部洲（阎浮提洲），西牛货洲（瞿沱尼洲）、北俱庐洲（郁单越洲）。

【译文】

中国的大古董，永乐年间（1403—1424）的大瓷器，就是这报恩塔呀。报恩塔的建成在永乐初年，若不是成祖皇帝创建国家的精神气魄，创建国家的物质力量，创建国家的用人制度，他的胆量、智慧、才干、谋略足够经营这座塔的话，是不可能建成的。报恩塔上上下下有成千上万个涂金的金刚佛菩萨；每一个佛菩萨都是用十几块琉璃砖拼凑而成，他们的衣褶不相差一分，他们的面目不相差一毫，他们的胡须眉毛不相差一忽；斗笋合缝的精确性，相信只有鬼斧神工才办得到。听说窑里烧砖头时，准备了同样的三副，一副造塔，二副埋藏起来，编了号码作为记号。今天如果塔上的砖头损坏一块，拿字号呈报工部，工部就发下一块来补上，看上去如原来的砖头一模一样。到夜晚一定点上灯，每年耗费灯油几百斤，天气晴朗无云，霏霏霭霭，摇摇晃晃，有奇形怪状的光芒出现在塔上，好像缭绕的香烟，老半天才会消散。永乐年间，外国翻译到这里来的有一百多个国家的人，见了报恩塔一定顶礼膜拜赞叹不已，他们说，这样的塔在四大部洲是找不到的。

日　月　湖

宁波府城内，近南门，有日月湖。日湖圆，略小，故日之；月湖长，方广，故月之。二湖连络如环，中亘一堤，小桥纽之。日湖有贺少监祠[①]，季真朝服拖绅，绝无黄冠气象。祠中勒唐元宗饯行诗以荣之[2]。季真乞鉴湖归老，年八十余矣。其回乡诗曰："幼小离家老大回，乡音无改鬓毛衰。儿孙相见不相识，笑问客从何处来。"八十归老不为早矣，乃时人称为急流勇退，今古传之。季真曾谒一卖药王老，求冲举之术，持一珠贻之。王老见卖饼者过，取珠易饼。季真口不敢言，甚懊惜之。王老曰："悭吝未除，术何由得！"乃还其珠而去。则季真直一富贵利禄中人耳。《唐书》入之《隐逸传》，亦不伦甚矣。月湖一泓汪洋，明瑟可爱，直抵南城。城下密密植桃柳，四周湖岸，亦间植名花果木以萦带之。湖中栉比皆士大夫园亭，台榭倾圮而松石苍老。石上凌霄藤有斗大者，率百年以上物也。四明缙绅田宅及其子，园亭及其身。平泉木石多暮楚朝秦[3]，故园亭亦聊且为之，如传舍衙署焉。屠赤水娑罗馆亦仅存娑罗而已[4]，所称"雪浪"等石，在某氏园久矣。清明日，二湖游船甚盛，但桥小，船不能大。城墙下址稍广，桃柳烂漫，游人席地坐，亦饮亦歌，声存西湖一曲。

① 贺少监：贺知章，唐山阴人，字季真。玄宗时授秘书监，世称贺监。天宝初请为道士，归里。　② 唐元宗，即唐玄宗，因为避清朝康熙的讳，才改"玄"为"元"。　③ 平泉：古迹。即平泉庄，唐李德裕别墅，在洛阳。　④ 屠赤水娑罗馆：屠隆（1542—1605），字长卿，号赤水，明浙江鄞县人。万历五年进士。历任知县、礼部主事。罢官回乡后，以卖文为生。娑罗馆是他的书斋名。娑罗，木名。为龙脑香科常绿大乔木。

【译文】

宁波府城里，靠近南门的地方，有一个日月湖。日湖圆形，略微小一点，所以把它叫做日湖；月湖长形，面积大，所以把它叫做月湖。二个湖像环似的连接着，中间横着一条堤，有一座小桥把它们连通。日湖上有个贺知章祠堂。贺知章穿着官服拖着长带，一点没有道士的气派。祠堂中刻着唐玄宗饯别时送的诗以为荣耀。贺知章要求鉴湖作为养老的地方时,年纪已经八十多岁了。他的《回乡》诗说:“幼小离家老大回,乡音无改鬓毛衰。儿孙相见不相识,笑问客从何处来?”八十岁辞官养老,不算早了,当时人竟称赞他是急流勇退,从古到今传颂着这件事情。贺知章曾经拜访过一个姓王的卖药老人,要求传授成仙的方法,拿一颗珍珠送给老人。老人看见卖米饼的走过,就拿珍珠交换米饼吃。贺知章口里不敢说,心里却非常懊悔可惜。老人说:“吝啬的脾气还没有改变,成仙的方法怎么能够学到!”就把珍珠还给他走了。看来贺知章简直是个富贵利禄中的人罢了。《唐书》把他写进《隐逸传》,也是很不伦不类的。月湖是一片深广的湖水,明净可爱,一直延伸到府城南门。城墙边密密地种着桃树杨柳,四周湖岸,偶而也种些花草果木,像一条带子围绕着它。湖上梳齿般排列着的都是官宦人家的园林,楼阁破旧倒坍了,可是那里的松树、山石却很苍劲古老。假山上凌霄藤长得有斗那么大的,大概是百年以上的东西。宁波府的富豪地主,他们的田地房屋可以传给儿子,园林只能自己活着时受用。正像洛阳平泉庄的花木石头那样,大多朝秦暮楚,不能久长,所以他们的园林都建得不讲究,好像驿站官舍那样。屠赤水的娑罗馆也只留下娑罗树了,著名的“雪浪”等名贵石头,早已落在某人的园里了。清明节,日湖月湖里游船很多,但因为桥小,船也大不了。城墙脚边的面积稍微大一点,桃花柳枝鲜艳美丽,游人藉地围坐,边喝酒边唱歌,还有点像西湖边的样子。

焦　山

仲叔守瓜州[①],余借住于园,无事辄登金山寺,风月清爽,二鼓,犹上妙高台,长江之险,遂同沟浍。一日,放舟焦山,山更纡谲可喜[②]。江曲過山下,水望澄明,渊无潜甲。海猪海马,投饭起食,驯扰若豢鱼。看水晶殿,寻《瘗鹤铭》[3]，山无人杂，静若太古。回首瓜州，烟火城中，真如隔世。饭饱睡足，新浴而出，走拜焦处士祠，见其轩冕黼黻，夫人列坐，陪臣四，女官四，羽葆云罕[4]，俨然王者。盖土人奉为土谷，以王礼祀之，是犹以杜十姨配伍髭须[5]，千古不能正其非也。处士有灵，不知走向何所？

① 仲叔：张联芳，字尔葆，号二酉，精画艺。 ② 纡谲(jué)：曲折多变。 ③ 瘗鹤铭：东汉末焦光作。焦山因焦光隐居而得名。 ④ 羽葆云罕(hǎn)：皇帝出行时的仪仗。羽葆：即羽葆盖，古代车上以鸟羽连缀为饰的华盖。 ⑤ 杜十姨、伍髭须：即"杜拾遗"(杜甫)"伍子胥"(伍员)之误。

【译文】

葆生叔担任瓜州同知那时节，我去拜访他，就借住在于园里面，闲暇时经常登上金山寺。清风明月的夜里，二更天还爬上妙高台，看看惊险的长江，小得像一条小沟。有一天，坐船到焦山，焦山比金山更要曲折多变化。长江在山下迂回，水面澄澈空明，连深潭中的鱼鳖都看得一清二楚。那些海猪海马，一见抛下饭去就浮上

来抢吃，如养着的鱼一样驯服。我参观水晶殿，寻找《瘗鹤铭》，山里没有闲杂人，宁静得好像远古时代。回头看看灯火辉煌的瓜州城，真的像换了一个世界。吃饱饭睡够觉，刚洗完澡出来，就去拜谒焦处士祠堂，只见焦处士戴着高冠，穿着华服，夫人并排坐着，陪臣有四个男的，四个女的，华盖旌旗，极像一个帝王的样子。原来当地人把他看作土地神，所以拿对待帝王的礼节对待他。这有如拿杜十姨配伍髭须，千百年来没法纠正它的谬误。焦处士如果有灵验的话，不晓得会逃到哪里去？

岣嵝山房①

岣嵝山房，逼山，逼溪，逼韬光路，故无径不梁，无屋不阁。门外苍松傲睨，蓊以杂木，冷绿万顷，人面俱失。石桥低磴，可坐十人。寺僧刳竹引泉，桥下交交牙牙，皆为竹节。天启甲子，余键户其中者七阅月，耳饱溪声，目饱清樾。山下多西栗、鞭笋②，甘芳无比。邻人以山房为市，蓏果、羽族日致之，而独无鱼。乃潴溪为壑，系巨鱼数十头。有客至，辄取鱼给鲜。日晡必出，步冷泉亭、包园、飞来峰。一日，缘溪走看佛像，口口骂杨髡③。见一波斯胡坐龙象④，蛮女四五献花果，皆裸形，勒石志之，乃真伽像也。余椎落其首，并碎诸蛮女，置溺溲处以报之。寺僧以余为椎佛也，咄咄作怪事，及知为杨髡，皆欢喜赞叹。

① 岣嵝山房：张岱《西湖梦寻·岣嵝山房》：李芠，号岣嵝，武林人，住灵隐韬光山下。 ② 鞭笋：笋之一种，夏天长在毛竹鞭上，故称鞭笋。 ③ 杨髡：即杨琏真伽。元代僧人。世祖(忽必烈)时为江南释教总统，杀害平民，掠夺财物，无恶不作。 ④ 龙象：本指罗汉中之有大力者，此则指狮象而言。《西湖梦寻·飞来峰》云：“且杨髡沿溪所刻罗汉，皆貌己像，骑狮骑象，侍女皆裸体献花。”可以为证。

【译文】

岣嵝山房，因为靠近山，靠近溪，靠近韬光路，所以山房内没有一条路没有桥，没有一间屋不是架空构造有如楼阁。门外苍松屹立，像在斜着眼睛看人，再加上茂密的其他树木，一大片阴森翠绿，使得人都变了颜色。桥边的石阶，坐得下十来个人。寺里的和尚将毛竹剖开，从桥底下接引泉水，所以一根连着一根，都是竹爿。天启四年(1624)，我关上门在里面住了七个月，听够了潺潺的溪声，看够了青翠的树木。山上山下多的是西栗、鞭笋，非常好吃。邻居的山民把山房当作市场，瓜果、野味每天都拿来卖，只是没有鱼。我于是在溪上筑了个水潭，养了大鱼几十条。如有客人到来，就从潭里捞了鱼煮给客人吃。傍晚我必定走出门去，在冷泉亭、包园、飞来峰附近散步。有一天，沿着溪边走去看佛像，听到人人都骂姓杨的贼秃，一看原来是一个波斯胡人骑着狮子大象，胡女四五人在进献花果，都是裸体，把这些刻在岩石上，其实却是真伽自己的丑态。我凿掉了他的头，敲碎了胡女，把它们统统丢进厕所作为回敬。寺里的和尚以为我在毁坏佛像，奇怪得不得了，等到知道是对付姓杨的贼秃，就都又是高兴又是赞叹。

天镜园

天镜园浴凫堂，高槐深竹，樾暗千层，坐对兰荡，一泓漾之。水木明瑟，鱼鸟藻荇类若乘空。余读书其中，扑面临头，受用一绿。幽窗开卷，字俱碧鲜。每岁春老，破塘笋必道此轻舠飞出[①]，牙人择顶大笋一株掷水面[②]，呼园人曰："捞笋！"鼓枻飞去[③]。园丁划小舟拾之，形如象牙，白如雪，嫩如花藕，甜如蔗霜[④]，煮食之，无可名言，但有惭愧[⑤]。

① 破塘笋：破塘，山阴地名。其地产毛笋，称"破塘笋"，为山阴九大名物

之一。见张岱《方物》。舠(dāo):刀形小船。 ② 牙人:代人销售货物的,叫牙人。 ③ 榭(xiè):楫,短桨。 ④ 蔗霜:白糖,也称糖霜。 ⑤ 惭愧:即觉得幸运,又感到不好意思。因为是"白吃"了一样东西。

【译文】

天镜园的浴凫堂,有高大的槐树,茂密的竹子,林荫重重,面对着兰荡闲坐,只见微波荡漾,水清木秀,游鱼飞鸟,还有那水中蕴藻,都像是浮在空中一般。我在堂中读书,头上面前,享受着一片绿色,在幽静的窗边打开书本,字字像都碧绿新鲜。每年到了春暮,载着破塘笋的小船必定从这里飞快驶过,商人挑选最大的一株抛在水上,并向园丁叫道:"捞笋!"打着桨飞一般去了。园丁划着小船把笋拾起来。这笋有如象牙,白得像雪,嫩得像花下藕,甜得像白糖。把笋煮熟了吃,说不尽的鲜美。只是有点不好意思。

湖心亭看雪

崇祯五年十二月,余住西湖。大雪三日,湖中人鸟声俱绝。是日,更定矣,余拏一小舟,拥毳衣炉火[①],独往湖心亭看雪。雾凇沆砀[②],天与云与山与水,上下一白。湖上影子,惟长堤一痕,湖心亭一点,与余舟一芥[③],舟中人两三粒而已。到亭上,有两人铺毡对坐,一童子烧酒,炉正沸。见余大喜,曰:"湖中焉得更有此人!"拉余同饮。余强饮三大白而别[④],问其姓氏,是金陵人,客此。及下船,舟子喃喃曰:"莫说相公痴,更有痴似相公者[⑤]!"

① 毳(cuì)衣:毛皮衣。毳,野兽的细毛。 ② 雾凇沆(hàng)砀(dàng):冬夜寒气如雾,结水成珠,一片白色的样子。沆砀,天上的白气。 ③ 芥:小草。芥即芥舟,《庄子·逍遥游》:"覆杯水于坳堂之上,则芥为之舟,置杯焉则胶,水浅而舟大也。" ④ 大白:大酒杯。 ⑤ 相公:旧时对男人的尊称,多指富贵家子弟。

【译文】

崇祯五年(1632)十二月,我住在西湖边上。下了三天大雪,湖面上人声、鸟声一点都听不到。这一天,更深人静了,我坐了一只小船,穿上皮衣、烘着火炉,一个人到湖心亭去赏玩雪景。冰冷的雾气水气到处弥漫着,天空、云层、山色、湖水,上上下下一片白色。湖面上看得到的,只有长长的苏堤一条痕迹,湖心亭一个小点,以及我坐的小船一叶,小船上的人两三粒而已。到了亭子上,只见有两个人铺了毡毯对面坐着,一个孩子在用炉子燉酒,正煮开。

那两个人见了我非常高兴,说:“湖里面哪里还找得到这样的人!”就拉住我一同喝酒。我尽力喝了三大杯后向他们告别,问他们的姓名,说是南京人,在这里作客。等到我下了船,那船老大在小声唠叨:“不要说相公傻,也还有跟相公一样傻的。”

陈　章　侯[1]

崇祯乙卯八月十三,侍南华老人饮湖舫[2],先月早归。章侯怅怅向余曰:“如此好月,拥被卧耶!”余敕苍头携家酿斗许,呼一小划船再到断桥。章侯独饮,不觉沾醉。过玉莲亭,丁叔潜呼舟北岸,出塘栖蜜橘相饷,畅啖之。章侯方卧船上嚎嚣,岸上有女郎命童子致意云:“相公船肯载我女郎至一桥否[3]?”余许之。女郎欣然下,轻纨淡弱,婉嫕可人。章侯被酒挑之曰："女郎侠如张一妹④，能同虬髯客饮否？"女郎欣然就饮。移舟至一桥，漏二下矣，竟倾家酿而去。问其住处，笑而不答。章侯欲蹑之，见其过岳王坟，不能追也。

① 陈章侯：即画家陈洪绶，章侯是他的字。　② 南华老人：为作者张岱的叔祖父。　③ 一桥：按一般习惯，苏堤六桥从南往北数，第一桥为映波桥。但从下文看，似是指北岸的跨虹桥。　④ 张一妹：就是红拂女，隋朝宰相杨素的家妓，她看出李靖人才出众，去投奔他。逃亡路上在客店里遇到一个奇人虬髯客，事见杜光庭《虬髯客传》。

【译文】

崇祯十二年（1639）八月十三日，陪着南华老人在西湖船上喝酒，月亮升起之前就提早回家。陈章侯感到不痛快，就对我说："这样好的月色，难道就裹着被头睡觉吗？"我吩咐老家人带上一小坛子家酿好酒，叫了一条小划子重新去到断桥那边。陈章侯自斟自酌，不知不觉地有点喝醉了。船划到钱塘门外玉莲亭附近，丁叔潜从北岸招呼我们，拿出塘栖蜜橘给我们吃，我们就尽情地大吃蜜橘。陈章侯正躺在船上大喊大叫，岸边上有个姑娘叫一个童儿隔水打招呼："少爷们的船肯顺便带我们的姑娘到第一桥去吗?”我同意了她的请求。她很高兴地下船来,穿着薄绸子的衣裳,显得淡雅温柔,叫人看了适意。陈章侯借酒三分醉地挑逗她:“姑娘,你豪爽得像那张大妹子,能够跟虬髯客一道喝喝酒吗?”那姑娘高高兴兴地坐下来喝酒。小划子到了第一桥,已经是二更天了。那姑娘居然把一小坛子酒喝光,上岸走了。问她家的住址,只是笑笑不回答。陈章侯本来想要跟踪她去,只见她走过了岳王坟,就没法追赶了。

泰安州客店①

客店至泰安州,不敢复以客店目之。余进香泰山,未至店里许,见驴马槽房二三十间;再近,有戏子寓二十余处;再近,则密户曲房皆妓女妖冶其中;余谓是一州之事,不知其为一店之事也。投店者,先至一厅事,上簿挂号,人纳店例银三钱八分,又人纳税山银一钱八分。店房三等:下客夜素早亦素,午在山上用素酒果核劳之,谓之接顶。夜至店设席贺。(谓烧香后,求官得官求子得子求利得利,故曰贺也。)贺亦三等:上者专席,糖饼、五果②、十肴、果核、演戏,次者二人一席,亦糖饼,亦肴核,亦演戏;下者三四人一席,亦糖饼肴核,不演戏,亦弹唱。计其店中,演戏者二十余处,弹唱者不胜计。庖厨炊爨亦二十余所,奔走服役者一二百人。下山后,荤酒狎妓惟所欲,此皆一日事也。若上山落山,客日日至,而新旧客房不相袭,荤素庖厨不相混,迎送厮役不相兼,是则不可测识之矣。泰安一州与此店比者五六所,又更奇。

① 泰安州:州名。明属山东济南府,府治在今泰安市。 ② 五果:为桃、李、杏、栗、枣。

【译文】

住客店住到泰安州的客店，就不敢再拿客店来看待它。我到泰山烧香，未到客店一里多路，看见驴棚马房二三十间；再走近点，看见戏班子住房二十多处；再走近点，就是深邃幽隐的密室，里面都是妖冶魅人的妓女。本来我还以为这些是整个州的场面，不知道它只是一爿客店的场面呀。投宿客店的人，先到一个厅堂上，登记挂号，每人交纳住宿费银子三钱八分，再每人交纳朝山香钱银子一钱八分。客房分成三等。住在下等客房里的客人，晚餐吃的是素菜，早餐也是素菜，午餐在山上拿素酒水果慰劳他，叫做“接顶”。夜里回到客店，客店里便准备筵席庆贺。（这是说在烧香以后，求官得官求子得子求利得利，所以叫做贺。）庆贺也分成三等：上等的一人一席，供应糖饼，五果，十碗菜肴，水果，而且还演戏；二等的两人一席，也有糖饼，也有菜肴果子，也演戏；下等的三四个人一席，也有菜肴果子，不过不演戏，只是弹弹唱唱罢了。计算一下这爿客店里面，演戏的二十多处，弹唱的数也数不清，做菜烧饭的厨房也有二十多处，跑腿的服务人员一二百人。香客下了山，开荤喝酒嫖妓随心所欲，这都是一天里面的事情呀。至于上山下山，香客每日都有到来，而客店安排新旧香客的房间不会碰头，荤菜素菜的厨房也不互相混杂，迎客送客的人员各有专职，这些就没法知道了。整个泰安州像这样的客店就有五六爿，又更感到奇怪！

湘 湖①

西湖田也而湖之，成湖焉；湘湖亦田也而湖之，不成湖焉。湖西湖者坡公也，有意于湖而湖之者也；湖湘湖者任长者也②，不愿湖而湖之者也。任长者有湘湖田数百顷，称巨富。有术者相其一夜而贫，不信。县官请湖湘湖灌萧山田，诏湖之，而长者之田一夜失，遂赤贫如术者言。今虽湖，尚田也，不下插板，不筑堰，则水立涸；是以湖中水道，非熟于湖者不能行咫尺。游湖者坚欲去，必寻湖中小船与湖中识水道之人，遡十阏三，鲠咽不之畅焉。湖里外锁以桥，里湖愈佳。盖西湖止一湖心亭为眼中黑子，湘湖皆小阜、小墩、小山乱插水面，四周山趾，稜稜砺砺濡足入水，尤为奇峭。余谓西湖如名妓，人人得而媟亵之；鉴湖如闺秀，可钦而不可狎；湘湖如处子，眡娗羞涩③，犹及见其未嫁时也。此是定评，确不可易。

① 湘湖：湖名。在浙江萧山县城西。 ② 长者：对年辈高者的称呼。
③ 眡娗（tíng）：即腼腆。明田汝成《西湖游览志余》二五《委巷丛谈》："杭人言……蕴藉不躁暴者曰眡娗。"

【译文】

西湖是田畈，想要开凿一个湖，于是就形成了湖；湘湖也是田畈，想要开凿一个湖，却不能成为湖。使西湖形成为湖的是东坡，是有意想开凿一个湖而开凿的；使湘湖变成湖的是任长者，他是不愿意变成湖而形成为一个湖的。任长者拥有湘湖田几百顷，称得上是个大富豪。有一个看相的人说他在一夜之间将会变成精穷，任长者不相信。县官打算开凿湘湖灌溉萧山的稻田，命令下来，任长者的百顷田地就在一夜之间成为乌有，就这样一贫如洗正像看相的人所说。如今虽然把它叫做湖，实际上却还是田，不放下闸板，不建筑堤堰，水就立刻枯干，因此湖当中的水路，除非熟悉这湖的人就不能行走一步。到湖里游玩的人如果坚决要去，一定要找一条湖里的小船与湖里识得水路的人，走十步停三步，如有骨鲠的喉咙一样不畅。里湖外湖有桥联系，里湖的风景尤其佳妙。因为西湖只有一个湖心亭，好像眼睛里的黑乌珠，湘湖却是小丘小墩小山乱插在水面上，四周的山脚，成条成块地伸入水中，更是奇妙。我以为西湖好像名妓，人人能够玩弄；鉴湖好像千金小姐，只能钦慕，没法亲近；湘湖好像处女，腼腆羞涩，还赶得上看见她在未出嫁时的情状。这是定论，确切而不可改变。

扬州清明

扬州清明，城中男女毕出，家家展墓；虽家有数墓，日必展之。故轻车骏马，箫鼓画船，转折再三，不辞往复。监门小户[①]，亦携肴核纸钱，走至墓所。祭毕，席地饮胙[②]。自钞关、南门、古渡桥、天宁寺、平山堂一带，靓妆藻野[③]，袨服缛川。随有货郎，路旁摆设骨董古玩并小儿器具。博徒持小杌坐空地，左右铺衵衫[④]、半臂、纱裙、汗帨、铜炉、锡注[⑤]、瓶瓯、漆奁、及肩彘、鲜鱼、秋梨、福橘之属，呼朋引类，以钱掷地，谓之跌成[⑥]，或六、或八、或十，谓之六成、八成、十成焉；百十其处，人环观之。是日，四方流寓及徽商、西贾、曲中名妓，一切好事之徒，无不咸集。长塘丰草，走马放鹰；高阜平冈，斗鸡蹴踘；茂林清樾，劈阮弹筝[⑦]。浪子相扑，童稚纸鸢，老僧因果，瞽者说书，立者林林，蹲者蛰蛰。日暮霞生，车马纷沓。宦门淑秀，车幕尽开；婢媵倦归，山花斜插，臻臻簇簇，夺门而入。余所见者，惟西湖春、秦淮夏、虎丘秋，差足比拟。然彼皆团簇一块，如画家横披；此独鱼贯雁比，舒长且三十里焉，则画家之手卷矣。南宋张择端作《清明上河图》，追摹汴京景物，有西方美人之思⑧，而余目盱盱，能无梦想！

① 监门小户：平民百姓。　② 胙（zuò）：祭肉。　③ 藻：文采，修饰。下句"缛"字也是这个意思。　④ 衵（nì）衫：内衣，近身衣。　⑤ 锡注：锡制的酒壶。注，注子，酒壶。　⑥ 跌成：博戏的一种。清李斗《扬州画舫录》十六《蜀冈录》："跌成，古博戏也，时人谓之拾博。"旧时儿童掷钱为戏称"跌博"，犹其遗意。　⑦ 劈阮：弹琴。劈，拨弄。阮，乐器名。相传为阮咸所造，故曰劈阮。阮咸，字仲容，竹林七贤之一。任散骑侍郎，放达不拘，妙解音律，善弹琵琶。　⑧ 西方美人：语出《诗经》："云谁之思，西方美人。"旧注说它借指西周的全盛时期。这里指的是北宋的全盛时期，同时也暗指灭亡了的明朝，含有作者对故国的怀念之情。

【译文】

扬州地方一到清明佳节，城里人男男女女都跑出城去，家家户户没有不上坟的。即使家里的祖坟分散在好几处，这一天也一定要全部跑到。所以轻便的车子、强健的马儿、奏着音乐的游艇，老是辗转奔忙，不怕往返辛苦。小户人家，也提着酒菜纸钱，步行赶到坟地去。祭奠之后，大家就坐在地上吃那撤下来的食物。从钞关、南门起，到古渡桥、天宁寺、平山堂一带，田野、江河里满是涂脂抹粉的妇女和穿着华丽服装的人。跟着他们的是货郎，在道路两边摊放着古董摆设和小孩子的玩具。聚赌的庄家端张小凳子坐在空地上，两边摊放着衬衫、背心、纱裙、汗巾、铜炉、酒壶、瓶罐、漆盒以及猪蹄胖、鲜鱼、秋梨、福橘这一些货色，招引那一班爱赌博的人，用铜钱抛在地上，叫做“跌成”，有的用六个铜钱，有的用八个铜钱，有的用十个铜钱，分别叫做“六成”、“八成”、“十成”。这样的摊子有几十个上百个，游人们围绕着它们看热闹。这一天，那些从外地来的客人以及徽州、江西的商人、妓院中的出名妓女、一切爱凑热闹的人们，没有不聚集到这里来的。长堤上青草茂绿，有跑马的、放鹰的；平坦的丘陵地带，有斗鸡的、踢球的；浓密的树荫下面，有弹琴的、吹筝的。青年人互相角力，小孩子放风筝，老和尚宣传佛法，盲艺人说书。站着看的人，蹲着听的人，成堆成簇。傍晚的时候，当彩霞在西天出现，回程车马十分拥挤。官宦人家的小姐太太，都把车窗轿帘打开；丫头使女拖着疲倦的身子往回走，野花斜插在鬓发上。挤挤挨挨，大家争先恐后的赶进城去。我生平见到过的，只有西子湖的春天、秦淮河的夏天、虎丘山的秋天大体上可以与它相比。可是那些盛况都是集中在一起的，好像画家画的横披；只有这里像鱼儿头尾相接、大雁排成行列，延续到三十里长，这就是画家画的手卷了。南宋的时候，张择端画了一幅《清明上河图》，回忆绘出旧京开封的风景人物，表现了他对故国的怀念。至于我呢，眼巴巴地在望着，能够没有梦想吗？

金山竞渡

看西湖竞渡十二三次，己巳竞渡于秦淮，辛未竞渡于无锡，壬午竞渡于瓜州，于金山寺。西湖竞渡，以看竞渡之人胜，无锡亦如之。秦淮有灯船无龙船，龙船无瓜州比，而看龙船亦无金山寺比。瓜州龙船一二十只，刻画龙头尾，取其怒；傍坐二十人持大楫，取其悍；中用彩篷，前后旌幢绣伞，取其绚；撞钲挝鼓，取其节；艄后列军器一架，取其锷；龙头上一人足倒竖，战敠其上[①]，取其危；龙尾挂一小儿，取其险。自五月初一至十五日，日画地而出，五日出金山，镇江亦出。惊湍跳沫，群龙格斗，偶堕洄涡，则百蚴捷捽蟠委出之[②]。金山上人团簇，隔江望之，蚁附蜂屯，蠢蠢欲动。晚则万艓齐开，两岸沓沓然而沸。

① 战敠(diān duō)：以手称物。引申悬挂。 ② 蚴：即石蚴。动物名。甲壳类，一端有柄，附着在海岸岩隙间，柄的表面，有石灰质的小鳞片，胸部有脚六对，可以伸出攫取食物。"百蚴捷捽"，描写捞救"偶堕洄涡"的划龙船者。

【译文】

我观看西湖的划船比赛有十二三次，崇祯二年(1629)在秦淮河看划船比赛，崇祯四年(1631)在无锡看划船比赛，崇祯十五年(1642)在瓜州、在金山寺看划船比赛。西湖的划船比赛，好处在于看划船比赛的人多，无锡也是这样；秦淮河有灯船没有龙船，龙船没有瓜州的好，但是看划船的人又比不上金山寺的多。瓜州的龙船有一二十只，船头船尾都刻画着龙的样子，显得很有气势；船边坐着二十个人，扳着划桨，显得很强悍；中舱装上彩篷，船前船后有彩旗绣伞，显得很绚丽；敲着铜钲擂着战鼓，显得很有节奏；船艄后面排列着一架兵器，显得很威武；龙头上有一个人两脚倒竖挂在那上面，显得很危难；龙尾巴上挂着一个小孩子，显得很惊险。从五月初一到月半，每天在规定地点出赛，初五在金山出赛，镇江也出赛。波涛汹涌，浪花飞溅，群龙彼此搏斗，偶尔有掉进旋涡的，就有许多人像一百只石蚴伸出脚似的把他很快的救了出来。金山上看热闹的人成团成簇，隔了江面望过去，就像一堆蚂蚁或一堆蜜蜂在蠕动。到了傍晚，无数船只一齐划动，两岸人声哒哒，如烧开了的水一样。

西湖香市

西湖香市，起于花朝，尽于端午。山东进香普陀者日至[①]，嘉、湖进香天竺者日至，至则与湖之人市焉，故曰"香市"。然进香之人市于三天竺，市于岳王坟，市于湖心亭，市于陆宣公祠[②]，无不市，而独凑集于昭庆寺。昭庆寺两廊，故无日不市者。三代八朝之骨董[③]，蛮夷闽貊之珍异[④]，皆集焉。至香市，则殿中边甬道上下，池左右，山门内外，有屋则摊，无屋则厂。厂外又棚，棚外又摊，节节寸寸。凡胭脂、簪珥、牙尺、剪刀，以至经典、木鱼、伢儿嬉具之类，无不集。此时春暖，桃柳明媚，鼓吹清和。岸无留船，寓无留客，肆无留酿。袁石公所谓"山色如娥，花光如颊，波纹如绫，温风如酒"，已画出西湖三月。而此以香客杂来，光景又别。士女闲都，不胜其村妆野妇之乔画；芳兰芗泽，不胜其合香芫荽之熏蒸[⑤]；丝竹管弦，不胜其摇鼓欱笙之聒帐[⑥]；鼎彝光怪，不胜其泥人竹马之行情；宋元名画，不胜其湖景佛图之纸贵。如逃如逐，如奔如追，撩扑不开，牵挽不住。数百十万男男女女老老少少，日簇拥于寺之前后左右者，凡四阅月方罢，恐大江以东，断无此二地矣。

① 普陀：山名。在今浙江普陀县，四面环海，风景佳丽。旧时与九华、峨眉、五台并称为佛教四大名山。　② 陆宣公：陆贽，唐嘉兴人，字敬舆。官至中书侍郎、门下同平章事。卒谥宣。　③ 三代八朝：三代指夏、商、周；八朝指秦、汉、三国、晋、隋、唐、宋、元。　④ 蛮夷闽貊(mò)：都是我国古代的少数民族。　⑤ 合香芫(yuán)荽(suī)：合香，不详。芫荽，又称胡荽，俗称香菜，有特殊气味。　⑥ 欱(hē)笙：指口含着笙用力吹。欱，啜。聒帐：众声齐作，通宵达旦，称聒帐。

【译文】

西湖香市，从二月半花朝开始，到五月初五端午结束。山东到普陀进香的每天都有到达，嘉兴、湖州到天竺进香的每天都有到达，他们一到就跟西湖上的商人做起了买卖，所以称为“香市”。不过，这些香客在三天竺购买货物，在岳坟购买货物，在湖心亭购买货物，在陆宣公祠堂购买货物，没有一处不购买货物，但是人拥集得最多的却是昭庆寺。昭庆寺的两边走廊上，本来就没有一天不做买卖的，“三代”“八朝”的古董，南北东西各地的土特产都聚集在这里。到了香市，那就在佛殿的里里外外、甬道的上上下下、池塘的左边右边、山门的前前后后，有房屋的就摆上摊，没有房屋的就搭起敞棚，敞棚外面又有竹篷，竹篷外面又有地摊，寸寸节节没有空隙。凡是胭脂、发簪、耳环、象牙尺、剪刀，一直到佛经、木鱼、儿童玩具这类货物，没有不集中在这里的。这时节春天气候温暖，桃花杨柳鲜妍明媚，音乐声悠扬动听。西湖边没有闲余的游船，客店里没有闲住的旅客，酒楼上没有滞销的好酒。袁中郎所说的“山

色如娥，花光如颊，波纹如绫，温风如酒"，这几句话已经生动的写出了西湖上的三月风光。可是这时候因为香客们从四面八方涌来，西湖上便又另有一番景色。少爷小姐们的娴雅华美，少于农村妇女的乔妆打扮；兰花浓郁的香气，掩不过合香芫荽的熏蒸发散；笙箫管笛和胡琴琵琶，不如摇咕咚吹嘟嘟热闹；奇奇怪怪的青铜古鼎，比不过泥人竹马有销路；宋朝元朝的名画，不及《西湖十景》、佛像走俏。买卖活像是一方逃一方追，一方奔一方赶，要推推不开，要拉拉不住。成千上万的男女老少每天这样聚集拥挤在昭庆寺的前前后后，一共要经过四个月才罢休，恐怕在江浙一带绝对找不到第二个地方了。

鹿苑寺方柿

萧山方柿，皮绿者不佳，皮红而肉糜烂者不佳，必树头红而坚脆如藕者，方称绝品。然间遇之，不多得。余向言西瓜生于六月，享尽天福，秋白梨生于秋，方柿、绿柿生于冬，未免失候。丙戌[①]，余避兵西白山鹿苑寺[②]，前后有夏方柿十数株。六月歊暑[③]，柿大如瓜，生脆如咀冰嚼雪，目为之明；但无法制之，则涩勒不可入口。土人以桑叶煎汤，候冷，加盐少许，入甕内，浸柿没其颈，隔二宿取食，鲜磊异常。余食萧山柿多涩，请赠以此法。

① 丙戌：清顺治三年。即公元 1646 年。　② 西白山鹿苑寺：在嵊县境内。《诸暨县志》："嵊之西白山，亦称小白山……石笋长五六丈，对立如阙，瀑泉怒飞，悬下三十丈，称瀑布岭，亦曰瀑布山。"　③ 歊(xiāo)暑：炽热。

【译文】

萧山方柿，皮色绿的不好，皮色红的、肉糜烂的不好，一定要在树上养红而且松脆像藕的才算顶刮刮的上等货。但是这种佳果只有偶尔才遇到，不可能多得。我从前说西瓜生在六月，天帮忙让它走了运；秋白梨生在秋天，方柿、绿柿生在冬天，不免误了季节。丙戌(1646)那年，我躲避兵灾住在西白山鹿苑寺，寺前寺后有方柿树十多株，六月里天气炽热，柿大得像瓜，松脆就像咀嚼冰雪，眼睛都因此明亮了不少。但是如果没有好的制法，它就涩得连嘴都不能进。当地人拿桑叶煎汤，等冷却后加进少量食盐，装在甏里把柿子浸在里面，隔两夜拿出来吃，便觉得特别鲜美可口。我吃萧山的柿子多数有涩味，如今就拿这种方法送给他们。

龙　山　雪[①]

天启六年十二月，大雪深三尺许，晚霁，余登龙山，坐上城隍庙山门，李芥生、高眉生、王畹生、马小卿、潘小妃侍。万山载雪，明月薄之，月不能光，雪皆呆白。坐久清冽，苍头送酒至[②]，余勉强举大觥敌寒，酒气冉冉，积雪欱之[③]，竟不得醉。马小卿唱曲，李芥生吹洞箫和之，声为寒威所慑，咽涩不得出。三鼓归寝。马小卿，潘小妃相抱从百步街旋滚而下，直至山趾，浴雪而立[④]。余坐一小羊头车，拖冰凌而归。

① 龙山：即“卧龙山”，在绍兴市西隅。旧名种山，越大夫种所葬处。　② 苍头：指奴仆。汉时仆隶以深青色巾包头，故称。　③ 欱(hē)：见前张岱《西湖香市》注。　④ 浴雪：满身是雪。

【译文】

明熹宗天启六年(1626)十二月，大雪下了三尺多深，傍晚天晴了，我爬到龙山顶上，坐在上城隍庙的大门口，有李芥生、高眉生、王畹生、马小卿、潘小妃作伴。所有的山都覆盖着白雪，明月映照着，月亮放不出光来，雪都变成了灰白。坐得久了，浑身感到寒冷，奴仆送酒来，我尽力用大杯子喝酒抵挡寒冷，酒气微微上升，被积雪所吸收，竟怎么也喝不醉。马小卿唱曲子，李岕生吹洞箫伴奏，歌声乐声受到寒威的慑服，哽咽艰涩得发不出来。三更天回家就寝。马小卿、潘小妃互相挽抱着从百步街滚下来，直到山脚边，浑身是雪站立着。我坐了一辆小羊头车，在冰凌上拖着回家。

庞　公　池

庞公池岁不得船，况夜船，况看月而船。自余读书山艇子，辄留小舟于池中，月夜夜夜出，缘城至北海坂，往返可五里，盘旋其中。山后人家，闭门高卧，不见灯火，悄悄冥冥，意颇凄恻。余设凉簟卧舟中看月，小傒船头唱曲，醉梦相杂，声声渐远，月亦渐淡，嗒然睡去。歌终忽寤，函胡赞之，寻复鼾齁[①]。小傒亦呵欠歪斜，互相枕藉。舟子回船到岸，篙啄丁丁，促起就寝。此时胸中浩浩落落，并无芥蒂，一枕黑甜[②]，高舂始起[③]，不晓世间何物谓之忧愁。

① 鼾齁(hōu)：鼻息声。　② 黑甜：即熟睡。　③ 高舂：指晚饭以后。《淮南子·天文》注："高舂，时加戌，民碓舂时也。"

【译文】

庞公池整年找不到船，何况是夜里坐船，更何况是看月亮坐船。自从我到山艇子读书以来，总是留一条小船在池边，凡是有月亮的夜里夜夜出去游玩，沿着城边到北海坂，来回大约有五里路，徘徊在那中间。山后的人家，关了门睡觉，看不见灯光，黑洞洞静悄悄的，心里很有点觉得凄凉。我摊了竹席躺在船里看月亮，小僮在船头唱曲子。不知道是酒醉了还是在做梦，觉得曲子的声音渐渐遥远，月色也渐渐变淡，不知不觉就睡着了。等歌声停止，我也就醒来，含含胡胡的称赞那歌唱得不错，但是接着又鼾声大作。小僮们也身子东倒西歪地打着呵欠，你靠着我我压着你的睡着了。船夫把船划回岸边，竹篙碰着石磡发出丁丁的响声；催我上岸去就寝。这时候心里空空荡荡，并无半点杂念，倒头熟睡，直到傍晚方才起床，真不知道世界上什么叫做忧愁。

张东谷好酒

余家自太仆公称豪饮[①]，后竟失传。余父余叔不能饮一蠡壳[②]，食糟茄面即发赪；家常宴会，但留心烹饪，庖厨之精遂甲江左。一簋进，兄弟争啖之立尽，饱即自去，终席未尝举杯；有客在，不待客辞，亦即自去。山人张东谷[③]，酒徒也，每悒悒不自得。一日起谓家君曰："尔兄弟奇矣！肉只是吃，不管好吃不好吃；酒只是不吃，不知会吃不会吃。"二语颇韵，有晋人风味。而近有伧父载之

《舌华录》曰[④]："张氏兄弟赋性奇哉！肉不论美恶，只是吃；酒不论美恶，只是不吃。"字字板实，一去千里，世上真不少点金成铁手也！东谷善滑稽，贫无立锥，与恶少讼，指东谷为万金豪富。东谷忙忙走愬大父曰[⑤]："绍兴人可恶，对半说谎，便说我是万金豪富！"大父常举以为笑。

① 太仆公：作者的高祖张天复，曾任太仆的官。 ② 蠡壳：蚬壳。不能饮一蠡壳，极言其酒量小。 ③ 山人：山野之人。犹隐士。 ④ 伧父：鄙俗之人。这里指《舌华录》的作者。 ⑤ 愬（sù）：诉说。大父：祖父，即张汝霖。

【译文】

我家从高祖天复公号称大酒量，以后竟然失传。我的父亲、叔父喝不下一蚬壳爿，吃酒糟茄子面孔就发红；家里平时举行宴会，只关心菜肴，所以烹调的精致在江浙一带算是第一流的。一道菜上桌，兄弟立刻抢着把它吃个精光，吃饱了就离席，到宴会结束不曾喝一点儿酒；有客人在座，不等客人告辞，也只自顾自离开。山人张东谷是个嗜酒的人，为此事经常抑郁不欢。有一天站起来对我父亲说："你们兄弟都是怪人！肉只是吃，不管它好吃不好吃；酒只是不吃，也不知道会吃不会吃。"这两句话很高雅，具有晋代人的情趣。可是近来有个俗人把它写进《舌华录》，说："姓张的两兄弟生来脾气怪僻！肉无论好与不好，只是吃；酒无论好与不好，只是不吃。"字字都讲得死板，与张东谷的原话相距千里，世界上真有把金子点化成铁的人！张东谷善于说笑话，贫无立锥之地，跟无赖少年打官司，对方说他是个家财万贯的大富翁，东谷急忙走来告诉我祖父，说："绍兴人实在可恶，对半说谎，就说我是家财万贯的大富翁！"我祖父常常拿这句话当作笑料。

蟹　会

食品不加盐醋而五味全者，为蚶为河蟹。河蟹至十月与稻粱俱肥，壳如盘大，坟起，而紫螯巨如拳，小脚肉出，油油如蚰蜒，掀其壳，膏腻堆积如玉脂珀屑，团结不散，甘腴虽八珍不及[①]。一到十月，余与友人兄弟辈立蟹会，期于午后至，煮蟹食之，人六只，恐冷腥，迭番煮之。从以肥腊鸭、牛乳酪，醉蚶如琥珀，以鸭汁煮白菜如玉版[②]，果蓏以谢橘以风栗以风菱[③]，饮以玉壶冰，蔬以兵坑笋，饭以新余杭白[④]，漱以兰雪茶。繇今思之，真如天厨仙供，酒醉饭饱，惭愧惭愧[⑤]！

① 八珍：八珍，据陶宗仪《辍耕录》，为醍醐、麆沆、野驼蹄、鹿唇、驼乳糜、天鹅炙、紫玉浆与玄玉浆。后来用以泛指珍贵的食品。　② 玉版：毛笋的别名。　③ 谢橘：明代山阴的土产。张岱在《方物》一文中列举各地方物，于山阴项下有破塘笋、谢桔等等。　④ 新余杭白：水稻名。余杭，县名，今属杭州市。　⑤ 惭愧：见前张岱《天镜园》注。

【译文】

食品不加食盐不加米醋，而甜酸苦辣醎五味齐全的，就是蚶子，就是河蟹。河蟹到十月里与稻谷一同成熟，它的壳大得像只盘子，胸部隆起像炉唇；紫色的螯像拳头那么大。把小脚里的肉剥出来，油光光地有如蚰蜒；掀开蟹壳，里面膏腻堆积，好像白玉脂肪，又好像琥珀的碎末，粘结成团不会散开，滋味鲜美，即使是山珍海味也休想与它相比。每年到了十月，我总要与朋友、兄弟等人举行蟹会，约定在午后到场，煮了蟹吃，每人六只，怕冷却后腥气，就分批的煮。配食的还有肥壮的腊鸭，牛奶酪，像琥珀的醉蚶子，白菜拿鸭汤煮的好像毛笋。果品用“谢橘”，用风干栗子，用风干老菱，饮的酒用“玉壶冰”，下饭用“兵坑笋”，饭米用“新余杭白”，喝的茶用“兰雪茶”。就现在回想起来，真像天上神仙的饮食，酒喝得醉醉的，饭吃得饱饱的，难得！难得！

越俗扫墓

越俗扫墓，袨服靓妆[①]，画船箫鼓，如杭州人游湖，厚人薄鬼，率以为常。二十年前，中人之家尚用平水屋帻船[②]，男女分两截坐，不座船[③]，不鼓吹，先辈谑之曰：“以结上文两节之意[④]。”后渐华靡，虽监门小户，男女必用两座船，必巾，必鼓吹，必欢呼鬯饮[⑤]，下午必就其路之所近，游庵堂寺院，及士夫家花园，鼓吹近城必吹《海东青》、《独行千里》，锣鼓错杂，酒徒沾醉必岸帻嚣嚎[⑥]，唱无字曲，或舟中攘臂与侪列厮打。自二月朔至夏至，填城溢国，日日如此。乙酉方兵[⑦]，画江而守，虽鱼舟菱舠收拾略尽，坟垅数十里而遥，子孙数人挑鱼肉楮钱，徒步往反之，妇女不得出城者三岁矣。萧索凄凉，亦物极必反之一。

① 袨服：盛服。 ② 平水屋帻船：平水，地名。屋帻船：丧船，就是在普通的三道船上遮以布幔，状如屋脊，故有此名。 ③ 座船：装人或器物的船，如鼓手船、厨司船、酒饭船。座，器物的底托。 ④ 以结上文两节之意：越中年末年始对于祖坟，有送寒衣，拜坟岁，及扫墓三重仪文，而扫墓则作为结束。这里是说草草了事。 ⑤ 鬯：同“畅”。 ⑥ 岸帻：推起头巾，露出前额。形容衣衫简率不拘。帻，头巾。 ⑦ 乙酉：即福王弘光元年(1645)。杭州已失守，明兵与清军划钱塘江而守。

【译文】

绍兴的风俗，清明节扫墓男人穿着盛装，女人浓妆艳抹，坐着船，奏着乐，好像杭州人游西湖，看重活人而忽略祖先，大体上都是这个样子。二十年前，中等人家还用平水屋帻船，男人女人分两边坐，不用座船，不用鼓吹，先辈开玩笑说："就这样把祖先打发了！"后来逐渐奢华，即使是小户人家，也必定男女用两只座船，男人必定戴上头巾，必定吹吹打打，必定大呼小叫、喝酒喝个痛快；下午必定就近到庵堂寺院，以及士大夫家花园游玩。乐队近城时必定奏《海东青》、《独行千里》，锣鼓咚咚喤喤，酒徒必定喝得醺醺大醉，把头巾推向头顶，嘴里唱些乱七八糟的曲子；要么在船里捋起袖子伸出胳膊与同伴打架。从二月初到夏至，整个城乡几乎天天如此。乙酉那年战争刚开始，两军隔着钱塘江对峙，连捕鱼采菱的小船都几乎被收管起来，上坟的人不管路有多远，就只好由几个子孙挑着鱼肉纸钱，步行来去。妇女不能出城已经有三年了！这种萧条冷落的局面，也是物极必反的一个证据吧。

祁彪佳

祁彪佳(1603—1646),字幼文,一字弘吉,号世培,山阴(今浙江绍兴市)人。著名藏书家祁承㸁第四子。天启壬戌(1622)进士,官至苏松巡抚。后告病回家,择城西“寓山”建筑别业,名为“寓园”。弘光二年丙戌(1646),清兵攻破南京、杭州,他不受礼聘,自沉于寓园内水池中,年四十四。著作以散文《寓山注》为最有名。

本书所译,选自《寓山注》。

水 明 廊

园以藏山,所贵者反在于水。自泛舟及园,以为水之事尽;迨循廊而西,曲沼澄泓,绕出青林之下。主与客似从琉璃国来[①],须眉若浣,衣袖皆湿。因忆杜老“残夜水明”句[②],以廊代楼,未识少陵首肯否?

① 琉璃:天然的各种有光宝石。本名璧琉璃,后省称琉璃。唐代称为玻璃,宋元以来称为宝石。 ② 杜老“残夜水明”句:杜甫自号少陵野老,《月》诗:“四更山吐月,残夜水明楼。”

【译文】

筑园的目的原是为了把山包藏起来,但是现在看重的倒反是水。自从坐船到了寓园,以为水的作用到此完结;哪知顺

着走廊向西走去，却看到一湾清澈的绿水，从青翠的树林下面绕过来。这时主人与客人都好象从水晶官里回来，连眉毛胡须都经过洗涤，衣服袖子也都打湿。因此，我想到杜甫"残夜水明楼"的诗句，就把"楼"字换成"廊"字，只不知道少陵会同意吗？

踏 香 堤

园之外堤为柳陌，园之内堤为踏香。踏香堤者，呼虹幌所由以渡浮影台也。两池交映，横亘如线，夹道新槐，负日俯仰。春来士女，联袂踏歌，屐痕轻印青苔，香汗微醺花气。以方西子六桥[①]，则吾岂敢；惟是鉴湖一曲[②]，差与分胜耳。

① 西子六桥：杭州西湖，因苏轼诗"若把西湖比西子，淡妆浓抹总相宜"，所以又称"西子湖"。苏堤横亘南北，堤上有六座桥，为西湖的绝胜处。

② 鉴湖一曲：鉴湖原名镜湖，后因避宋太祖之父赵敬的讳，改"镜"为鉴。湖在绍兴西边，唐贺知章受赐"镜湖一曲"，一曲就是一角。

【译文】

寓园外面的一条堤，叫“柳陌”，园里面的一条堤，叫“踏香”。踏香堤就是从呼虹幌通到浮影台的一条路。两边的池水交相辉映，堤横在那里就像一条线，堤两边都是嫩绿的槐树，在日光下随风俯仰。春天来了，小伙子和姑娘们结伴在这里游玩，鞋印子留在青苔上面，香汗微微醺着花气。这种情景，如果拿它去与西湖六桥相比，这我哪里敢当；只是比比鉴湖一角，似乎也还可以配得上。

茶　坞

入筠巢，稍折而西南，得隙地，皆硗确也。土肤不盈尺，故极宜种茶。向有数本，与僧无公采制之，寒香特异。今尽去他卉，惟蓄木奴千头①。他日汲沁月泉，闲啜于长松下，趣亦不恶。《越书》所谓“龙山瑞草，日铸雪芽”②，未识孰为胜负耳。

① 木奴：指柑橘。亦泛指果实。　② 《越书》：宋王十朋《会稽风俗赋》：“日铸雪芽，卧龙瑞草。”注云：“日铸山在会稽东南五十五里。……会稽日铸……不在建腊之后。”又云：“卧龙山亦产奇茗。”

【译文】

走进筠坞，向西南方稍微拐点弯，找到一块空地，土质坚硬贫瘠，浮泥不满一尺，所以很适宜种茶。那里原来就有几棵茶树，曾经与和尚无公采茶叶炒制，感到特别清香。如今把别的花木全都除掉，只种上柑橘千把株。将来汲取沁月泉的泉水，坐在高大的松树下悠闲地品茗，兴味也不差。《越书》曾有“龙山瑞草，日铸雪芽”之说，不知道谁优谁劣。

冷 云 石

寓园之所少，非石也。浮影台右有巨灵手擘者三[①]，予以当寒山之可语矣[②]。其他虎而踞、狮而蹲者，不可指屈。独是笛亭之旁一片石，如骏马驰坂，忽然而止，衔勒未收[③]，犹有怒色。上又有一石，如半月欲堕不堕，周又新以“冷云”字之，即未堪具袍笏作丈人拜[④]，亦可呼之为小友矣。

① 巨灵：古代神话中擘开华山的河神。 ② 寒山：即唐代和尚寒山。据说寒山居天台寒岩，台州守闾丘胤往访，寒山缩身入石穴，其穴自合。 ③ 衔勒：马勒和辔头。衔勒一收紧，马即飞奔；未收，即止其奔也。 ④ 具袍笏丈人拜：宋米芾得巨石奇丑，具衣冠拜之，呼为“石兄”。丈人，老人的通称。

【译文】

寓园所缺少的，不是石头。浮影台右边，有巨灵手擘的大石头三块，我拿它当作志趣相投的寒山和尚看待。其它像老虎样坐着的、狮子样蹲着的石头，数都数不清。独有这个笛亭旁边的一块石头，像从山坡上奔下来的骏马，突然放松辔绳，但还有奔腾跳跃之势。上面另有一块石头，形状像半个月亮，仿佛要掉下来又没有掉下来，周又新拿“冷云”作为它的名字，即使谈不上著了衣冠捧了朝笏像拜老人那样拜它，也可以称它为小朋友了。

小斜川

当凿池时，畚锸才兴，石趾已棱然欲起。及深入丈许，岝崿怒出，有若渴骥奔泉、俊鹘决云者。水入罅齿间，微风激之，噌吰响答[①]，似坡老所记石钟山状。渊明春日之游，摩诘辋川所筑[②]，将无是耶？舟泛让鸥池，由此及岸，有别径可达太古亭。川上多种老梅，素女淡妆，临波自照。从读易居相望，不止听隔壁落钗声矣[③]。

① 噌吰：象声词。多指钟鼓声。　② 渊明春日之游、摩诘辋川之筑：陶潜（字渊明）《游斜川》诗序：“正月五日，天气澄和，风物闲美，与二、三邻曲，同游斜川。”王维（字摩诘）辋川别业中有“小斜川”。　③ 隔壁落钗声：佛法以隔壁闻钗声为破戒，苏辙《书〈传灯录〉后》解说为：“隔壁闻钗钏声而欲心动，安得不谓破戒？”

【译文】

当初挖掘池的时候，用畚箕铁锹刚动工，石头的边角就像要戳出来的样子，等挖到大约一丈深，石块嶙峋突出，有如口渴的骏马奔向泉水、矫健的老鹰直冲云霄。水浸入石缝中，经微风一激就发出嗡嗡声，像苏东坡所记石钟山的情状那样。陶潜春天游玩的斜川，王维在辋川仿照陶潜筑的小斜川，恐怕都没有这个东西吧？乘坐小船游让鸥池，从这里上岸，有另一条小路可以到达太古亭。小斜川边种着不少老梅树，好比妆束淡雅的白衣女子，站在水边照影。从读易居望去，就比隔着板壁听落地钗声还要逗人情思呢。

松径

园之中不少矫矫虬枝，然皆偃蹇不受约束，独此处俨焉成列，如冠剑丈夫鹄立通明殿上[①]。予因之疏开一径，友石榭所由以达选胜亭也。劲风谡谡，入径者六月生寒。迎门一松，曲折如舞，共诧五大夫何妩媚乃尔[②]！径旁尽植松花，红紫杂古翠间，如韦文女嫁骑驴老叟[③]，转觉生韵。

① 通明殿：神殿名。亦指皇帝的大殿。 ② 五大夫：秦始皇上泰山，避雨松树下，后封为"五大夫"（秦代封爵之第九级），后世以"五大夫"为松之代称。 ③ 韦文女嫁骑驴老叟：事见《太平广记》引《续玄怪录·张老》。韦恕，梁杜陵人，天监中官扬州曹掾，秩满闲居。有女及笄，许嫁园叟张老。相传张老夫妇皆仙去。

【译文】

寓园里面，並不缺少矫健的松树，可是都是倔强不受管束的，只有这地方的松树整齐地排列成行，好象戴冠佩剑的武士站立在通明殿上。我因此开辟了一条小路，以便从友石榭可以走到选胜亭。这条路上凉风飕飕，即使是在六月夏天走的人也会感到寒意。当门有一棵松树，枝干弯扭得像要翩翩起舞，大家都奇怪五大夫为什么柔美到这个样子？小路边都种着松树和花草，红的紫的花朵点缀在苍翠的松树中间，仿佛韦恕的女儿嫁给骑驴的老人，反而觉得别有一种韵味。

樱桃林

选胜之下，织竹为垣，蔓以蔷薇数种，篱外多植樱桃、蜡珠、麦英，不一其品。每至繁英霰集，朱实星悬，如隔帘美人,绛唇半露。但主人方与徂徕处士拂麈玄谈[①],不须几片红牙唱"晓风残月"耳[②]。

① 徂徕处士:山东泰安徂徕山,多松柏,见《水经注》。这里就以徂徕处士代指松树。麈(zhǔ):麈尾,状如掃帚,晋人相与谈玄,往往手持此物,所以称为"麈谈"。 ② 唱晓风残月:《吹剑续录》说有人拿苏轼、柳永词相比较,苏词须关西大汉执铁绰板唱"大江东去",柳词宜十七八岁女郎执红牙拍板歌"杨柳岸晓风残月"。

【译文】

选胜亭下面,用竹子编成篱笆当墙,篱笆上蔓延着几株蔷薇,篱笆外面种着很多樱桃,还有蜡珠、麦英,都不只有一个品种。一到繁茂的花朵像雪霰般簇聚在树上、红色的果实如星星般悬挂在枝头时,就仿佛是隔着帘子的美人,半露着绛红的嘴唇想要唱歌的样子。但是主人却正在与徂徕处土谈玄说理,他们手执麈尾谈得正起劲,并不需要十七八岁的女郎,手执红牙拍板,唱"杨柳岸晓风残月"哩。

芙 蓉 渡

自草阁达瓶隐,有曲廊,俯槛临流,见奇石兀起,石畔筼筜寒玉[①],瑟瑟秋声,小沼澄碧照人,如翠鸟穿弄枝叶上[②]。吾园长于旷,短于幽,得此地一啸一咏,便可终日。廊及半,东面有小径,自此而台、而桥、而屿,红英浮漾,绿水斜通,都不是主人会心处。惟是冷香数朵,想像秋江寂寞时[③],与远峰寒潭,共作知己,遂以芙蓉字吾渡。

① 筼(yún)筜(dāng):大竹名。 ② 翠鸟:一种青绿色的鸟。
③ 秋江寂寞:杜甫《秋兴》诗:"鱼龙寂寞秋江冷。"

【译文】

从草阁到瓶隐，有一条曲折的走廊，靠着栏干俯视池水，只见奇特的石块耸起，石块边清瘦的竹子，在秋风中瑟瑟作响，小池中的水碧绿澄澈，可以照见人影，好像翠鸟在枝叶间跳跃戏耍。我这个园轩敞有余，幽僻不足，能在这里唱歌吟诗，便可盘桓终日。到了走廊的一半处，东面有一条小路，从这里走到台，走到桥，走到屿，红花漂浮水面，绿水流向远方，都不是主人神契意惬的地方。只有几朵孤冷的荷花，像在“寂寞秋江”的时节，便可与那遥远的山峰和清冷的潭水一起结为朋友。因此我就拿“芙蓉”作为我的渡名。

柳　陌

出寓园，由南堤达豳圃，其北堤则丰庄所从入也。介于两堤之间，有若列屏者，得张灵虚书曰“柳陌”。堤旁间植桃柳，每至春日，落英缤纷，微飔偶过，红雨满游人衣裾[①]。予以为不若数株垂柳，绿影依依，许渔父停桡碧荫，听黄鹂弄舌，更不失彭泽家风耳[②]。此主人不字桃而字柳意也。若夫一堤之外，荇藻交横，竟川含绿，涛云耸忽，烟雨霏微，拨棹临流，无不率尔休畅矣。

① 红雨:指桃花。李贺诗:"桃花乱落如红雨。" ② 彭泽:晋陶潜,尝为彭泽令,家居有五柳树,作《五柳先生传》。

【译文】

离开寓园,由南堤可以到达豳圃,那北堤就是从丰庄进入豳圃的路。夹在两条堤中间,有如排列着屏风似的,由张灵虚题名为"柳陌"。堤边间隔地种着桃树、柳树,每到春天,桃花飘落,凉风偶尔吹过,落花沾满了游人的衣襟。但我认为不如种几株倒挂杨柳,一片绿影温柔可爱,让渔翁停船在碧绿的树荫里,静听黄莺歌唱,更能保持陶渊明隐居的风致。这就是主人不拿"桃"取名,而叫做"柳"的原因呀。至于一条堤之外,那些藻、荇的水草在水面上漂浮,整条河绿莹莹地,水波云影,烟雨迷茫,乘着小舟游行,真可令人马上就感到轻松愉快。

志 归 斋

当开园之始,偶市得敝椽,移置于此,一仍其简陋,然亦可啸可歌可偃仰栖息也已。斋左右贯以长廊,右达寓山草堂,左登笛亭。避暑斋中,北窗尽启,平畴远风,绿畦如浪,以觞以咏,忘其为简陋,而转觉混朴之可亲,遂使画栋雕甍[①],俱为削色。当予乞归时,便欲于省亲之暇,适志园亭,而此斋实为嚆矢[②]。乃此是志吾之归也,亦曰归固吾志耳。

① 甍:栋梁,屋脊。 ② 嚆矢:响箭。发射时声先于箭而到,因以比喻事物的开端、先声。

【译文】

在寓园刚开始动工时,偶尔买到了一间破屋,拆建而成为现在的这座志归斋,保持着它的原样不变;虽然简陋一点,也照样可以啸咏起居。志归斋两边用长廊贯穿起来,右边可以到达寓山草堂,左边可以登上笛亭。夏天在这里避暑,把北面的窗子全都打开,野风萧萧,稻浪滚滚,无论是喝酒还是吟诗,都非常舒适,忘掉了它的简陋,反而觉得有一种纯朴亲和之感。就是那些华堂大屋与之相比,也会相形见绌。当初我要求退隐时,就打算一边侍奉双亲,一边规建寓园,而这座志归斋就是首先要建造的。与其说志归斋是为了纪念我退隐而建,还不如说退隐乃是我一贯的志向。

烂柯山房

寓园外望,山房在咫步耳。乃从友石榭几经曲折,始达于此,游人往往迷所入。自约室拾级而下,意以为穴山之趾[①]。及至,则三楹仍坐树杪。主人读书其中,倦则倚槛四望。凡客至辄于数里外见之,遣童子出探良久,一舟犹在中流也[②]。时或高卧[③],就枕上看日出云生,吞吐万状。昔人所谓卧游[④],犹借四壁图画,主人似较胜。

① 趾:脚、脚指头。或基础部分。 ② 中流:半渡,渡程中间。
③ 高卧:高枕而卧,谓安闲无事。 ④ 卧游:见前《初至双清庄记》注。

【译文】

从寓园向外望出去,烂柯山房就好像离此只有半步之遥。其实从友石榭过去,也要转好几个弯才能到达,游客往往为它迷失方向。从约室顺石级一步步下去,心想已经快到穴山的山脚了吧。岂知到了那里,发现烂柯山房还坐落在树杪上。主人在烂柯山房读书,疲倦了就靠着窗槛看四周的景色。有客人到来,常在几里路之外就已经发觉,派书童前去打探,过了好久,那客船还在中流。有时候躺在床上,从枕上就可以看到朝日从东方升起来,也可以看到夕阳从西边落下去，一升一降，气象万千。古人所谓卧游，还要靠那挂在墙上的图画，我似乎要比他们便利多了。

萧士玮

萧士玮，字伯玉，明西昌人。与钱谦益相友善。明亡，抑郁以死。著有《春浮园全集》十三卷。凡五种，为《春浮园集》二卷，《诗集》一卷，《别集》三卷，《辛未偶录》三卷，《春秋辨疑》四卷。内中还附收日记《南归日录》、《日涉录》、《汴游录》、《萧斋日记》各一卷，《春浮园偶录》二卷。

本书所译，选自《萧斋日记》。

萧斋日记

一

乙亥九月廿二，移坐萧斋。老年读书，取适而止，过劳徒自苦，每夜止以二更为节。

廿三，阅《快雪堂日记》，信笔点染，自有风范①。他人多方矜慎，正如婢学夫人，举止羞涩，终不天然。若口角稍沾吴音，便同倚门之娼耳。

廿四，俗云："八月断雷，九月断电。"今去立冬四日耳，早乃大雷电，殊可异。风雨忽来，山色空濛益奇。

廿五，市《文献通考》一部，杨升庵《丹铅总录》十册，《余录》二册，此书悉旧有之，留供副本耳。玉茗盛开②，芳菊落英满地，可餐也③。与次公、季公酌酒花下，谈甚酣适。

廿七，夜雨如注。早起，思入乡晤康麟定，泞而止。观沈启南所写虞山桧，枝不暇枝，干不暇干，诡特异常。

欲求宋元逸集于钱牧斋[4]，并当就拂水一访此桧耳[5]。是日立冬。重九日雨，今日复雨，一冬未免淋漓矣！

廿八，同杨寨云候康麟定于尖星冈。冈为童山，但据地高，诸冈俯出其下，差可游目。山后石壁，中断而复合，遂为此山之胜。乃以败屋塞之，殊可恨！

廿九，朝旭初出，起视诸山，云雾宿于山腰，峰头俱显。目之所际，平铺如水，不同出谷之云，冉冉上升也。往返风日清美，游瞩甚畅。

① 风范：犹"风格"。 ② 玉茗：白山茶之上品，诗词中通称玉茗，其花黄心绿萼，以为贵种。 ③ 可餐：即"餐英"。《楚辞》屈原《离骚》："朝饮木兰之坠露兮，夕餐秋菊之落英。"指以花为食，诗文中常用以指雅人的高致。 ④ 钱牧斋：钱谦益，明末江苏常熟人。字受之，号牧斋。明万历进士，官至礼部侍郎。多铎定江南，谦益迎降。授礼部右侍郎，旋归乡里。 ⑤ 拂水：即"拂水岩"。在江苏常熟虞山之锦峰西南，有拂水禅院，俗称报恩寺。

【译文】

乙亥年九月廿二，移居萧斋。老年人看书，要适可而止；过于劳累，自讨苦吃。每晚以二更天作为界限。

廿三，读《快雪堂日记》，作者信手写来，自有一种风格。别人多方矜持，就像婢女学做夫人，再是循规蹈矩，到底很不自然。如果说话稍带一点苏州口音，就跟青楼的娼妓没有什么不同了。

廿四,俗语说:“八月断雷,九月断电。”现在离立冬只有四天,早上雷声隆隆、电光闪闪,实在很是奇怪。不过风雨突如其来,使山色迷濛得越发奇特了。

廿五,买《文献通考》一部,杨升庵《丹铅总录》十册,《余录》二册,这些书都是我原来有的,现在买它当作副本罢了。玉茗花盛开,秋菊落得满地都是,真所谓落英可餐。同次公、季公在花下饮酒,谈话十分欢快。

廿七,夜里雨下得不小。一早起来,本来打算下乡去访问康麟定,因为道路泥泞没有成行。观赏沈启南画的虞山桧树图,看它枝不像枝,干不像干,奇怪得同平常的树不一样。想去拜访钱谦益,问问他可有罕见的宋元文集,届时当到拂水岩看一看那棵桧树。今天是立冬。重九那天下雨,今天又下雨,整个冬天免不了要在雨水淋漓中度过了!

廿八,同杨寨云一道去尖星冈拜候康麟定。尖星冈是一座光秃秃的山,但地势较高,别的山都伏在它下面,所以站在冈上,颇可举目四望。山后面的石壁,断了又合拢,就成了这座山的一大看点。可惜有几间破屋充塞其间,这是很可恼的!

廿九,朝阳刚刚升起,我就起来看山,云雾停留在半山腰,山峰各个显露着。目光所到之处,云雾平铺着像一片静水,不像是从山谷里慢慢升起来的。(此次出访)往返都逢风和日丽,一路纵目,甚为欢畅。

二

十月初三,购得吴彬观音像一幅。彬藏稿子甚富,庄严慈觉,折算衣纹,停分形貌,皆有来历,亦近代名手也。

初四,西府海棠竞放,桃李亦间有发者。水仙著花数朵,楚楚可怜。晚过般若寺探菊,“傲霜黄”一种最佳,季公所畜“金雀舌“，堪伯仲也。

初五，早起。鹰逐一鸠入斋阁，绕梁数匝，惊飞不定。安得杀习永断，使得入影不怖也！

初六，简阅焉文馆书籍[①]，择其要者藏于萧斋，令朝夕可披玩也。老而好学，如操烛续昼，犹愈于饱食终日耳。旧藏秦匜[②]，久索弗获，今日循视宣窑诸器[③]，得于盂下，甚快。

初七，萧斋书籍，喜季公能部署之，南面百城[④]，遂可坐拥矣。余小星来，捲帘看雨中树色，出近所著诗解读之。

初十，晚餐伤饱，遂至委顿。灯下读长蘅《题册》数则，霍然而起。文能愈病，信有是事。

十六，赴龙幼玉山人招，供顿清饶，剧演《绣襦》[⑤]，我辈消受一夜，不知山人忙却几昼矣。座中杨邦彦年六十余，欲挥数百金买歌妓，自叹生死无常，为欢苦不足。陈焕宇先生年已及耋矣，每咏“可惜欢娱地，都非少壮时”，凄然久之。夜月甚佳，都付之酒食地狱[⑥]，惜也！

十七，人生闲适之味，何可多得？小窗寒雨，灯火青荧出林樾间，有劳劳焉读书不休者，此时此情此景，其人何如也。

十九，陈韫叔移榼相过。同余小星绕湖一匝，歌发水面，余音嫋嫋可听。有以吴仲圭《雪蕉》求售者，悬价甚高，然赝物也。

廿一，赴陈兴公招，归渡，夜分矣。寒山月吐，残夜水明，素气云浮，往来不定，此王晋卿《烟江叠嶂》稿子也。

廿三，绣球、人面桃、铁梗海棠，俱放。西府海棠，开一月矣，经霜犹鲜。来子鱼藏有来见心《蒲庵》稿，许借录之。又云:“有倪迂山水一轴,系吴匏庵鉴定,乃先世所藏,今质之于熊仲舒,五六十金可赎。有湛姓,曾令英德,携英石一片,高八九尺,子孙不好事,委置之丛薄中,亦可购而得也。”

① 简:通“检”。 ② 駞:为“驼”的俗字。 ③ 宣窑:又称“宣德窑”。明宣德中以营造所丞在景德镇专督工匠造瓷,简称宣窑。 ④ 南面百城:南面指地位的尊高,百城指土地的广大。旧时用来比喻统治者的尊荣富有。 ⑤《绣襦》:传奇名。明薛近衮撰。演郑元和李亚仙故事。系据唐白行简《李娃传》、元杂剧《曲江池》的内容改编而成。 ⑥ 酒食地狱:谓酒食频繁,疲于应接,其苦如入地狱。

【译文】

十月初三,买到吴彬画的观音大士像一幅。吴彬藏有好些这样的画稿,庄严慈悲的模样,衣服、形貌都按照一定规矩画,不是凭空想象,也是近代的一位名手。

初四,西府海棠竞相开放,偶尔也有桃花、李花绽放。水仙花只开了几朵,但鲜明可爱。傍晚到般若寺探访菊花,“傲霜黄”品种最好,季公所种的“金雀舌”,也与它不相上下。

初五,起得很早。老鹰把一只斑鸠赶进我的书斋,绕着栋梁飞了几圈,害怕得不知如何是好。哪得有一天世间没了杀心,使得它入我屋而不害怕呢!

初六,检阅焉文馆的书籍,挑其中主要的藏在萧斋里,以便随时可以翻阅。人老了喜欢学习,好比点着蜡烛让白昼得以延长，这总比饱食终日无所事事好。从前收藏的一件秦代古物“骆驼”，找了好久找不到，今天查点宣德御窑的那些器皿，秦驼居然就在钵盂底下，也是很愉快的事。

初七，萧斋里的书籍，幸亏季公的布置安顿，使我能“南面百城”，坐享其成。余小星来，卷起帘子同他看雨中的树色，还拿出最近写的诗来解读。

初十，晚饭吃得太饱，人有点萎靡不振。灯下读邵长蘅的《题册》几篇，突然振奋起来。文章能够医病，真是有那回事呢。

十六，应山人龙幼玉的邀请，我受到清蔬佳肴的款待，观看《绣襦》一剧，让我等享受了一个晚上，真不知道山人为此事忙了几天了。在座的杨邦彦年纪已经六十多岁，还愿花几百两银子在歌妓身上，自叹生死无常，欢乐的事总感到不足。陈焕宇先生也已到老耄之年，每次读到“可惜欢娱地，都非少壮时”的诗句就凄然不乐。今晚月色皎洁，却都被酒食糟蹋掉了，可惜啊！

十七，人生在世，闲适的趣味哪能多得？冷雨敲窗，树林间闪发出荧荧的灯光，屋内有个孜孜不倦的读书人，这样的环境，这样的情调，想像那人会有怎样的感受呢？

十九，陈韫叔提着酒壶来到舍间。同余小星绕湖一圈，歌声飘过水面，余音嫋嫋十分动听。有人拿吴仲圭的一幅《雪蕉》图出售，标价很高，其实是件赝品。

廿一，参与陈兴公的招待宴会，坐船回家时，已经是深更半夜。月挂寒山，将水照得十分明亮，白色的雾气就像浮云，一阵过去，一阵又来，这正是王晋卿《烟江叠嶂》图所本的景色啊！

廿三，绣球、人面桃、铁梗海棠，都已开放。西府海棠开花已经一个月，经过霜打，还是那么鲜艳。来子鱼收藏着来见心的《蒲庵》书稿，允许借给我抄录下来。他还说：“有倪元镇山水画一幅，经过吴舒庵鉴定，是祖上收藏，现在抵押在熊仲舒那里，用五六十两银子就可以赎回来。有一个姓湛的人，曾做过广东英德县县令，带回来英德的石头一块，高达七八尺，子孙不知道爱惜，把它丢在荒园中，也可以用钱买到手的。”

三

十一月初一，戴初士送刘槎翁诗集一，安成得李忠文集一。子高诗，海内共推，然古廉妙境，亦非时贤所诣。正嘉以来，诗文徒工形似，全乏性情，如赵昌写生，非不美丽，但非真者耳，益叹前哲为不可及也。

十二，雪霰交下，凄风冰人，诗肩成山[①]，毛发为竖，谚云："子月每逢一[②]，不宜雨，雨则本年春夏之交，谷必踊贵。"昨乃有雨，甚可忧。

十五，食味惟淡最胜，笋尤不可杂以他物。午餐煨笋，以鸡㙡(zōng)油蘸之[③]，风味甚佳。莼羹稍下盐豉，或亦不恶。小宋对歌姬云[④]"烹羊炮膏，诸宗亦自豪举"，如一味扫雪烹茶，忍冻不敢著半臂，此等清福，恐亦难久受用也。

廿一，王季重榷芜关[⑤]，有游客往干之，季重殊不为礼。客语季重，临邛令于相如，谬为恭敬，故卓王孙辈皆谨事之；今者有客而不重，亦公等之责也。季重笑而微调之："这其间相如，料难是你。"满座粲然皆笑。此为雅谑，亦可愧今之游士也。

廿三，天欲酿雪。与马季房围炉听松风。季房因咏姚少师"雪封萝屋常疑雨，泉响松岩半是风"句，亦自警。又云："元人诗大有妙境，如《滕王阁》[⑥]：'秋水鱼龙非故物，春风蛱蝶是何王？'又：'当年杰阁栖龙子，此日空梁落燕泥。'今人千回百转，总不出王子安一记耳。"

廿四，半月苦雨，今辰始开霁。积阴放晴，心神为惬；况冱(hù)寒之余耶？

廿七，性懒作书，殆积至数寸，始一裁答；写罢必投笔而起，自喜又过一劫矣。

廿九，同调公各山访梅，尚无信也。遇胜处，辄负暄而坐。舟掠两山间，泽雉从涧中飞出，林深木茂，想有以来之耳。花红坠地，鲜美可爱，调公为拾数颗而去。

三十，李卓老学道未能[7]，却是宇内一血性男子。近日伪书流传，如《龙湖闲话》,《柞林纪谭》诸刻，真可恨也。外道云[8]："宁于有智人前斩首，莫于无智人面前称尊。"梅衡湘云："此老何可谤，但当捧之莲花座上[9]，朝夕礼拜，以消折其福耳。"若尽如世人之见，推福固不容如此，其消罪亦不应如此其重也。

① 诗肩：待查。疑诗为"峙"字之误。峙肩，肩膀耸起，表示寒冷。 ② 子月：农历十一月的别称。 ③ 鸡㙡：蕈的一种，菌盖圆椎形，中央凸起，熟时微黄色，可食用。 ④ 小宋：即宋祁。宋代宋郊（后改名庠）与弟祁同举进士，并有盛名，人称二宋，以大小别之。 ⑤ 王季重：注见前"王思任"条。榷：征收茶盐专卖税的场所。 ⑥ 滕王阁：阁名。故址在江西新建西章江门上。唐滕王元婴都督洪州时建。后都督以九日宴僚属于阁上。王勃省父过南昌，与宴为序。 ⑦ 李卓吾：即李贽（1527—1602），号卓吾。明思想家、文学家。素以"异端"自居，反对"咸以孔子之是非为是非"，终被统治者以"惑世诬民"罪名迫害而死。 ⑧ 外道：佛教徒称其他宗教及思想为外道。 ⑨ 莲花座：简称"莲座"。佛像的座位。佛座作莲花形，故名。

【译文】

十一月初一，戴初士送给我刘槎翁的诗集一部，安成则得到李忠文集一部。子高的诗，举世无人不加赞颂，然而古朴淡雅的境界，也不是时下诸高手所能达到的。正德、嘉靖以来，诗文空有形式，完全缺乏真情实感，如赵昌的写生，不是不美，只是不够真实罢了。因此越发感叹前辈的了不起。

十二，又是雪又是霰的，寒风凄凄，人为之缩成一团，毫毛头发根根直竖。谚语说:“十一月每逢带一的日子,不好下雨,否则,这一年春夏之交的谷价就会暴涨。”昨天却偏偏下雨,很叫人担忧。

十五,吃食只有清淡最好,笋尤其不好和别的东西合在一起。午餐吃笋,拿鸡瑽油蘸着吃,滋味极好。莼菜汤稍微加点咸豆豉,或者滋味也不差。宋祁对歌女说:“把羊肉煮成羊膏,在王公贵族也是奢侈之举。”如果一定想扫雪烹茶,宁可挨冻也不肯添加背心,这样的“清福”恐怕也是难以持久享受的吧。

廿一,王季重执掌芜湖税关,有个游客(游说之士)去拜访他。王季重对他颇为冷淡。游客就对季重说:“临邛县令之待司马相如,表面上装出很恭敬,所以卓王孙等这些富人都毕恭毕敬招待司马相如。现在有客人得不到相应的礼遇,也是像先生这样的人的责任啊!”季重笑笑又很幽默地说:“这当中的司马相如,想必就是你吧。”说得在场的人都笑起来。像这种不伤脾胃的讽刺就叫做“雅谑”,也可以拿来对付如今社会上的那类游客的。

廿三,天公好像正在酝酿一场大雪。与马季房围坐在火炉旁烤火,一边静听外面的松涛声。季房因此就朗诵起姚少师“雪封萝

屋常疑雨，泉响松岩半是风”的诗句，一半也是在提醒自己不要为松声所欺骗。季房又说：“元朝人的诗也有意境很好的，如《滕王阁》：‘秋水鱼龙非故物，春风蛱蝶是何王？’又如：‘当年杰阁栖龙子，此日空梁落燕泥。’当代人千言万语，终归超不出王勃的一篇《滕王阁序》。”

廿四，半个月来老是下雨，今天早晨开始放晴。长久的阴霾天忽然放晴，心情就很愉快。何况又是经受了那么阴冷的天气之后。

廿七，生来不喜欢写信，必定要积得有数寸高的样子，才出手回覆，写完后将笔一丢，站起身来，为又逃过一次灾难而高兴。

廿九，与调公到各山寻找梅花，还不到开花的时节。遇到好去处，就坐下来晒太阳。有船从两山间掠过，水鸟就从溪涧中飞出来，树木茂盛，猜想他们不是无缘无故到这里来的。花苞掉在地上，鲜红可爱，调公拾了几颗回去。

三十，李卓吾虽然未能走正道，却是天下一血性男子。近来造假歪曲他的书很多，如《龙湖闲话》、《柞林纪谭》等刊本，真是令人可恨。外道的人都说：“宁可在有智之士面前遭杀戮，不要在无智之辈面前称老大。”梅衡湘说：“李卓吾有什么可毁谤的？只不过想捧他坐在莲花座上，朝晚礼拜，希望他赶快折福消寿而已。”如果大家都持一般人的看法，那么推福固然不容许这种做法，就是消罪也不应出手如此重啊！

四

十二月初三，往晤黄水帘，与调公同舟行，晚泊蜀江[①]，夜睡甚甘。

初四，严霜被岸，重雾，禺中始开[②]。俗云：“霜为雾所食，辄雨。”此日乃晴。

初七，凄风苦雨，竟日不休。推篷看山，略无醒态，神思殊愦愦。晚乃抵家。

初九，偶寄数行与何非鸣。昨晤黄水帘，言都下近事，娓娓可听，且有回生之机。某云，昔有韵士，置一小楼，颇据湖山之胜，赵吴兴顾而乐之。后有富翁为筑重阁以蔽其前，吴兴复至，夷犹不，手署一扁曰“且看”。[③]近日生机，亦且看耳。

十三，右军《黄柑帖》“奉致黄柑三百枚，霜未降，不可多得。”今日楚颂园收得三千余枚，经霜之后，风味弥佳。泛小舠访梅于两山间，水边横枝才著数花，浃旬当烂然矣。

十五，两夜体皆壮热，晓得微汗乃解。想应徘徊霜月之下，为严寒所中耳。至后禁不御女，而病且浸寻。庄周云：“毅养其外，而病攻其内，豹养其内，而虎食其外。”[④]故知摄生须内外兼资，不专在寡欲也。

十六，拟薄暮入郡，有客嬲之不休。二鼓发舟，霜月皎然。

十七，钱牧斋寄来《杨忠烈志》，随取读之，沉痛纶至，觉李献吉《于肃愍庙碑》，犹多矜顾之意。近来诗文能别裁伪体，直追正始，惟此老耳。迩日读太仆集，亦不愧古人。乃是古非今之辈，妄云唐以下文须禁入目；此种论议，皆于文章源流未梦见耳！

十九，俗云：“冬水过陂，人民受饥。”郡归，见道上水泽腹果[⑤]，殆饥征耶？赋役繁重，小民得缓须臾，恃有岁耳[⑥]。若更困以灾眚，民其有幸乎？

廿六，修萧斋水廊，筑基不坚，遂至于此，亦信立德之贵恒也。两山梅花尽放，雨中益复嫣然。

廿九，最喜立春晴一日，今辰风物清美，殊可喜。作柬招寨云。梅为风雨所刑，色韵微减。迟此一日，遂蹉跎一年矣。

① 蜀江：蜀疑即“蜀冈”。蜀冈，在江苏江都市西北四里，上有蜀井，相传地派通蜀。　② 禺中：近中午时。　③ 且看：《西湖志》引《寒夜录》云：钱塘祝吉甫，居西湖上，构小楼，眺尽湖山之胜。有富家筑墙数仞蔽之。吉甫因郁郁不乐。赵雪松为书二字扁，曰且看。无何邻以通番簿录，家徙，垣屋摧毁。小楼内湖山如故。（见俞樾《茶香室丛钞》卷十二）　④ 毅豹：古寓言中张毅、单豹的合称。单豹强健，七十岁时为饿虎所食；张毅谨慎，四十岁时因热病致命。二人都不免一死。见《庄子·达生》。　⑤ 水泽腹果：即水满到小腹。《释名·释形体》：“自脐以下曰水腹，水汋所聚也。又曰少腹，少，小也，比喻脐以上为小也。”　⑥ 岁：丰收。

【译文】

十二月初三，去会晤黄水帘，与调公作伴，同坐一条船，夜里停泊在蜀岡，睡得很香。

初四，河岸上一片浓霜，雾又很大，到中午边才消散。俗语说：“霜为雾所食，辄雨。”可是这一天却是个大晴天。

初七，整天刮风下雨，教人闷闷不乐。推开篷窗看看山景，也似睡意朦胧的样子。晚上回家。

初九,偶尔写信给何非鸣,寥寥数笔而已。昨天碰到黄水帘,说到北京近来的事,娓娓动听,而且像是有点转机的样子。某人说,从前有个风雅的人,筑了一座小楼,楼外风景很好,赵吴兴见了也觉得很喜欢。后来有个富翁在前面筑了座高阁,把小楼遮住,赵吴兴再去看时,也觉得不很愉快,就随手写了一个匾额叫"且看"。所谓近日有点转机,也只能是"且看"而已。

十三,王羲之在《黄柑帖》中写道:"奉致黄柑三百枚,霜未降,不可多得。"今天楚颂园搞到三千多枚,都是经过霜打的,滋味很好。划着小船在玄墓、光福两山之间寻访梅花,只见水边的枝条上刚开出几朵,再过十天才烂漫一片哩。

十五,两个晚上身体都感到很热,早晨稍稍出了点汗才得以缓解。大概是在月落霜浓的时候走了点路,所以受到严寒的侵袭。至于我后来虽然禁绝房事,但病还是寻上门来。庄子说:"张毅保养外体,病就攻他内体;单豹保养内体,虎就咬他外体。"可知保养身体必须内外兼顾,不专在节欲呀!

十六,打算傍晚至苏州城,有个客人纠缠不放。深夜开船,月白霜浓。

十七,钱牧斋寄来《杨忠烈志》,随便拿来一读,不仅沉痛,也情意极厚,由此觉得李献吉的《于肃愍庙碑》,还是过于矜持做作了点。近来诗文能够分别出好坏,复归原始正道的,只有这位老先生了。这几天读归太仆文集,也不比古人差。那些抱今不如昔观点的人,胡说唐代之后的文章要禁止阅读,这种论调,都是对文章的来龙去脉连做梦也未想到过的吧!

十九,俗语说:"冬水过陂,人民受饥。"从苏州城回来,看见路上的水已经满到小腹,这不就是荒年的预兆吗?赋役繁重,老百姓能够松一口气的,全靠丰收罢了。如果再有灾难,粮食歉收,老百姓还能有活路吗?

廿六,修理萧斋靠水边的走廊,因为地基不坚固,所以非修不可,这教人懂得修身也要持之以恒。玄墓、光复两座山上的梅花都已开放,微雨中更加美了。

廿九，最教人高兴的是立春是晴天。今天早晨，风光旖旎，十分可喜。写了封信请寨云过来。梅花遭风雨蹂躏，色泽韵味略为减少了点。到了明天，就是又白白浪费了一年了！

归 庄

归庄(1613—1673),字玄恭,明昆山(今属江苏省)人。与同乡顾亭林友善,同为明末复社成员,时有"归奇顾怪"之目。清军渡江南下时,参加昆山抗清活动,失败后僧装逃亡,隐居乡下,结庐先墓旁,佯狂玩世。晚年寄食僧舍,虽厚不纳,穷困而终。其擅诗,精书法,长于行草。尤其作大字,虚和圆熟,被世人称为吴中高士。著有《归玄恭集》。《小石山房丛书》收其《寻花日记》、《看花杂咏》各一卷。日记有跋,不具姓氏。跋语有,"玄恭今年饱看牡丹,菊花,记其游最详,属予评定。岁暮逼塞,卒卒未遑点笔,故书此以复之。然玄恭看牡丹诗云:'乱离时逐繁华事,贫贱人看富贵花。'此二语可抵记游数十纸矣。"作者心怀,于此可见。

本书所译,选自《寻花日记》。

洞庭山看梅花记

吴中梅花,玄墓、光复二山为最胜;入春则游人杂沓,舆马相望。洞庭梅花不减二山,而僻远在太湖之中,游屐罕至。故余年来多舍玄墓、光复,而至洞庭。

庚子正月八日,自昆山发棹,明日渡湖,舍于山之阳路苏生家;时梅花尚未放,余亦有笔墨之役,至元夕后始及游事。

十七日,侯月鹭、翁于止各携酒邀余至郑薇令之园。园中梅百余株,一望如雪,芳气在襟袖。临池数株,绿萼玉叠,红白梅相间,古干繁花,交映清波。其一株横偃池中,余酒酣,卧其上,顾水中花影人影,狂叫浮白,口占二绝句,大醉而归寓。

其明日，乃为长圻之游，盖长圻梅花，一山之胜也。乘篮舆，一从者携襆被屐过平岭，取道周湾，一路看梅至杨湾，宿于周东藩家。

明日，东藩移樽并絜山中酒伴同至长圻。先至梅花深处名李湾，又至湖滨名寿沚者，怪石岃崱(lì zè)[①]，与西山之石公相值。太湖之波，激荡其涯，远近诸峰，环拱湖外。既登高丘，则山坞湖村二十余里，琼林银海，皆在目中。还，过能仁寺，寺中梅数百株，树尤古，多苔藓斑剥，晴日微风，飞香满怀。遂置酒其下，天曛酒阑，诸君各散去，余遂宿寺之翠岩房。

自是日，令老僧为导，策杖寻花，高下深僻，无所不到。其胜处，有所谓西方景、览胜石、西湾、骑龙庙者。每日任意所之，或一至，或再三，或携酒，或携茶及笔砚弈具，呼弈客登山椒对局。仍以其间，闲行觅句，望见者以为仙人。足倦则归能仁寺。山中友人，知余在寺，多携酒至，待于花下。往往对客吟诗挥翰，无日不醉。余意须俟花残而去。

二十四日，路氏复以肩舆来迎，遂至山之阳。

明日，策杖至法海寺。归途闻曹坞梅花可观，雨甚不能往，遥望而已。

又明日，往翁巷看梅，复遇雨，手执盖而行。

二月朔，天初霁。薇令语余："家园梅花尚未残，可往尽余兴。"欣然诺之。薇令尚在书馆，余已先步至其园，登高阜而望，如雪者未改也。徘徊池上，则白梅素质尚妍，玉叠红梅，朱颜未凋，绿萼光彩方盛，虢国淡扫②，飞燕新妆③，石家美人④，玉声珊珊，未坠楼下；佳丽满前，顾而乐之。就偃树而卧，方口占诗句未成，而薇令自外至。薇令读书学道⑤，吾之畏友，顾取余狂兴高怀，出酒共酌。时夕阳在树，花容光洁，落英缤纷，锦茵可坐。酒半，酌一卮环池行，遍酹梅根，且酹且祝。已复大醉，每种折一枝以归。

探梅之兴，以郑园始，以郑园终。以梅花昔称五岭、罗浮，皆远在数千里之外，无缘得至；区区洞庭，近在咫尺，聊以自娱。在长圻遇九年前梅花主人，已不复相识，盖颜貌之衰可知矣。而世事如故，吾之行藏如故⑥，能无慨然？昨为薇令述之，薇令曰："人生逆旅，又当乱世，九年之后，尚得无恙，复来寻花，已为幸矣。"其言尤可悲也。已复自念，惟当乱世，故得偷闲山中耳，半月之乐，勿谓易得也。退而为之记。

① 岃崱：山势高峻、高耸。　② 虢国：即"虢国夫人"。唐杨贵妃姊。行三。嫁裴氏。玄宗天宝七年，封为虢国夫人，其姊封韩国夫人，其妹封秦国夫人。岁给钱千贯，为脂粉之资。虢国常自炫美艳，不施脂粉以见玄宗。唐张祜有诗云："虢国夫人承主恩，平明骑马入宫门。却嫌脂粉污颜色，淡扫蛾

眉见至尊。"即记其事。 ③ 飞燕:即赵飞燕。汉成帝后。初学歌舞,以身轻号曰飞燕。唐李白诗云:"借问汉宫谁得似,可怜飞燕倚新妆。" ④ 石家美人:即石崇妾绿珠。时司马伦(赵王)杀贾后,自称相国,专擅朝政,崇与潘岳等谋劝司马允(淮南王)、司马冏(齐王)图伦,谋未发。伦有嬖臣孙秀,家世寒微,与崇有宿憾,既贵又向崇求绿珠,崇不许,此时乃力劝伦杀崇,母兄妻子十五人皆死。甲士到门逮崇,绿珠跳楼自杀。唐杜牧《金谷园》:"繁华世事逐香尘,流水无情草自春。日暮东风怨啼鸟,落花犹似坠楼人。"即咏其事。金谷园,在河南洛阳西北,《晋石崇金谷诗序》:余有别庐,在河南界金谷涧中,清泉茂树众果竹柏药物备具。又有水碓鱼池。《明统志》:园有清凉台,即崇妾绿珠坠楼处。

⑤ 道:思想、学说。不同学者、学派赋予道的含义各不相同。这里可作读书明理解释。

⑥ 行藏:《论语·述而》:"子谓颜渊曰:用之则行,舍之则藏,惟吾与尔有是夫!"谓出仕即行其所学之道,否则退隐藏道以待时机。后因以"行藏"指出处与行止。

【译文】

苏州的梅花,要算玄墓与光复两座山为最出众;一入春,游人纷至沓来,车马来往不绝。洞庭山的梅花不比二山差,却因为远在偏僻的太湖中间,游人很少去。所以近年来我就抛开玄墓、光复，而到洞庭山去。

庚子正月初八，从昆山开船，第二天渡过太湖，宿在洞庭山南面的路苏生家里；当时梅花尚未开放，我也有笔债未还清，到十五元宵节以后才开始出门游览。

十七日，侯月鹭、翁于正都带着酒请我到郑薇令家的园里去。园中有梅树百余株，望过去雪白一片，香气沾满襟袖。靠近池边的那几株梅树，绿色的萼片像玉一样堆叠着，红的白的梅花掺杂在一起，干老花繁，倒映在水中。其中有一株横卧在池塘中间，我喝醉酒，就躺在梅树上，看看池水中的花影人影，狂叫干杯，随口还做诗两首，终至大醉而归。

第二天，就去游长圻，因为长圻的梅花，也称得上是镇山之宝。我坐着竹轿，一个跟班扛着被铺，翻过平岭，从周湾那里过去，一路上看梅花到杨湾，夜里宿在周东藩家里。

再过一天，东藩备了酒，带着山中的酒伴一同来到长圻，先到梅花深处名叫李湾的地方，又到湖边名叫寿沚的所在，怪石高耸，与西山的那些石头相仿佛。太湖的水波，激荡着堤岸，或远或近的山峰，环绕在湖外面。爬上高地，二十余里之内的山坞村庄，梅花如雪，都在视野中。回来时经过能仁寺，寺里有梅树几百株，还要古老，大多长满了斑剥的苔藓，晴天微风拂拂，香气直吹进人的胸怀。在树下摆开酒宴，一直喝到天黑酒尽，同游诸君才散去。我就宿在寺里的翠岩房。

从这天开始，我叫老和尚做向导，拄着拐杖出去看花，不管山高水低，也不管有多偏僻，都没有不走到的。其中风景最好的，有所谓西方景、览胜石、西湾、骑龙庙。每天随便跑去游览，有的到过一次，有的到过好几次，有时带着茶、笔砚、棋子，叫棋手爬上山顶对奕。不过我依旧没有忘记做诗这件事，边走边吟，别人见了，以为是神仙下凡。走得倦了，就回能仁寺歇息。山里面的朋友，知道我在寺里，都带了酒来，坐在花下等候。我常常当着大家的面吟诗写字，没有一天不喝得醉醺醺的。我想我得等到花时过了才离开。

二十四日，路苏生派竹轿来接我，我就来到洞庭山的南面。

第二天，拄着拐杖来到法海寺。在回来的路上，听说曹坞的梅花值得一看，但雨很大，只能远远地望望而已。

第三天，到翁巷去看梅花，雨还是不停地下着，所以只好撑着伞前往。

二月初一，天刚刚放晴。薇令对我说："舍间园里的梅花还未凋残，可以乘兴再去欣赏一番。"我高兴地答应了。薇令还在书斋里，我却已经来到他的园里，爬上高处一望，梅花如雪仍然没有什么改变。我在池边来回走动，只见白梅还很洁白美丽，像玉一样与红梅重叠在一起，一边是红颜未改，一边是绿萼光彩依旧，正像虢国淡妆，飞燕浓抹，石家美人，环佩声叮当，还未从高楼上坠落；面对佳丽，心中甚乐。我就靠着梅树躺下，正当吟诗还未停当，薇令却从园外面进来。薇令是个读书明理之人，是我敬畏的朋友，他看见我兴高采烈的样子，就拿出酒来与我同饮。这时夕阳偏西，花光闪烁，花瓣掉在地上，如锦缛般美丽。喝酒喝到一半，我还手提着酒壶，沿着池塘走去，将酒浇在每一株梅树的根上，一边奠酒，一边祝福。这时候我实际上已经醉了，不过还是将每一种梅花折一枝回来。

我对梅花的兴趣，是从郑园开始的，又是从郑园结束的。从前说到梅花，总要提到广东的五岭、罗浮，但都在数千里之外，不可能有机会到那里去；洞庭湖虽小，却近在身边，姑且以先睹为快吧。在长圻碰到九年前的梅花主人，已经不再认得出来，大概可以想像得到容貌的改变。而人世间的事依旧如从前一样，我处世的态度也没有改变，这岂能无动于中呢？昨天我对薇令说了这番话，薇令说："人生就像旅游，又遇到乱世，九年之后，还能这样再来寻访梅花，已经是最大的幸福了。"他的话更为可悲。可再一想，正因为是乱世，所以能偷闲来到这山中，半个月的逍遥快活，不能说是很不容易的事。回家后写了这篇游记。

观梅日记

一

邓尉山梅花[①]，吴中之盛观也。崇祯间尝来游。乱后二十年中凡三至[②]：甲午非梅花时，辛丑遇霖雨，甲辰以同游者遄(chuán)归，皆未尽致。今年发兴重游，与友人约皆不果，乃典衣为赀，作独游计。

① 邓尉：山名。在今江苏苏州西南七十里，汉时邓尉曾居此，故名。

② 乱后：即明亡后。崇祯帝自缢煤山，为崇祯十七年甲申(1644)，一般以此日作为界线。

【译文】

邓尉山的梅花，是苏州的一大胜景。崇祯年间(1628—1644)我曾来游玩过。乱后二十年来过三趟：甲午(1654)那年不是梅花开放的时节，辛丑(1661)那年遇到连绵大雨，甲辰(1664)那年因为游伴迅速离开，都没有尽兴。今年(1666)下决心再来游玩，由于友人都未约到，就只好典当衣服凑足盘缠，作独游的打算。

二

以二月十二日，自昆山发舟，晡时至虎丘，遍观花市。舟小，寓梅花楼，盖旧观也。夜独酌，薄醉，步虎丘石台。时月方中，有微云翳之。欲待夜深云净，遣童子取氍毹(qú shū)[①]，寓僧以早闭门请，遂不能久留，吟二绝句而入卧。诗曰：

邓尉山梅是胜游，东风百里送扁舟；
更爱虎丘花市好，月明先醉梅花楼。

月午清华落剑池，谁家乐部恣群嬉？
名山不用喧箫鼓，独上高崖自咏诗。

余近来七言绝多口占，无意求工，殆康节先生所谓自在吟也[②]。

① 氍毹：毛织的地毯，演戏多用来铺在地上，因此用“氍毹”或“红氍毹”借指舞台。 ② 康节先生：即邵雍，宋共城人，字尧夫。好《易》理，以太极为宇宙本体，有象数之学。卒后十余年，赐谥康节，也称“康节先生”。

【译文】

二月十二日那天，我从昆山坐船，下午到虎丘，把花市看了个遍。游船小，夜里住宿在梅花楼上，它原是个道观。晚餐自斟自酌，稍微有点醉，登上虎丘千人石。明月当空，可惜被微云遮住。想等到夜深无云的时候再观赏，叫书童去取毛毯，但是楼主人说楼

门关得早，请我早点回去，所以没法久留。临睡前做了两首绝句（略）。

我近来做诗多随口吟成，意不在求工整，大概是康节先生所说的“自在吟”，取其适性任情罢了。

三

十三日，早起，题夜来一诗于壁，余去年中秋所题在焉，遂继其后。小饮而入舟，于花市买水仙、兰花一盆，置船头。独游无伴，一樽对之，殊不寂寞。口占二绝云：

山塘挂席指胥门，风利轻舟似马崩；
西去烟岚迷远浦，疏梅新柳度千村。

梅花犹待入山看，花赏春兰与水仙。
风至清芬争袭袂，洒尘霢霂（mài mù）湿船舷[①]。

途遇舟自山中来者，多载花，颇疑入山之晚。作访二友人诗。《访徐昭法》云：

> 羡煞来船尽载花，轻舠还喜路非遐。
> 欲寻徐孺为游伴，迂道停桡问上沙。

《徐介白》云：

> 不见徐翁二十年，狂夫湖海尔云泉。
> 寻梅今日兼寻友，好醉山花明月天。

先访昭法，舟子昆山人，不识郡西小路，过木渎（dú）始问津[②]，至上沙，计行四十余里。后问土人，乃知若取道观音山，则路可减半也。至昭法家，以诗代刺，昭法方作书遣人至昆招余，入山相见甚乐。适李文中自山中看梅还，携酒至；余亦于舟中取鱼蟹等物共酌。已而徘徊园梅之下，见花放始五六分，知入山未迟，殊慰也。访介白，袖诗与之，随同至昭法家夜饮。文中初欲入城，以余至复留，更于舟中搜括酒肴共饮，遂大醉。醉后步月园中，取梅花嚼之，芬芳满口。寝时已三更矣。

是日，晤吴开奇及笻在、镜庵二僧于座上。吴生者，

亡友潘力生之弟，吴赤溟之门人也[3]。二君以国史事被杀[4]，家徙塞外，故生改姓窜于山中。余见生，伤其兄及其师，为之执手号恸。生出诸诗古文相质，才笔惊人，志尚尤可佳。筇在者，宁国沈眉生之姪，以其父佥宪公己亥之事遇害，遂戒荤酒，托迹空门。能词赋，著述甚多。镜庵，昆山人，姓管氏，与吾宗有亲，今为灵岩书记[5]。

① 霡霂：小雨。 ② 木渎：地名。在今江苏苏州西南。 ③ 潘力生、吴赤溟：潘名柽章，吴名炎，均为明末清初才俊之士。顾亭林有《书吴潘二子事》一文记其生平。 ④ 国史事：即清初为镇压江南士子的反抗而兴的文字狱——明史案。 ⑤ 书记：寺里掌管文书一类工作的僧人。

【译文】

十三那天，起床很早，把夜里做的那首诗书写在墙壁上。我去年中秋节所书写的那首诗也还留在那里，所以就把这首诗写在后面。稍微喝了点酒就下船，在花市上买的水仙、兰花都摆在船头上。一个人出游，没有伴侣，面对酒杯，倒也颇不寂寞。随口作了两首绝句(略)。

路上遇到有船从山里面出来，多数装着花，我很怀疑我进山是不是晚了点。昨天访问二个朋友都做了诗。《访徐昭法》(略)和《徐介白》(略)。

我先去拜访昭法，划船的是个昆山人，不认识苏州城西的小路，过了木渎才向人问路，到达上沙时，算起来总共走了四十多里路。后来问当地人，才知道如果从观音山走，路可以省掉一半。到了昭法家，我拿诗当名片；昭法正想派人到昆山请我过来，我的到来他十分高兴。正好李文中从山里看梅花回来，还带着酒；我也从船里面取出鱼蟹等食品做下酒物。接着就徘徊在梅树下面，只见花开到五六分的样子，可知进山来还不太晚呢。这是让人高兴的。去拜访介白，也同样以诗代替名片。随即就同介白一起到昭法家饮酒。文中开始想到苏州去，因为我来了就又留了下来。于是又从船里搜搜括括拿出酒和菜肴来同大家喝酒，我喝得醺醺大醉为止。喝醉后在园里赏月，嘴里嚼着梅花，芬芳充满齿颊。睡觉时已经是半夜了。

这一天，还见到在场的吴开奇以及筇在、镜庵两个和尚。吴开奇这后生，是已故老友潘力生的弟弟，又是吴赤溟的学生。力生与赤溟因为国史案被杀，家属都贬谪到关外，所以开奇就隐姓埋名，躲避在山里。我见了开奇，就为他的哥哥以及师傅伤心，握着他的手，大哭起来。开奇拿出诗文向我请教，看得出他很有才气，文笔也挺好，志气尤其值得嘉奖。至于筇在，他是宁国县沈眉生的侄儿，因为受了他父亲佥宪先生在己亥事件中遇害的触动，就戒掉了吃荤喝酒的习惯，并出家做了和尚。他也能赋诗作文，著作很多。镜庵是昆山人，俗姓管，与我家有点亲戚关系，现在在灵岩寺里掌管文书之事。

四

十四日，急欲入舟进山，以宿酲(chéng)①，卧不能起。起，则复小饮。别昭法入舟，二僧及光福王公寀同载。遇逆风，至上崦，水波恶，一叶舟不敢前，依岸小泊。舟中酒竭，望山村酒帘，遣童子沽一瓶。二僧不饮，取所携枸杞子各啖少许充饥②。游山况味如此，殊自笑耳。遥望山麓梅花村，斜阳照之，皑皑如积雪。已而风势小渐，舟始得前。至光福，将渡下崦，下崦水更阔，风浪尤甚，思李太白《横江词》“郎今欲渡缘何事，如此风波不可行”，遂止。投公寀小饮。同访顾二音，留夜酌。以舟中遇厉风，体殊不适，饮兴不及昨夜之二三也。夜宿黄有三家，二僧同焉。

① 宿酲：喝醉酒第二天还神志不清。 ② 枸杞子：枸杞，植物名。果实叫枸杞子，是椭圆形的浆果，红色，可入药。

【译文】

十四那天，我急于要坐船到山里去，却因为喝醉酒隔了一夜还未清醒，所以躺着起不了身。起来后，又喝了点酒。告别昭法上船，与两个和尚和光福的王公寀同船。遇到逆风，船到上崦，波浪可怕，船小不敢前进，就靠岸边作短时间的停留。船里酒喝完了，望见村庄上的酒招，就派书童去打一瓶来。两个和尚不喝酒，只拿出身边的枸杞子各吃一点充饥。游山的滋味像这个样子，想想也觉得可笑。远望山脚边村上的梅花，夕阳照着，白皑皑的好像积雪一般。过了好一会儿风势小了点，才开始解缆前进。到了光福，正要向下崦驶去，下崦水面更宽，风浪格外大，想起李白的《横江词》"郎今欲渡缘何事，如此风波不可行"，就停泊下来。跑到公寀那里稍稍喝了点酒。一同去拜访了顾二音，留我们喝酒到深夜。因为在船里受了点风寒，身体很有点不舒服，所以酒兴也不到昨天的十分之二三。夜里就宿在黄有三家里，两个和尚也住在那里。

五

十五日，有三出纸扇求书画，时酒未到唇，笔兴不发，勉应一二。饭而入舟，至士墟，访葛瑞五。瑞五自昆山挈家来居，与其夫人同学道①，偕隐之乐②，心甚羡之。瑞五偶出，门坚闭。复于其间壁访李秋孙，李，南翔人，居山中，时不在家；以其为通家也③，呼其子出，以行李寄之，遂寓焉。余因同二僧、公寀出步寻花，至朝玄阁、董墓，皆胜地也。以体倦先归卧。夜，瑞五归，相邀，同笵在过之。其居面骑龙山，四望皆梅花，在香雪丛中。余辛丑年看梅花，有"门前白到青峰麓"之句，即其地也。庭中垒石为丘，前临小池，梅三五株，红白绿萼相间。酌罢坐月下，芳气袭人不止，花影零乱，如水中藻荇交横也。后庭有白梅一株，花甚繁，云其实至十月始熟，盖是异种。同笵在宿李氏，自是大抵食于葛宿于李云。

① 道：道有好些解释，这里大概是学佛教。 ② 偕隐：共同退隐不问世事。这里是说共同隐居。 ③ 通家：谓世代有交谊之家。

【译文】

十五那天，黄有三拿出纸扇来要我写字绘画，当时未曾喝酒，动笔缺少兴趣，勉强应付了一下。饭后上船，到士墟，拜访葛瑞五。瑞五从昆山搬家到这里居住，跟他的夫人一起学习佛法，享受共同隐居的快乐，我很羡慕。恰值瑞五外出，门紧紧关着。又到他隔壁拜访李秋孙，秋孙是南翔人，住在山里面，当时也不在家；因为与他有"通家之好"，所以叫他的儿子出来，把行李寄放在他那里，夜里就宿在他家里。我就同两个和尚、公案出去寻找梅花，到朝玄阁、董墓，都是赏梅的好地方。因为身体感到疲倦，就先回来睡觉。夜里，瑞五回家，前来邀请，我就同筇在一起过去。他的家面对骑龙山，四周望出去都是梅花，在一片洁白清香的花丛中。我辛丑年来看梅花，写过"门前白到青峰麓"的句子，说的就是这个地方。庭院中堆石为假山，前面靠一个小池塘，梅树三五株，红的白的梅花羼和在一起。喝酒后坐在月下，香气阵阵袭来，又是花影零乱，好像水里面浮着蕴草似的。后面庭院里还有一株白梅，花开得很多，据说果实到十月里才能成熟，大概是一种特别的品种。夜里就宿在李秋孙家，从此之后，大致是吃在葛家宿在李家了。

六

十六日，早，饭。瑞五为导，余与笷在及茶山僧以灵随之登马驾山。山有平石，踞坐眺瞩，梅花万树，环绕山麓。左望下崦，波涛浩渺。虎山桥横亘浦口，光福塔远矗云际。青芝、邓尉、铜井诸山，环列如障，其东南最高峰，则玄墓也。览胜久之而下，过王佥宪丙舍及别峰禅院①，小憩。还，再登朝天阁，过董墓，董者，宗伯公份也。碑有申、王两相国文字②，读未终篇而去之。还过瑞五，时梅花方圣③，山中主人绝少，于是游屐麇集于葛氏之门。吴开奇自上沙至，杨起文自穹窿至，王公寀、僧镜庵自光福至，余既苦缾罄④，又恐主人之酒不能给日增之客，乃以书画托公寀持去换酒。夜，俞无殊亦至，俞，吴江人，久居山中，日中访之不值，故以夜来晤。是夜，月不甚朗，颇以明日天气为虑。

① 丙舍：后汉宫中正室两旁的房屋，以次于甲乙，所以叫丙舍。也泛指正室旁的别室。 ② 申王两相国：似即申时行与王鏊。 ③ 圣：谓梅花开到最绚烂的时刻。 ④ 缾罄：瓶里没有酒。缾同“瓶”。

【译文】

十六日那天，早起，吃过饭。瑞五作向导，我与笷在及茶山僧以灵跟着爬上马驾山。山上有块平坦的石头，大家就坐着眺望，有梅花靠万株，环绕在山脚边。左面望见下崦湖，波涛浩渺。虎山桥横于浦口，矗立在光福山的宝塔高入云霄。青芝、邓尉、铜井这些山，像屏风似的环绕在四周，东南方的最高峰要算玄墓了。观赏很久走下山来，就到王佥宪的别室和别峰禅院，稍作休憩。回来的路上，还登上朝天阁，走过董墓，董是什么人呢？就是宗伯公份呀。

墓碑上有申、王两位相国的文章，我未读完就走了。回来时经过瑞五那里，当时梅花正值怒放之时，山里面又很少熟悉的人，于是大家就拥到葛瑞五家来了。吴开奇从上沙来，杨起文从穹窿来，王公寀、和尚镜庵从光福来，我已经感到酒有点不足，只怕人一多主人更加难以应付，所以就将书画托公寀拿去换些酒来。夜里，俞无殊也到了，俞是吴江人，长久住在山里面。我白天去看他他不在家，所以夜里就过来看我。这天夜里，月色并不怎么光明，很有点为明天的天气担忧。

七

十七日，晨起，烟雾蔽空，殆有雨色。午前不敢辄出，为无殊、起文作草书及匾额。公寀来报已有酒，随遣人先取一瓮，虽不甚美，亦未是“平原督邮”也①。饭后，同诸君出步，瑞五导之游石楼，弹山之西小山也，俗名石溇。余谓山不当以“溇”名，又平石拔起山半，有似乎楼，遂改之。石楼前临潭山，潭山之东西村坞皆梅花，千层万叠，如霰雪纷集，白云不飞。有佛屋三间，僧无声居之。无声，包山古如法师之徒，昔年游包山时旧识也。时天低烟合，雨且至，诸君欲急归，余以衰年多病，怯于疾步，乃语瑞五：“我殆所谓马伏波如西域贾胡②，到处辄止，我独留此矣。”

诸君去后，余闻茶山去此仅二里，遂令无声导而前。中途雨作，无声云：“此间有吴处士家③，可避雨”，因从之入。吴，山村塾师，为沽酒，酒味薄，仅饮数杯，口占一绝：

寻梅策杖茶山去，细雨霑衣屐暂驻。
便将村酒二三杯，为赏山花千万树。

留赠之而出。天已向晚，雨不止，遂冒雨归石楼。其地多竹，时春笋未迸，无声为掘土出之，作羹甚鲜湢[④]。室颇洁，命童子汲泉水暖之，浴而就寝。枕上口占一绝：

头陀去僧亦无几，足倦登临便留此。
早尝春笋浴清泉，佛灯对照心如水。

因不饮酒，寐不能熟。

① 平原督邮：劣酒。与"青州从事"的美酒对称。《世说新语·术解》："桓公（温）有主簿，善别酒，有酒辄令先尝。好者谓青州从事，恶者谓平原督邮。青州有齐郡，平原有鬲县。从事言到脐（齐），督邮言在鬲上住。"因好酒下脐，恶酒凝膈。从事，美官；督邮，贱职，故以为比。　② 马伏波如贾胡：马伏波，即后汉马援，封伏波将军。贾胡，经商的域外胡人。《后汉书·马援传·耿舒与兄弇书》："伏波类西域贾胡，到一处辄止。"《注》："言似商胡，所至之处辄停留。"　③ 处士：未仕或不仕的士人。　④ 鲜湢（bì）：姑译作鲜美。

【译文】

十七日，早晨起来，烟雾遮住天空，像要下雨的样子。中午前不敢随便出门，为无殊、起文作草书及匾额。公宷来说，酒已经搞到，随即叫人先取一瓮来喝，虽然不怎么好，也不能算是劣酒。中饭过后，同大家出去散步，瑞五作向导，带着去游石楼，是弹山西面的一座小山，俗称石溇。我说山不应该叫"溇"，何况有一块平坦的大石从半山腰耸起，有点像楼，就替它改名为"楼"。石楼前面靠近潭山，潭山的东西两村都是梅花，千层万叠，像雪雹子聚集在一起，又像停留不动的白云。有佛屋三间，和尚无声住着。无声，是包山古如法师的徒弟，从前游包山时认识的。这时天色低沉，烟雾迷蒙，快要下雨。大家都想快点回去，我因为年老多病，不敢快步急行，就对瑞五说："我大概就像所说的马援如同胡商一般，到一处就停留一下。我就一个人留在这里吧。”

诸君走后，我听说这里到茶山只有两里路，就叫无声领我去。中途下起雨来，无声说：“有个姓吴的处士家就在这里，可以避雨。”我就跟着他进去。吴是村里的教书先生，为我们打酒招待，酒味不怎么好，所以只喝了两三杯。我随口做了一首诗（略）。

留下诗送给那位教书吴先生就离开了。已经快要天黑，雨还是下个不停，只能淋着雨回到石楼。石楼产竹，当时春笋还未出土，无声为我从泥土中挖了些，作菜蔬滋味鲜美。屋子很整洁，叫书童取泉水烧热，入浴后就寝。枕上做了绝句一首（略）。

因为没有喝酒，睡得不怎么香。

八

十八日，五更即起，趺坐佛灯之下[①]，尽长香一枝而天明。书枕上诗于壁，遂策杖登山纵眺。昨晚烟岚四塞，止见梅花湖山之色犹在仿佛间。兹晓气颇清，极目百里，虽东旭之光为弹山所障，而四山雾气已豁。左望太湖，波涛万顷，渔舟数点，如在空际。前则潭山，迤西为蟠螭，而西碛在右，皆玄墓之支也。而诸山之南，为东洞庭山，又西为包山，皆浸湖中，余旧游之地，能指其处，计其里。其余若螺，若黛，若髻，若笠者，不可胜数；不知其名，但知其在七十二峰之中耳。因思潭山之麓有七十二峰阁，下瞰震泽[②]，遥指群峰。阁上有李文正公篆额。余二十年前来游，爆竹一声，万山皆响。及辛丑、甲辰两度至，则阁已坏，几不可登，匾额亦已失之；今更不知若何矣。

眺览良久，还至石楼早饭，遂同无声游茶山。茶山之景，梅花则胜马驾山，远望湖山，则亚于石楼。盖马驾梅花，惟左右前三面，茶山则花四面环帀。太湖及群峰虽在望，而山稍低，不能如石楼大爽豁耳。徘徊久之，惜不携一樽以助游兴，遂复游铜井。铜井绝高，振衣山巅，四面湖山皆在目，而村坞梅花参差，逗露于青松翠竹之间，亦胜观也。庵僧进茶，啜之而出。无声别去。

余独步下铜井，一路看梅而归寓，知瑞五携酒同诸君候余于茶山而不相值。余倦甚，索酒，饮二壶而卧。梦醒，天尚早，同秋孙之子出步，至天寿寺小憩而还。夜，诸君归，共饮，与主人谈，偶不合，相争久之。已而饮，大醉，于庭花下待月啜茶而归寝。

是日所历之处，昔年皆有诗，惟石楼今始游焉，作一绝句：

> 翠微平石像高楼，烟雨湖山望里收；
> 千个筼筜[③]一丈室，梅花风信飒如秋。

① 趺坐：双足交叠而坐。 ② 震泽：为太湖别名。 ③ 筼筜：皮

薄、节长而竿高的竹。

【译文】

十八日，五更天就起床，盘脚坐在佛灯下面，烧完一炷香就天亮了。把枕上做的一首诗写在墙壁上，就拄着拐杖上山去瞭望。昨晚上由于烟雾四面遮蔽，只看见梅花和湖光山色在有无之间。今天早晨则清清爽爽，百里之外也望得到。虽然东边的太阳被弹山遮住，而四面的山岚已经豁然明朗。左边望太湖，波涛万顷，几只渔船，像悬在空中。前面是潭山，向西延伸的是蟠螭，西渍在右边，都是玄墓的支脉。在这些山的南面，是东洞庭山，再西是包山，都浸在湖水中，这些地方都是我从前游玩过的，能够指出它的所在，还知道距此有几里路。其他的山有像田螺的，有像青黑色的眉毛的，像发髻的，像斗笠的，数都数不清；虽然叫不出名字，却知道它们都是七十二峰中的一座。因此想到在潭山脚下有一个"七十二峰阁"，俯视太湖，远对群峰，阁上有李文正公所写的匾额。我在二十年前来游玩过，爆竹一声，万山应答。到了辛丑、甲辰两度来游，阁已经损坏，几乎不能登临，匾额也早已不见；现在就更不知道会是怎样的情况了。

眺望好久，回到石楼吃早饭，然后就同无声去游茶山。茶山的景色，梅花要超过马驾山，远看太

湖及七十二峰，却不及石楼看得清晰。因为马驾的梅花，只有左右前三面有，茶山则四面都为花环绕。太湖及七十二峰虽然望得到，因山比较低，不能像石楼那么豁然开朗，我徘徊了好一会，可惜没带一壶酒来助助游兴。接着去游玩铜井。铜井地势很高，爬上山顶，整整衣服，四周湖山一目了然。山坞中的梅花高高低低，出现在青松翠竹中间，也是难得一见的美景。庙里的和尚献上茶来，我们喝了茶就离开。无声别我而去。

我独个儿走下铜井，一路看梅花回到寓所，得知瑞五拿了酒跟各位朋友在茶山等我不到就走了。我很疲乏，要了两壶酒喝，就躺下了。等我睡醒，天色还早，跟秋孙的儿子出去散步，在天寿寺稍作休憩就回来。夜里见各位朋友回来，就在一起喝酒，与主人闲聊，偶尔有的意见不合的，争论很久。继续喝酒，醉了，就在庭前的花树下等待月亮升起来，一边喝着茶，然后回到住处睡觉。

今天所到之处，从前都写过诗，只有石楼是第一次到，就写了一首绝句作为纪念（略）。

九

十九日，同诸君早饭出游，以无殊山中路熟，邀之为导。上朱华岭，回望山麓梅花，其胜不减马驾山。过岭至惊鱼涧，涧水潺潺有声，入山来初见也。道旁一古梅，苔藓斑驳，殆百余年物，而花甚繁，婆娑其下者久之。路出花林中，早梅之将残者，以杖微扣之，落英缤纷，惹人襟袖。复前，则梅杏相半，杏素后于梅，春寒积雨，梅信迟，遂同时发花，红白间杂如绣。遂至熨斗柄。熨斗柄者，巨石临太湖，以其形似而名。欹坐石上，波涛冲激，欲溅衣裾。西望湖水，浩无津涯，与天为一。又前为夹石泉，亦临湖，路甚险。同游者掬泉饮之，云甚甘。余则扶杖遥观，垂涎而已。又前，至小赤壁，眺远之胜，略同斗柄，而路尤崎岖，惟坐卧平石，欲濯足湖流而不能也。无殊年六十余，而登高涉险，捷疾如飞。余仅踰艾耳①，而衰倦如此。平日慕向子平、谢康乐之高致②，欲游五岳名山③，自度此愿，不复能遂矣。是日，主人初欲携酒，以为半道有僧可作主，及扣僧房，则阒（qù）其无人。归路饥劬，遂不能穷日之力④，归寓，早卧。

① 艾：五十岁叫艾。 ② 向子平、谢灵运：向子平，即向平。唐白居易诗：“最喜两家婚嫁毕，一时抽得向平身。”向平，东汉朝歌人。光武帝建武中，子女婚嫁已毕，遂不闻家事，出游名山大川，不知所终。谢灵运，南朝宋夏阳人，谢玄孙，袭封康乐公。少帝时贬为永嘉太守。好山水，既不得意，便肆意遨游，各处题咏。 ③ 五岳：即嵩山（中岳）、泰山（东岳）、华山（西岳）、衡山（南岳）、恒山（北岳）。 ④ 穷日：尽一日。

【译文】

十九日，同各位朋友早餐后外出游览，因为无殊熟悉山里面的道路，就请他做向导。爬上朱华岭，回头看看山脚下的梅花，其丽色不比马驾山差。翻过岭到惊鱼涧，涧水潺潺，入山后头一回见到。路边有一棵古老的梅树，苔藓斑驳，大概是百多年前的古木，但花开得很旺，在树下逗留很久。路穿过花丛，早开的梅花即将凋谢，用手杖轻轻一敲，花就纷纷飘落，沾上了衣袖。再向前走，梅树与杏树各半，杏花素来比梅花迟开，今年因为春寒多雨，梅花开得较晚，就与杏花同时开放，红花白花杂在一起，像锦绣一般。到了熨斗柄。这地方，本是一块靠近太湖的巨石，因为形似熨斗柄，就有了这个名称。坐在岩石上，岩石受波浪的冲激，水滴几乎溅到了衣服。向西眺望太湖，水面浩渺，与天合而为一。再前面是夹石泉，也靠近太湖，路很险。同游的人都用手捧泉水喝，说滋味甘美。我却扶着拐杖远远地看着他们，只有垂涎而已。再往前走，到了小赤壁，也适宜望眺，与斗柄差不多，不过路更难走，只好在平石上坐着或躺着，想要在湖水中洗洗脚是不可能的。无殊虽然年过花甲，但登高涉险，敏捷快速。我刚过五十，却衰弱成这样。平时仰慕向子平、谢灵运的高情逸致，想遨游天下的名山大川，如今自己知道要实现这个愿望，已经不大可能。这天早上，主人本想带些酒来，后来以为沿途会有和尚作东，哪知敲敲佛寺的门，里面却悄然无声。在回来的路上，又是饥饿又是疲劳，简直难以支持到最后。回到住处，就只想早点睡觉。

十

二十日，与筇在、起文同游玄墓山，途中所见，无非梅花林也。山有圣恩寺，国初万峰禅师居此，故人名万峰山。先太仆公尝读书于此[①]，见文集中。余崇祯间来游，尝题诗于壁，时梵宇犹寥落。二十年来创新改旧，规模宏敞，金碧烂然，欲寻余旧题，已不可复得；况太仆遗迹，在百年前者乎？住山寺者，为剖石壁禅师，时适在城。啜茶于四宜堂而出。筇在别去，起文同步至柴庄岭，亦别去，予遂独行。遥望五云洞一带，梅花亦可观。从梓里至光福，赴黄人安之招尚早，同其弟有三观光福寺玉兰，盖初放也。夜，无殊、瑞五同集，予以懒步，遂宿有三斋中。

① 太仆公：即归有光(1507—1571)，明散文家，官至南京太仆寺丞。系作者的祖父。

【译文】

二十日，跟筇在、起文一起游玄墓山，路上见到的，无非是成片的梅花。山上有一个圣恩寺，国朝初年万峰禅师住在这里，所以人们叫它万峰山。我家先人太仆公曾经在这里读过书，从他的文集中可以看出来。我在崇祯年间来游玩过，还在墙壁上题过诗，当时庙宇还荒凉冷落。二十年来经过改旧换新，规模宏大，金碧辉煌，我想找到我那时题的诗，再不可能。何况太仆公的遗迹，是在百年前呢？如今住在此山寺里的，是剖石壁禅师，那天碰巧进了城。在四宜堂喝了茶就出来。筇在告别我走了。起文同我一起走到柴庄岭，也与我告别走了。我就独个儿前进。远望五云洞一带地方，梅花也很可观。从梓里到光福，赴黄人安的宴会还早，就跟他的弟弟有三观赏光福寺的玉兰花，大概还刚刚开放。夜里，无殊、瑞五聚在一起，我因为懒得走路，就宿在有三的书斋里。

十一

二十一日，同有三至士墟，拉无殊、瑞五、筇在同游。复登茶山，遂上蟠螭，至石壁，经七十二峰阁，至潭东。蟠螭者，在诸山之极西，梅杏千株，白云紫霞，一时蒸蔚[①]。石壁数仞，巑岏硉矹[②]，前俯太湖，长松万株，风至涛作，声与水波相乱。倚绝壁，坐长林，瞰大泽，亦山游之快致也。忆辛丑来游，含光法师为沽酒饮于佛院之外，余是以有"松下壶觞避法筵"之句，惜今无是也！古香上人求余书，余即录此句。然石壁时方迎新塑佛像至，道场未散，亦不望其破例也。茶而出。过七十二峰阁，见木工方支倾补败，庶几他日犹可复登。潭东梅杏杂糅，山头遥望，则如云霞，至近观之，玉骨冰肌，固是仙姝神女，灼灼红妆，亦一时之国色也。潭东有顾氏园，故封君筍洲先生之别业[③]，其孙至今居之。林花甚繁密，遥望庭中，山茶、玉兰尤佳。主人他出，令其阍（hūn）人启门，入观久之而出。还至和丰庵，瑞五已先令人具酒相待。是日步行且二十里，既饥且倦，得之如甘露醴泉也[④]。归寓卧久之，而同筇在、有三饮于瑞五，将以明日出山矣。

① 蒸蔚：即"云蒸霞蔚"。喻景物绚烂缛丽。 ② 巑岏（cuán wán）：峻峭的山峰。硉矹（lù wù）：高耸突出。 ③ 封君：因子孙贵显而受过朝廷封典的，被称为封君。 ④ 甘露醴泉：甘美的雨露与泉水。

【译文】

二十一日，同有三到士墟，拉无殊、瑞五、筇在一起出游。再次来到茶山，爬上蟠螭，到了石壁，经过七十二峰阁，来到潭东。蟠螭是在这几座山的最西面，梅花杏花千把株，如白云紫霞，开放得十分美丽。石壁有几丈高，高耸突兀，前临太湖，高大的松树上万株，风过松林，松涛声与波涛声相混杂。靠着陡峭的崖壁，坐在高高的松树下，俯视着太湖，也算得上是游山的一大快事了。回忆辛丑那年到这里来，含光法师为我买了酒在寺院外面痛饮，我因此就写了"松下壶觞避法筵"的诗句，可惜今天再没有这样的好事了！古香上人求我的字，我就书写了这一句。石壁当时正在为迎接新塑的佛像忙碌，法事未完，我也不希望他为我破例。喝了茶就出来了。经过七十二峰阁，看见木匠正在修缮，支起倒坍的，补上破坏的，大概过几日就可以登临。潭东梅花杏花相混杂，站在山头远远望去，就像云彩霞光，到近处一看，所谓冰肌玉骨，真的像仙姝神女，光彩焕发，也称得上是国色天香。潭东有一个顾家的花园，本是已故封君荀洲先生的别墅，他的孙子至今还住着。花木很茂盛，远望庭院，山茶和玉兰尤其美丽。主人外出，我叫守门人打开园门，进去观赏了好久才离开。回来时到和丰庵，瑞五已经先叫人准备了酒肴等着。这一天走了差不多有二十里路，感到又是饥饿又是疲倦，所以喝酒就像甘美的雨露与泉水一样。回到住处躺了好久之后，再同筇在、有三在瑞五家饮酒，打算在明天离开洞庭山了。

十二

二十二日，过瑞五早饭，遂别之，并别李秋孙之子，同筇在出士墟，至光福。一路皆花，大抵梅稍残而杏方盛，间有玉兰，几株初放。登小虎丘、石浪亭，盖昔年顾封君实始辟而营之，今属之茶氏。其地多桃李，花时当是圣观[①]，兼有眺远之胜，惜屋宇小颓圮耳。遂过有三，稍为作书画。夜宿其斋中。

① 圣观：极其美观。

【译文】

二十二日，到瑞五家吃早饭，就向他告别，并且也向李秋孙的儿子告别，与筇在一起离开士墟，到了光福。一路上都是花，大概梅花略见凋残，而杏花开得正旺盛。其中也有玉兰，刚有几株开放。上了小虎丘、石浪亭，原是从前顾封君实开辟经营的，如今属于姓茶的所有。这地方有很多桃树李树，开花时应当是一大胜境，再说又是凭高望远的好去处，可惜房舍略有点倒坍。接着到有三家，为他作了些字画，夜里就宿在他那里。

十三

二十三日，拟出光福，即泛湖游洞庭[①]，有三亦有此兴，无殊适至，将挈同游，筇在欲至灵岩[②]，四人遂同载。

更取前草书所换之酒，殊不佳。先至白沙，再过昭法，其园梅虽有残色，犹堪赏也。有三携肴，予出酒共酌，遂宿其家。

① 洞庭：即太湖。 ② 灵岩：山名。在江苏苏州西，又名研石山。吴王置馆娃宫于此。今灵岩寺即其地。

【译文】

二十三日，打算一离开光福，就坐船游太湖，有三也有这样的兴趣。无殊刚巧也来到，就带着他同游，䇲在想到灵岩山去，四个人就同坐一条船。我拿出以前用草书换来的酒，滋味却不怎么好。先到白沙，再拜访昭法，他园里的梅花虽然有点凋谢，但还可以一看。有三出菜肴，我出酒，大家共饮，夜里就宿在昭法家里。

十四

二十四日，别昭法而入舟，至木渎，将易湖船，以稍迟，船不可得。又风雨作，舟小不能渡湖。以行李寄灵岩下院[①]，而登灵岩山。主灵岩者，继起储禅师，余方外友也，时入楚，诸上人争留余[②]。因登佛阁观古井、琴台，遥望采香径，欲寻响屧廊遗迹，无殊指西南松林曰："此古址也。"入至方丈，庭梅二三十株，虽枝干未老，而花特繁，玉蝶(zhé)绿萼[③]，红白相错如锦，山头惟有青松白石，所见花，独此耳。因思罗昭谏梅花诗有云[④]："吴王醉处十余里，照野拂衣今正繁。"夫西子遗迹，多在灵岩，吴王醉处，当指此地也。岂唐时梅花独灵岩为圣耶？抑概指吴中诸山耶？夜宿禅院，枕上作诗一首：

骤雨狂风阻我行，灵岩云木半途迎；
泛湖船换登山屐，西子缘多范蠡情[5]；
远公飞锡湘潭去[6]，几树梅花伴磬声。

洞庭之行，既阻风雨，遂无复游兴，拟以明日游天平、华山而归矣[7]。

① 灵岩下院：灵岩寺分上院下院，上院在山顶，下院在山麓。山上有古井、琴台、响屧廊等古迹，都与西施有关系。 ② 上人：佛教称具备德智善行的人。后来作为对僧人的敬称。 ③ 玉牒：玉片。切肉为片叫牒。 ④ 罗昭谏：即唐诗人罗隐。 ⑤ 范蠡：越国大夫。传说越灭吴后，范蠡载西施浮五湖（太湖）而去。 ⑥ 远公：晋释惠远居庐山东林寺，世称远公。这里借以指储禅师。 ⑦ 天平、华山：皆山名。从灵岩后山下，即至天平、华山。

【译文】

二十四日，告别昭法登上小舟，到木渎后，准备换乘大船，因为迟了一步，船已开走。又因为刮风下雨，船小没法渡湖。将行李寄

存在灵岩下院，上了灵岩山。主持灵岩寺的继起储禅师，是我的方外之交，当时正云游湖南，别的和尚争相挽留我。我登上佛阁观看古井、琴台，远眺采香径，想要找寻响屧廊遗址，无殊指着西南的一片松树说："这里就是旧址。"进了方丈，院子里有梅树二三十株，虽然枝干不老，花却开得很茂盛，白的花片，绿的花萼，交织成一片锦绣。山顶上只有青松白石，说到花，除了梅花没有别的。我因此想到罗隐的梅花诗云："吴王醉处十余里，照野拂衣今正繁。"所说的西子遗迹，大多在灵岩，所谓吴王沉醉处，大概也就是指这些地方。难道唐代梅花只有灵岩为最盛吗？还是指整个吴中而言？夜里就在寺里住宿，枕上作诗一首云(略)。

太湖之行，因为受风雨阻拦，就失掉了游玩的兴趣，打算明天游览天平、华山后就回去了。

十五

二十五日，早起多雾，登高远望，一无所见，欲待雾开下山。书记因以笔墨事请，为书五至堂额。问以"五至"之义，云系旧名，以范文正公五度至此耳。因忆予自壬辰始登此山，迄今亦凡五至，予未敢擬前贤，事固有偶合者。诸上人知予好饮，以杨梅烧酒进。午饭后，从山后下，将游天平，而烟岚乱飞，衣袂欲湿，颇愁雨至，徘徊山麓者久之，终不敢前，乃过石壁。石壁，灵岩之南崖也，峭削而雄壮，有泉冉冉滴下，戏以口承之，颇清凉。命童子于灵岩下院取酒至，小酌，题一绝句：

绝壁巉岩倚碧天，松根仰面漱悬泉。
山云作雨倚游屐，留得南岩一段缘。

傍晚，仍上灵岩宿。又作灵岩山诗，和高季迪韵[①]：

缘磴攀林到上方，山头骋望郁苍苍。
忽看梵宇云飞栋，更想吴宫月满廊。
石藓痕中留古迹，梅花香里逗春光。
登临纵目良佳事，苦恨阴霾障太阳。

① 高季迪：即高启，字季迪，元代长洲人，博学工诗，尤邃史学。

【译文】

二十五日，早晨起来，白雾迷漫，登高望远，几乎看不到什么，想等到雾散后下山。书记因此拿出笔墨来求我作书，我为他写了五至堂的匾额，并问"五至"是什么意思？他说这是旧名，因为从前范文正公五次来到这里。想我从壬辰那年登临此山，如今也是第五次到达，我不敢与前辈相比拟，只是事情凑巧而已。诸位高僧知道我喜欢喝酒，就拿杨梅烧酒请客。午饭后，从山后边下山，准备游天平，可是烟岚飘荡，像要打湿衣服，很怕要下雨，在山脚下犹豫很久，到底不敢再向前走，于是到了石壁。石壁，就是灵岩南面的一座山崖。陡峭而且雄壮，有一股泉水从上面慢慢淌下来，我好玩地用嘴承接着，清凉爽口。派书童到灵岩下院去拿了酒来，喝了几杯，还题了一首诗（略）。

到傍晚，仍旧回到上灵岩寺住宿。又写了首《灵岩山》绝句，是和高适诗韵的（略）。

十六

二十六日，首座昙应自城中归[①]，复相留，予不可，复酌杨梅酒一大碗而下山。无殊为导，有三随之，从敕山、范坟而至天平。敕山为国初词人杨孟载所居，奇石森列。

范坟则文正公之先茔也。长松古枫，殆数百年物。天平山石，怪奇伟特，卓立于山腰者，不可以数计，以其状类笏，俗名“万笏朝天”。其上有白云泉、白云洞、莲华洞、石屋，皆奇胜，石屋尤幽绝，皆有僧居之。所过辄啜茶，殊觉两腋风生。然玉川七碗[②]，终不如太白一斗耳[③]。忆己卯岁曾来游，其时文正公之后裔范学宪因山为园，池馆亭台之胜，甲于吴中，每三春时，冶男游女，画舫鳞集于河干，篮舆鱼贯于陌上，举步游目，应接不暇，至今已二十有八年，不惟园林有蔓草荒烟之感，予旧游之处，亦不能尽忆。无殊一一为指点，恍惚若梦。嗟夫！人生能得几二十八年乎？秉烛夜游，及时为乐，古人之言，不为过也。停屐小憩，成诗一首：

天平屹峙五湖渍(fén),宛转桥边细路分。
奇石森罗真似笏,酒泉飞湧果如云。
已无歌舞娱高馆,惟见樵苏上古坟[4]。
忙岁来游都不记,闲听老友话前闻。

遂由隆池至华山[5]。自三门以下,青松夹道,奇石错列,华山主人檗(bò)庵老禅师,故黄门熊鱼山也,与予旧相识,然远公竟不能破例为渊明沽酒,饱伊蒲供,遂策杖登绝顶名莲华峰者。华山固吴中第一名山,盖地僻于虎丘,石奇于天平,登眺之胜,不减邓尉诸山,又有支道林之遗迹焉[6]。莲华峰尤陡绝。天池亦小山之有名者,从峰顶视之,如在下地。坐卧久之,于吴中之山,有观止之叹。又自笑昆山至此仅百余里,今日乃始游焉,顾驰思于远方名胜,不亦空谈乎?从莲子峰下山。莲子峰者,故处士朱白民居此,所谓西空老人者也。善画竹,能诗文,予少时犹及识之,长须飘然,有林下风致。宿于禅院,枕上作登华山诗:

华山地僻势峥嵘,千仞芙蓉似削成;
门将新径攀石便,凭将短杖入云轻;
烟中远近浮图矗,湖上参差翠嶂横;
胜境精蓝今有主,不令支遁独垂名。

① 首座:寺院最高职位,在寺主、维那之上。即上座。 ② 玉川七碗:即“卢仝七碗茶。”唐卢仝《走笔谢孟谏议新茶》诗:“一碗喉吻润。两碗破孤闷。三碗搜枯肠,唯有文字五千卷。四碗发轻汗,平生不平事,尽向毛孔散。五碗肌骨轻。六碗通仙灵。七碗吃不得也,微觉两腋习习清风生。”
③ 太白一斗:唐代李白善饮酒。杜甫《饮中八仙歌》有云:“李白一斗诗百篇,长安市上酒家眠。天子呼来不上船,自称臣是酒中仙。” ④ 樵苏:打柴割

草。 ⑤ 华山：在江苏苏州西。晋太康中生千叶石莲花，因名。山石峭拔耸秀，岩壑与虎丘、灵岩相埒。山半有池在绝巘。故又名天池山。 ⑥ 支道林：即支遁。晋陈留人，或云河东林虑人，字道林，家世事佛，隐居余杭山，深思道行，年二十五出家。

【译文】

二十六日，首座昙应从城里回来，又想留我，我没答应；喝了一大碗杨梅烧酒下山。无殊领路，有三跟着，从敕山、范坟到了天平。敕山是国初词人杨孟载的住处，怪石矗立如林。范坟是范仲淹祖先的墓。长松古枫，大概也是几百年的东西。天平山上的石头，奇奇怪怪，屹立在山腰上，数都数不清，因为形状像笏，俗称“万笏朝天”。山上有白云泉、白云洞、莲花洞、石屋，都以奇特出名，石屋尤其幽雅，都有和尚住着。所到之处都喝了茶，茶味隽永，真是“两腋风生”。玉川子所说的七碗，到底及不来李太白的“一斗”。记得己卯那年我到这里游玩，当时文正公的后代范学宪顺着山势开辟出花园，筑有池馆亭阁，其佳绝处在苏州要算第一。每到春天，红男绿女，游船集中在河边，轿子穿梭在路上，举目四望，应接不暇，到如今已经有二十八年了，不仅园林有荒烟蔓草之概，当年我究竟到过哪些地方，现在也已经记不起来。无殊一处处指给我看，好像是

在做梦一样。啊呀！人的一生能有几个二十八年呢？秉烛夜游，及时行乐，这是古人的话，说得不算过份。停下来稍作休憩，还做了一首诗(略)。

就由隆池到华山，从三门以下，道路两边都是松树，还有奇怪的石头。华山主人檗庵老禅师，原是宫廷中的熊鱼山呀，与我是旧相识，但他不能像远公那样破例为陶渊明供酒；我在吃了他一餐素斋后就扶着拐杖登上了最高峰莲花峰。华山确是吴中第一座名山，因为偏僻超过虎丘，怪石超过天平，登高远眺，不比邓尉那些山差，再加上支道林的遗迹。莲花峰尤其险峻。天池也是座有点名气的小山，从峰顶俯视，就像在平地一样。我在那里坐了很久，吴中的山，再没有比这里好的。我不觉好笑，昆山到这里不过百余里路，到今日才能一游，而对向往已久的远方的名胜古迹，岂不是空话一句吗？从莲子峰走下山来。莲子峰本来有个处士叫朱白民的住着，也就是所说的西空老人。擅长画竹，能写诗作文，我年轻时还见到过他，飘着长须，完全是个隐士的模样。我夜里就宿在寺里，还做了一首《登华山》诗(略)。

十七

二十七日，早，饭。别檗庵而出，一路见奇石，皆镌大字，而朱涂之，盖来时足倦，急欲休息，不暇细观，今始见之。予尝谓山川洞壑之奇，譬见西施，不必识姓名然后知美。今取天成奇石，而加以镌刻，施以丹雘(huò)，是黥劓西子也[①]，岂非洞壑之不幸乎？所镌字如菩萨面、夜叉头之类，又极不雅。檗庵素号贤者，不谓有此俗状也。下华山，道遇王周臣，以展墓入山。周臣少予数岁，以双瞽，今入山，湖山之奇，花卉之艳，已不能复见；如予之年衰于周臣，而犹幸两目炯炯者，安可不游山不看花乎？

复从降池至法螺庵，径深曲，几盘旋而后入，庵之所由名也。庭梅数株，花未尽残。至化城庵，庵有绝壁深涧名千尺雪，故处士赵凡夫所凿也。僧家以石壅涧，泉流甚细，黄有三为抉去石，遂成奔流，其声淙淙。前至寒山，则处士之居也，今改为报恩寺，佛阁犹其遗构，体制甚古。

遂登支硎（xíng）山，山有观音殿，每至二月，士女进香者杂沓。是日连阴初霁，游女如云。有三挈入酒肆，同无殊小饮。复至上沙，叩昭法之门，则薛伯清携酒先在，因共饮。复婆娑残梅之下，伯清长予且十年，而兴犹豪，攀梅而上，踞坐高柯，予则藉花茵而卧，相与藏钩，伯清连败。童子擎杯仰树，伯清以手下接，如猿猱状，一饮尽之，辄投杯草中，皆抚掌大笑。

向暮，别之出，主人固留，伯清及吴生助之，相与追至，予与无殊、有三疾走得脱，同宿于采香庵。夜作记游诗三绝句。

《寒山》云：

寒山吴地一名区，泉石亭台近代无。
今日山僧喧梵呗，路人犹说赵凡夫。

《千尺雪》云：

高崖削壁有余清，涧水松风细细鸣。
挑石决流飞瀑泻，松声更不敌泉声。

《支硎山》云：

览胜支硎问酒垆，香车队队过名姝。

惜无画史仇英手[②]，为写春山仕女图。

是日途中见桃李，亦将放矣。

① 黥劓(qíng yì)：古代的两种肉刑。黥，即“墨刑”，以刀刺人面额后用墨涅之。劓，割去鼻子。 ② 仇英：明代画家，太仓人。字实父，号十洲。所作人物、山水多取材于历史故事及士大夫生活，刻画精细，色彩富丽。与沈周、文征明、唐寅并称吴门四家。

【译文】

二十七日，早起，用饭。告别檗庵禅师出来，一路上只看见奇怪的石头，上面都刻着大字。来的时候因为双脚无力，只想休息，没有细细观看，现在才发现这些情况。我曾经说过，山川洞壑的奇特，好比见到西施，不必问她姓名就知道她美。如今把天然的美石，加以镌刻，涂上红色的颜料，等于让西施受到墨刑或割鼻的刑罚，难道不是洞壑的不幸吗？所刻的字有如菩萨面、夜叉头，又很不雅观。檗庵一向以贤德出名，想不到有这样的俗态。走下华山，路上遇到王周成，他是为扫墓来到山里的。周成比我小几岁，因为双目失明，如今来到山里，湖山的优美，花卉的艳丽，已经观赏不到；我虽然年纪比他大，幸亏眼目明亮，哪里可以不游山不看花呢？

再从降池到法螺庵，路又长又弯，经过多次盘旋才能到达，所谓法螺的庵名就是这样来的。院子里有几株梅树，花还未完全凋谢。到了化城庵,庵里有石壁深溪叫千尺雪的,原是处士赵凡夫所凿,和尚拿石块堵塞溪流,所以水流细小,黄有三把石块搬掉,溪水就奔腾而下,发出淙淙的响声。前面到了寒山,就是赵凡夫居住的地方,现在改为报恩寺,佛殿还是他那时候建筑的,规模相当古朴。

上了支硎山,山上有观音殿,每年到了二月里,男女烧香的纷至沓来。这一天连续阴雨后刚刚放晴,香客很多。有三拉我进了酒店,与无殊一起喝酒。又到上沙,敲昭法家的门,哪知薛伯清带着酒先在那里,于是大家又不免痛饮一番。还在梅树下盘桓。伯清比我大十岁,但还游兴十足,爬上梅树,骑坐在枒枝上,我却着地躺在落花上,互相玩起藏钩的把戏,伯清一连输了好几回。书童向树上举杯,伯清伸下手来接着,状如猴子,将酒一口喝干,将酒杯丢在草丛中,大家都拍手大笑。

傍晚,我们告别昭法,昭法再三挽留,伯清和吴生也从旁帮腔,还追赶我们,好在我与无殊、有三走得快,才得脱身。夜里一起宿在采香庵里,还做了纪游诗绝句三首:《寒山》(略),《千尺雪》(略),《支硎山》(略)。

这一天,路上看见桃树、李树,也都快要开花了。

十八

二十八日,遣人于灵岩下院取行李;雇船将至虎丘,与无殊、有三别。有三欲予复入光复山观桃李,予谓虎丘大玉兰不可不观,君乃当同我往耳,有三视无殊为前却,以无殊兴尽思返,遂止。有三韵士,同游数日,临歧执手,殊为黯然。出所书《登楼赋》极得意笔赠之而别。临入舟时,访包朗威,朗威送至舟次。

午间,至虎丘,复寓梅花楼,独酌微酣,急扣三官殿观玉兰。僧初闭门,弹之,始得入,真奇观也。取蒲团卧于树下,吟成一律:

名花托古树，百载荫禅房；
天半摇仙风，空中倚晓妆。
润难需坠露，光且趁斜阳；
最惜将残瓣，随风落下方。

取秃管败楮[①]，书以示僧而出。至寓，复得一绝：

春山旬日恣遨游，梅杏残来更放舟；
虎阜玉兰如乱雪，醉眠古树醒登楼。

并前诗皆题于壁下。出观花市，向之水仙、兰、梅，累累数十百盆者，今皆易为海棠、人面桃及蕙，物候之变如此！时虽未即归，然游事止此矣。

① 秃管败楮：即破笔败纸。

【译文】

二十八日，派人到灵岩下院搬行李；雇船到虎丘去，与无殊、有三告别。有三想要我再游光复山看桃花、李花，我说虎丘大玉兰不可不看，你还是同我一起去罢。有三说他看无殊的意思而定，无殊想要回去没有再游的兴趣，所以就到此为止。有三为人高雅，同游几天，到要握手告别的时候，就很有点依依不舍的感觉。我拿出所书写的王粲《登楼赋》，是我的得意之笔，就送给他作为纪念。在上船之前，我还看望了包朗威，朗威送我到船埠头。

中午边，船到虎丘，仍住在梅花楼里，自斟自酌，有点醉了。急忙跑去看三官殿的玉兰花，和尚起初加以拒绝，我不住敲门，才得进去。真是难得一见的美景啊！拿蒲团作为坐垫斜靠在树下，做了一首五律（略）。

用秃笔败纸写了，给和尚看过后离开。回到梅花楼，又做成一首绝句（略）。

与前一首诗一起都写在墙壁上。出去逛花市，前次见到的是水仙、兰、梅，总共有几百盆，如今都换成海棠、人面桃以及蕙了，气候的变化真大呀！我虽然还未到家，但旅游的事到此为止了。

十九

是游也，花则因梅而及杏、樱桃、山茶、玉兰、桃、李；山则自虎丘、邓尉、玄墓以及天平、华山，其余小山，不可胜记。所主同游，往往皆骚客酒人①，道流名僧，无一俗士，亦穷愁中一快事也。所微不足者，酒有限又不甚佳，诗有唱而无和，为未尽游观之兴；然亦可谓不负湖山花木矣。丙午二月廿九日书于虎丘之梅花楼。

① 骚客：即骚人墨客，谓风雅之士。骚人，指诗人。自《离骚》以降，作诗者多仿效之，故称诗人为骚人。墨客，旧时对文人的别称。因文人要用笔墨写文章，故称。

【译文】

这次出游，说是看梅花，却连带看了杏、樱桃、山茶、玉兰、桃和李花；至于看山，从虎丘、邓尉、玄墓以及天平、华山，其余小山，记不胜记。作东的和同游的，差不多都是高雅之士和酒客，还有方外名流，没有一个是俗人，所以也是穷愁中的一件快乐的事。如果有不足之处，那就是酒有限又不很好，诗有唱而无人和，也就不够尽兴罢了。然而也可以说是没有辜负湖山花木了。丙午二月廿九日写于虎丘的梅花楼。

余怀

余怀(1616—?),字澹心,一字无怀,号曼翁,一号广霞,又号壶山外史、寒铁道人,晚年号鬘持老人。原籍福建莆田,长期侨居江宁(南京)。才情俊逸,工于诗,尝赋《金陵怀古诗》,王士禛以为不减刘禹锡,与杜濬、白梦鼐齐名,时称"鱼肚白"(金陵俗称染色名"鱼肚白"之谐音)。词藻轻艳俊爽,为吴伟业、龚鼎孳所赏。明亡后,隐居吴门,徜徉支硎、灵岩间,征歌选曲,有如少年。年近八十,犹撰《板桥杂记》三卷,记狭邪事,哀感凄艳。写的虽然是青楼中的人和事,却真实地反映了明末清初的那段历史,国家动乱、人民受苦,所以与孔尚任的《桃花扇》相比,真大有异曲同工之妙。

本书所译,选自《板桥杂记》。

雅　游

一

金陵为帝王建都之地。公侯戚畹,甲第连云;宗室王孙,翩翩裘马。以及乌衣子弟[①],湖海宾游,靡不挟弹吹箫,经过赵、李[②]。每开筵宴,则传呼乐籍[③],罗绮芬芳。行酒纠觞,留髡送客[④],酒阑棋罢,堕珥遗簪[⑤]。真欲界之仙都,升平之乐国也。

① 乌衣子弟:乌衣,指南京乌衣巷。晋室南渡,王、谢两大家族居此,时谓其子弟为乌衣诸郎。　② 经过赵、李:乃寻访妓家之意。赵家、李家,名妓之家。　③ 乐籍:乐户的名籍。古代官伎隶于乐部,故称乐籍。后多指在编之官妓。　④ 留髡送客:意谓留客痛饮。《史记·淳于髡传》:"日暮

酒阑，合尊促坐，男女同席。履舄交错，杯盘狼藉。堂上烛灭，主人留髡而送客。微闻芗泽，罗襦襟解。当此之时，髡心最欢，能饮一石。” ⑤ 堕珥遗簪：形容男女宾客饮酒娱乐至极欢的样子。

【译文】

金陵是帝王建都的地方。王公贵戚的府第高达云霄；裘马轻盈的王子王孙满街都是。还有世家子弟和各地来游的贵宾，谁不听歌赏乐，问柳寻花。每次举行宴会，必定叫来歌妓，沉浸在脂粉香中。举杯行酒，非弄到杯盘狼藉，尽兴尽意不可。这真是俗世的仙都，太平盛世的安乐窝呀！

二

旧院人称曲中[①]，前门对武定桥，后门在钞库街。妓家鳞次，比屋而居。屋宇精洁，花木萧疏，迥非尘境。到门则铜环半启，珠箔低垂；升阶则猧儿吠客[②]，鹦哥唤茶；登堂则假母肃迎[③]，分宾抗礼；进轩则丫环毕妆，捧艳而出；坐久则水陆备至[④]，丝肉竞陈[⑤]；定情则目眺心挑，绸缪宛转。纨袴少年，绣肠才子，无不魂迷色阵，气尽雌风矣[⑥]。妓家,仆婢称之曰“娘”,外人呼之曰“小娘”,假母传声曰“娘儿”。有客,称客曰“姐夫”,客称假母曰“外婆”。

① 旧院:指明初就建立的富乐院。曲中:妓女聚居之地。《北里志·海论三曲中事》:“平康里入北门,东回之曲,即诸妓所居之聚也。妓中有铮铮者,多在南曲、中曲;其循墙一曲,卑屑妓所居,颇为二曲轻视之。” ② 猧儿:宠物狗。 ③ 假母:鸨母。《北里志·海论三曲中事》:“妓之母,多假母也。” ④ 水陆:指水陆所产各种食物。 ⑤ 丝肉:丝,弦管之乐;肉,唱歌。 ⑥ 色阵:犹情场。雌风:谓卑恶之风。

【译文】

明初建立的富乐院,人们都叫它曲中,前门对着武定桥,后门开在钞库街。妓院一家接一家,都集中在这里。屋宇整齐清洁,花木疏密有致,完全不像人世间的模样。大门半开,珠帘低垂;上了台阶,叭儿狗见客就叫,鹦哥儿也连呼“上茶”。来到厅堂,鸨母恭恭敬敬出来迎接,按照宾客的身份而分别行礼;来到内室,就有妆饰齐整的丫环扶着花枝招展的女郎出来;半晌后就会奉上各种果品菜肴,同时响起了乐声歌声;遇到中意的女郎,灵犀相通,眉目传情,难舍难分。在这种场合,贵家子弟,风流才子,就没有不神魂颠倒,拜倒在石榴裙下的。妓女,奴仆称她为“娘”,外面的人则叫她“小娘”,鸨母在代人呼唤时则叫她“娘儿”。有客人到来,称客人为“姐夫”,客人称鸨母为“外婆”。

三

乐户统于教坊司,司有一官以主之。有衙署,有公座,有人役、刑杖、签牌之类,有冠有带,但见客则不敢拱揖耳。

妓家分别门户,争妍献媚,斗胜夸奇。凌晨则卯饮淫淫[①],兰汤滟滟,衣香一园;停午乃兰花茉莉,沉水甲煎[②],

馨闻数里；入夜而擫笛搊筝[3]，梨园搬演，声彻九霄。李、卞为首，沙、顾次之，郑、顿、崔、马，又其次也。

① 卯饮：早晨饮酒，谓之卯饮。 ② 沉水甲煎：即沉水香、甲香，均为名贵香料。 ③ 擫笛搊筝：吹笛弹筝。擫，以指按捺；搊(chōu)，以指拨弄。

【译文】

妓院由教坊司管辖，有一名官员专门负责。有衙门，有公堂，有人役、刑具、签牌之类，也着制服，只是见了客人不敢招呼行礼而已。

妓院各立门户，彼此争奇斗艳，卖弄风情。一早起来，饮酒不歇，入浴时兰汤晃漾，香飘满园；中午时戴上兰花、茉莉，穿上用各种名贵香料薰过的衣服，几里路外都闻到香气。入夜后吹笛的吹笛，弹筝的弹筝，戏班登台演戏，声彻云霄。李十娘、卞赛姐妹算是一等的，其次是沙才、顾媚，再其次是郑妥娘、顿文、崔科以及马娇姐妹。

四

长板桥在院墙外数十步，旷远芊绵，水烟凝碧。回光、鹫峰两寺夹之[1]，中山东花园亘其前[2]，秦淮、朱雀桁绕其后[3]。洵可娱目赏心，漱涤尘俗。每当夜凉人定，风清月朗，名士倾城，簪花约鬓[4]，携手闲行，凭栏徙倚。忽遇彼姝，笑言宴宴[5]。此吹洞箫，彼度妙曲，万籁皆寂，游鱼出听。洵太平盛事也。

① 回光：寺名。梁天监十三年(514)武帝建，初名光宅寺，又名萧寺、萧帝寺。明永乐年间重建，改赐此名。鹫峰：寺名。该地东晋时原为东府城，南朝梁、陈时为江总宅。宋建青溪阁。明天顺间，即青溪阁建寺，赐额鹫峰。 ② 中山东花园：今南京市白鹭洲公园。明初以来，属中山王徐府，以地在徐府之东，故名东花园。 ③ 朱雀桁(héng)：又作朱雀航，亦名朱雀桥，即今

南京市中华门内之镇淮桥。东晋以来，以此航之北正对朱雀门，故名。④ 约鬓：疑即“约黄”，古代妇女的一种装饰。 ⑤ 宴宴：亦作燕燕，和乐貌。

【译文】

长板桥在旧富乐院墙外数十步处，烟波荡漾，芳草芊绵。回光、鹫峰两座寺院在它的两边，中山东花园横在前面，秦淮河、朱雀桥绕在它的后面。真是赏心悦目，可以洗胸涤肺的地方。每当夜深天凉，风清月朗，名士美女，簪花约鬓，携手漫步，或凭阑闲眺。要是碰上那位美人，一时兴来，就会“小红低唱我吹箫”，此时万籁俱寂，连鱼儿也浮出水面来听。这些事都只有太平盛世才有的啊！

五

秦淮灯船之盛，天下所无。两岸河房①，雕栏画槛，绮窗丝障，十里珠帘。主称既醉，客曰未晞②。游楫往来，指目曰：某名姬在某河房，以得魁首者为胜。薄暮须臾，灯船毕集，火龙蜿蜒，光耀天地，扬槌击鼓，蹋顿波心，自聚宝门水关至通济门水关，喧阗达旦。桃叶渡口，争渡者喧声不绝。余作《秦淮灯船曲》中有云：“遥指钟山树色开，六朝芳草向琼台③。一围灯火从天降，万片珊瑚驾海来[4]。”又云:“梦里春红十丈长,隔帘偷袭海南香[5]。西霞飞出铜龙馆[6],几队娥眉一样妆。”又云:“神弦仙管玻璃杯,火龙蜿蜒波崔嵬。云连金阙天门迥,星舞银城雪窖开。[7]”皆实录也。嗟乎,可复见乎!

① 河房:沿秦淮河两岸的精美房屋。　② 晞:天色将明时的日光。③ 琼台:据说是夏代帝癸(桀)之玉台。此借以形容楼台之华美瑰丽。④ 万片珊瑚:此用以形容灯船之装饰华美,为数众多。　⑤ 海南香:即土沉香。　⑥ 铜龙:铜制龙形的喷水管,使自龙口吐水,故称。《后赵录》卷七:“于华林苑中千金堤上,作两铜龙相向吐水,以注天泉。”此则描绘竞渡之龙船。　⑦ “云连”二句:以金阙、天门、银城、雪窖等描绘秦淮灯船场面如九天仙境一般。

【译文】

秦淮河灯船的盛况,国内找不到第二处。两岸河房,雕镂精致,家家绮窗绣户,形成一道十里珠帘的风景线。主人说已经醉了,客人说时间尚早。游船来来往往,有人指着某河房说,那里住

着某个美人儿，谁能有她为伴就算是谁有能耐。一会儿天色向晚，灯船都集中起来，宛如火龙游动，光耀天地，霎时鼓声大作，震荡波心水面，从聚宝门水关到通济门水关，热热闹闹直到天明。桃叶渡口，争着摆渡的人也声音嘈杂。我在《秦淮灯船曲》中（诗略）写的都是真实情况。啊呀，这样的光景以后不知道还能有否？

六

教坊梨园，单传法部[①]，乃威武南巡所遗也[②]。然名妓仙娃，深以登场演剧为耻。若知音密席，推奖再三，强而后可。歌喉扇影，一座尽倾。主之者大增气色，缠头助采[③]，遽加十倍。至顿老琵琶、妥娘词曲[④]，则只应天上，难得人间矣[⑤]！

① 法部：唐时宫廷教习与演奏法曲的部门。法曲是中原地区汉族的清商乐，与从西域传入的各族音乐（“胡乐”）长期融合而形成的隋、唐音乐。因尝用于佛、道活动，故名。　② 威武：指明武宗正德皇帝朱厚照（1491—1521）。武宗自称“总督军务、威武大将军”，故有此称。威武南巡，乃正德十四年（1519）明武宗以“威武大将军”名义亲征宁王朱宸濠而来南京等地事。所谓威武南巡所遗，指明宫廷乐曲由于武宗南巡而开始在南京流传。
③ 缠头：赠赏歌舞人之财物叫缠头。《太平御览》引《唐书》：“旧俗赏歌舞人，以锦彩置之头上，谓之‘缠头’。宴飨加惠，借以为词。”　④ 顿老琵琶：顿老为顿仁之后裔，琵琶系其家传之艺。妥娘：郑如英，字无美，小名妥。金陵名妓。　⑤ “只应”二句：杜甫《赠花卿》：“锦城丝管日纷纷，半入江风半入云。此曲只应天上有，人间能得几回闻？”极言音乐歌曲的美妙。

【译文】

金陵只有教坊的戏班子，才能演奏宫廷的的法曲，这是威武南巡后流传下来的。然而那些名妓丽人，都拿登台演出当作耻辱。如果不是知交或老观众一再吹捧、坚决要求，她们才不答应呢。她们那嘹亮的歌喉、优美的舞姿,在场的观众没有一个不拍手叫好的。这时主办者的脸上有光,不仅要赠赏财物,数量也要比普通的多上十倍。至于顿老的琵琶,妥娘的词曲,都是难得一听的,真所谓"此曲只应天上有,人间能得几回闻"!

七

裙屐少年[①],油头半臂[②]。至日亭午,则提篮挈榼[③],高声唱卖逼汗草、茉莉花,娇婢卷帘,摊钱争买,捉膀撩胸,纷纭笑谑。顷之,乌云堆雪,竟体芳香矣。盖此花苞于日中,开于枕上,真媚夜之淫葩,殢人之妖草也[④]。建兰则大雅不群,宜于纱幮文榭,与佛手、木瓜同其静好,酒兵茗战之余,微闻香泽。所谓"王者之香"[⑤]、"湘君之佩"[⑥],岂淫葩妖草所可比拟乎!

① 裙屐少年:指只讲修饰而不肯任重的少年。 ② 半臂:短袖上衣,俗称背心,在隋唐是一种时尚的服饰。 ③ 榼(kē):古代盛酒或贮水的器具,此指花篮或有数层的提盒。 ④ 殢(tì)人:引逗、纠缠人。 ⑤ 王者之香:蔡邕《琴操》(上)之《猗兰操》:孔子"自卫返鲁,过隐谷之中,见香兰独茂,喟然叹曰:'夫兰,当为王者香'"。 ⑥ 湘君:湘水之神。

【译文】

那些只知打扮的轻浮少年,头发梳得光光的,衣著也很时髦,每到中午,就提着花篮在街上叫卖逼汗草、茉莉花。漂亮的丫环撩开帘子,吊下钱来,争着购买这些花卉,你推我搡,笑谑杂出。一会儿,她们便黑发如云,浑身喷香哩。因为这些花含包在中午,开花在晚上,真的是"媚夜之淫葩,殢人之妖草"!建兰却不同,它安祥美好,适宜放在闺中,与佛手、木瓜有同样的性质,在饮酒喝茶之余,还能闻到缕缕清香。古人所谓"王者之香"、"湘君之佩",哪里是淫葩妖草可以比得上的?

八

南曲衣裳妆束，四方取以为式，大约以淡雅、朴素为主，不以鲜华、绮丽为工也。初破瓜者[①]，谓之梳拢；已成人者，谓之上头[②]。衣饰皆主之者措办。巧制新裁，出于假母，以其余物自取用之。故假母虽高年，亦盛妆艳服，光彩动人。衫之短长，袖之大小，随时变易，见者谓是时世妆也[③]。

① 破瓜：拆瓜字为二八，故破瓜指十六岁。 ② 上头：一名上鬟。古时女子十五岁为“及笄”，一曰“初笄”。到时要举行仪式，把披垂之发梳上去，以插簪子，表示成人。笄，簪子。 ③ 时世妆：普遍风行的妇女妆束。

【译文】

金陵高等妓女的衣裳妆束，各地都当作模仿的样式，大概以淡雅、朴素为主，不在鲜艳、华丽上下工夫。刚满十六岁的，叫作梳拢；已成年的，叫作上头。她们的衣服首饰，都由承包的客人出钱置办。衣服的质料、款式，却由鸨母安排，她就把多余的料质用在自己身上。所以鸨母虽然年老，却穿着华丽，涂脂抹粉，光彩照人。衣服的长短，袖口的大小，都要随时改变，所以见到的人都说这是时髦的妆束。

九

曲中女郎，多亲生之母，故怜惜倍至。遇有佳客，任其留连，不计钱钞。其伧父大贾[①]，拒绝弗与通，亦不怒也。从良落籍[②]，属于祠部[③]。亲母则所费不多，假母则勒索高价。谚所谓“娘儿爱俏[④]，鸨儿爱钞”者，盖为假母言之耳。

① 伧父:鄙陋、粗野之人。 ② 从良:旧时妓女属乐籍,出籍嫁人,称为从良。或“从良落籍”。 ③ 祠部:据《明史·职官志》,明初设礼部,下分四属部,祠部居其一,教坊隶之。 ④ 俏:英俊的男子。指所要嫁的人。

【译文】

妓院中的姑娘,多数是亲生的,所以母亲都加倍爱惜。遇到中意的客人,让他留连不去,也不计较钱多钱少。要是粗俗的大款,就拒绝与他来往,母亲也不生气。出籍从良,属于祠部管理。要是自己的母亲,花钱不会太多,假母就要大敲竹杠。谚语有“娘儿爱俏,鸨儿爱钞”的话,就是针对假母说的。

十

旧院与贡院遥对[①],仅隔一河,原为才子佳人而设。逢秋风桂子之年[②],四方应试者毕集。结驷连骑,选色征歌。转车子之喉[③],按阳阿之舞[④];院本之笙歌合奏,回舟之一水皆香。或邀旬日之欢,或订百年之约。蒲桃架下,戏掷金钱[⑤];芍药栏边,闲抛玉马[⑥]。此平康之盛事[⑦],乃文战之外篇[⑧]。若夫士也色荒,女兮情倦,忽裘敝而金尽,遂欢寡而愁殷。虽设阱者之恒情,实冶游者所深戒也。青楼薄幸,彼何人哉!

① 贡院:在南京夫子庙东邻,秦淮河北岸,原为宋建康府学之考场。明、清两代,南京贡院乡试规模为全国之冠,贡院规模亦为各省之最。因此,顺天乡试称“北闱”,南京乡试称“南闱”。 ② 秋风桂子之年:即乡试之年。乡试在秋季,一般每三年举行一次,俗称“秋闱”。 ③ 车子:三国曹魏著名歌者。钱谦益《灯屏词十二首》之九云:“阳翟新声换《竹枝》,秋风红豆又离披。啭喉车子当筵唱,恰似侬家绝妙词。” ④ 阳阿:古代名倡,善舞者。

⑤ 戏掷金钱:以掷金钱为游戏。　⑥ 闲抛玉马:指男女定情。据《北窗志异》,唐代秀才黄损,世家出身。自幼佩有玉马坠,色泽温栗,雕刻精工。后因此物,与其妻裴玉娥历经劫难,离而复合。玉马坠被奉为神物。此处以玉马喻男女定情信物。　⑦ 平康:唐代长安之平康坊,妓女所居之处。⑧ 文战:比喻士子参加科举考试。科考之余,游平康以邀美女欢欣,故称外篇。

【译文】

旧日的富乐院与贡院遥遥相对,只隔了一条秦淮河,原来就是为才子佳人安排的。每次遇到“秋闱”,各地应试的考生都集中到这里来,车水马龙,为征歌选舞而奔忙。在院中听名歌手唱歌,看舞蹈家跳舞,回到贡院去,整条秦淮河都飘浮着香气。有的只愿有十日之欢,有的却订下了终身之约。为了讨佳人欢心,一掷千金在所不惜;男女定情,解下传家之宝,以表心意。这是平康坊常有的盛举,也是文战场外应有的花絮。如果有一天男的疲沓了,女的情倦了,或者忽然囊中羞涩,穷途末路,也就欢少而愁多。虽然这是妓院中常有的骗局,却也是好色者应该特别要警惕的。妓女无情无义,她们是什么人,难道看不出来吗?

十一

曲中市肆,清洁异常。香囊云舄[①],名酒佳茶,饧糖小菜,箫管琴瑟,并皆上品。外间人买者,不惜贵价;女郎赠遗,都无俗物。正李仙源《十六楼集句》诗中所云“市声春浩浩,树色晓苍苍。饮伴更相送,归轩锦绣香”也[②]。

① 云舄:妇女绣有花纹的鞋子。　② 李仙源:李泰,字叔通,一字仙源。洪武三十年(1397)夏榜三甲五名进士。博学知天文,掌钦天监。私谥安敏先生。所引诗句出自《十六楼集句》之二《北市楼》。

【译文】

旧院中的街道店铺，都非常整洁。香囊绣鞋，名酒佳茶，饧糖小菜，箫管琴瑟，也都是上等品。嫖客买来送人，决不考虑价格昂贵；妓女买了回赠，也没有一样是低档货。正如李仙源在《十六楼集句》诗中所说“市声春浩浩，树色晓苍苍。饮伴更相送，归轩锦绣香”了。

丽　品

一

余生万历末年。其与四方宾客交游，及入范大司马莲花幕中为平安书记者[①]，乃在崇祯庚、辛以后。曲中名妓，如朱斗儿、徐翩翩、马湘兰者，皆不得而见之矣。则据余所见而编次之，或品藻其色艺，或仅记其姓名，亦足以证江左之风流[②]，存六朝之金粉也。昔宋徽宗在五国城[③]，犹为李师师立传[④]，盖恐佳人之湮灭不传，作此情痴狡狯耳。"'风乍起，吹皱一池春水'，干卿何事[⑤]？""彼美人兮"，"巧笑倩兮，美目盼兮。"[⑥]"彼君子兮"，"中心藏之，何日忘之[⑦]！"

① 范大司马：范景文(1587—1644)，字梦章，号质公，别号思仁。河北吴桥人。万历四十一年进士。其官南京兵部尚书（南大司马）时在崇祯七年(1634)冬至十一年(1638)冬。莲花幕：幕府，亦称莲府。　② 江左风流：指东晋名臣谢安事。《晋书·谢安传》："安虽放情丘壑，然每游赏，必以妓女从。"　③ 宋徽宗：赵佶(1082—1135)，在位期间，穷极奢侈，大兴土木，屏忠任奸，民变四起。金兵至汴京，赵佶为金兵俘虏，被囚禁在五国城（今黑龙江依兰）。　④ 李师师：北宋汴京名妓，以歌舞著名京师，深得宋徽宗赵佶宠爱。　⑤ "风乍起"三句：南唐冯延巳作《谒金门》词，首二句云："风乍起，吹皱一池春水。"中宗李璟设宴，戏谓延巳曰："吹皱一池春水，干卿何事？"延巳对曰："未若陛下'小楼吹彻玉笙寒'。"　⑥ 彼美人兮：见《诗·邶风·简兮》。"巧笑"二句：见《诗·卫风·硕人》。此以形容曲中诸妓玉颜含笑，美目流盼，娇美动人。　⑦ 彼君子兮：见《诗·魏风·伐檀》。"中心"二句：见《诗·小雅·隰桑》。此以表明对往日繁华与美姬仙娃的无限眷念。

【译文】

我出生在万历末年。与全国各地的朋友有来往，以及入范大司马的衙门做平安书记，已在崇祯庚辰、辛巳(1640、1641)年以后。妓院中的名妓如朱斗儿、徐翩翩、马湘兰，我都未能见到。现在只能根据所能见到的加以编排，有的是品评她们的容貌技艺，有的只能记下她们的姓名，但也可以看出昔日金陵的风流余韵，南都青楼佳丽之种种了。从前宋徽宗屈居五国城，还为李师师写传，这是怕美人的事迹湮没不彰，所以才做出这样看似极为可笑的举动。"'风乍起，吹皱一池春水'，干卿何事？""彼美人兮"，"巧笑倩兮，美目盼兮。""彼君子兮"，"中心藏之，何日忘之！"

二

尹春，字子春。姿态不甚丽，而举止风韵，绰似大家。性格温和，谈词爽雅，无抹脂鄣袖习气。专工戏剧排场[1]，兼擅生、旦。余遇之迟暮之年，延之至家，演《荆钗记》[2]，扮王十朋。至《见母》、《祭江》二出，悲壮淋漓，声泪俱迸，一座尽倾，老梨园自叹弗及。余曰："此许和子《永新歌》也[3]，谁为韦青将军者乎[4]？"因赠之以诗曰："红红记曲采春歌，我亦闻歌唤奈何。谁唱江南断肠句，青衫白发影婆娑。"春亦得诗而泣。后不知其所终。

① 排场：登台演出。 ②《荆钗记》：元柯丹丘所撰传奇，传述宋温州王十朋，以荆钗聘贡生钱流形之女玉莲为室。后遭恶人计算，夫妇分离，历经劫难，终于团圆。王十朋(1112—1171)，字龟龄，号梅溪。浙江乐清人。宋高宗绍兴二十七年进士第一，授绍兴府签判。孝宗立，知严州。屡官太子詹事。以龙图阁学士致仕。 ③ 许和子：唐代著名宫廷歌手。江西永新人。乐工之女。唐玄宗开元末，选入宫，为宜春院内人，改名永新。永新美而慧，善歌，能变新声。喉啭一声，响传九陌。以此大受宠爱。玄宗尝对左右曰："此女歌值千金。"《永新歌》：以永新之名而沿为歌曲之名。此喻尹春所唱之歌。④ 韦青将军：唐玄宗时著名歌者。本士人，官至金吾将军。安史乱后，六宫星散，永新归一士人。韦青避地广陵(今江苏扬州)，因月夜凭栏于小河之上，忽闻舟中奏《水调》者，曰："此永新也。"乃登舟省之，相对而泣。作者以此自喻。尹春唱得悲壮淋漓，作者亦感慨万千。

【译文】

尹春，字子春。她容貌身材都不是怎么好，但一举一动颇有风度，好像是出身于名门的闺秀；性格温和，谈吐雅洁，没有涂脂抹粉、躲躲藏藏的小家子气。擅长演戏，尤其是演小生或旦角。我见到她已在她老大之年，我把她请到家里来，请她演《荆钗记》，她扮演王十朋。演到《见母》、《祭江》两出时，悲壮之极，催人泪下，全场人没有不为之感动的。老演员都自叹不如。我说："这就是许和子的《永新歌》啊！那么谁是韦青将军呢？"因此就送了她一首诗（诗略）。尹春读了这首诗，也不禁难过得流下泪来。后来，也不知道她到哪里去了。

三

李十娘，名湘真，字雪衣。在母腹中，闻琴歌声，则勃勃欲动。生而娉婷娟好，肌肤玉雪，既含睇兮又宜笑[①]。殆《闲情赋》所云“独旷世而秀群”者也[②]。性嗜洁。能鼓琴清歌。略涉文墨，爱文人才士。所居曲房秘室，帷帐尊彝，楚楚有致。中构长轩。轩左种老梅一树，花时香雪霏拂几榻；轩右种梧桐二株，巨竹十数竿。晨夕洗桐拭竹，翠色可餐。入其室者，疑非人境。余每有同人诗文之会，必主其家。每客用一精婢侍砚席、磨隃麋、爇(ruò)都梁、供茗果[③]。暮则合乐酒宴，尽欢而散。然宾主秩然，不及于乱。于时流寇讧江北，名士渡江侨金陵者甚众，莫不艳羡李十娘也。十娘愈自闭匿，称善病，不妆饰，谢宾客。阿母怜惜之，顺适其意，婉语辞逊，弗与通。惟二三知己，

则欢情自接，嬉怡忘倦矣。后易名贞美，刻一印章曰“李十贞美之印”。余戏之曰：“美则有之，贞则未也。”十娘泣曰：“君知儿者，何出此言？儿虽风尘贱质，然非好淫荡检者流，如夏姬、河间妇也[④]。苟儿心之所好，虽相庄如宾，情与之洽也；非儿心之所好，虽勉同枕席，不与之合也。儿之不贞，命也！如何？”言已，涕下沾襟。余敛容谢之曰：“吾失言，吾过矣！”十娘有兄女曰媚姐，十三才有余，白皙，发覆额，眉目如画。余心爱之。媚亦知余爱，娇啼宛转，作掌中舞。十娘曰：“吾当为汝媒。”岁壬午[⑤]，入棘闱[⑥]。媚日以金钱投琼[⑦]，卜余中否。及榜发，落第。余乃愤郁成疾，避栖霞山寺[⑧]，经年不相闻矣。鼎革后，泰州刺史陈澹仙寓丛桂园[⑨]，拥一姬，曰姓李。余披帏见之，媚也。各黯然掩袂。问十娘，曰：“从良矣。”问其居，曰：“在秦淮水阁[⑩]。”问其家，曰：“已废为菜圃。”问：“老梅与梧、竹无恙乎？”曰：“已摧为薪矣。”问：“阿母尚存乎？”曰：“死矣。”因赠以诗曰：“流落江湖已十年，云鬟犹卜旧金钱。雪衣飞去仙哥老[⑪]，休抱琵琶过别船[⑫]。”

① 含睇（dì）：流盼。《楚辞·九歌·山鬼》：“既含睇兮又宜笑，子慕予兮善窈窕。” ②《闲情赋》：东晋陶潜著。开头四句为：“夫何怀逸之令姿，独旷世而秀群。表倾城之艳色，期有德于传闻。” ③ 隃麋：县名。故址在今陕西千阳县东。其地产墨，故以隃麋代墨。都梁：香名。《广志》：“都梁香出交、广，形如藿香。” ④ 夏姬：春秋时郑穆公之女。据《左传》记载，夏姬之夫御叔死后，陈灵公、孔宁、仪行父等陈国君臣慕其美艳，与之私通。夏姬历来被视为“淫妇”的代表。河间妇：淫妇。事见唐柳宗元《河间传》：“虽戚里为邪行者，闻河间之名，则掩鼻蹙頞皆不欲道也。” ⑤ 壬午：崇祯十五年(1642)，时澹心二十七岁。 ⑥ 棘闱：试院，因围墙皆插棘，故称棘院，又称棘闱。 ⑦ 投琼：掷骰子。此处指用铜钱掷之，视正、背面，以占卜吉凶成败。 ⑧ 栖霞山寺：在南京城外栖霞山之凤翔峰下，是著名江南古刹。

⑨ 陈澹仙:陈素,字澹仙,一字元白,号大淳,又号天山道人。浙江桐乡人。崇祯七年(1624)进士,授开州知州,复补泰州。乙酉后,被枉破家,流离羁旅而卒。 ⑩ 秦淮山阁:又称秦淮水亭、丁家水阁。 ⑪ 雪衣:《乐府杂录》:"天宝中,岭南献白鹦鹉,养之宫中,岁久颇聪慧,洞晓言词。上及贵妃皆呼为'雪衣女'。"此指李十娘。十娘字雪衣,已"从良",故曰"飞去"。仙哥:《北里志·天水仙哥》:"天水仙哥,字绛真。住于南曲中。善谈谑,能歌。令常为席纠,宽猛得中。"此喻李媚。 ⑫ "休抱"句:唐白居易作《琵琶行》诗,叙述一位长安教坊倡女年老色衰,嫁与商人,独守空船。过别船,指到诗人船上奏琵琶。

【译文】

李十娘,名湘真,字雪衣。在母亲腹中,听到琴声歌声,就像有所感动。出生以后,姿态美好,肤色洁白,双目流转,仿佛在笑。这大概就是《闲情赋》所谓"独旷世而秀群"吧。心喜清洁。能弹琴唱歌。稍稍懂得一点文墨,爱慕文人才子。住在一间隐秘的屋子里,内中被褥等摆放得整整齐齐。屋外有一长廊,廊左种着老梅一株,开花时带香的"雪片"纷纷掉在茶几和竹榻上;廊右种着梧桐两棵,修竹十余竿。早晚洗桐拭竹,碧绿晶莹,十分可爱。到过她那里的人,都不相信这是人世间会有的地方。我每次与朋友讨论诗文,就都安排在她那里。她给每个客人分配一个俏丽的丫鬟,侍奉好笔砚座位、磨好墨、点燃香草、摆上茶水果品。晚上设宴,在击鼓传花中喝酒,直到兴尽才散去。不过宾主秩序井然,从没有做出越规的事。这时候,流寇已在江北闹事,一些知名人士都渡江避居到南京来,没有不赞慕李十娘的。十娘却更加躲避推让,以多病为借口,也不妆饰,就这样杜门谢客。乳母怜惜她,顺着她的心思,替她婉言谢绝。只有两三个知心朋友,依旧和好如初,常在一起嬉耍玩乐。后来她改名贞美,刻过一颗印章叫"李十贞美之印"。我和她开玩笑,说:"美是真的,贞却未必。"十娘含着泪说:"先生是知道我的,何以还说出这样的话?我虽然是个风尘女子,身份卑贱,却也不是淫荡不羁之辈,就像夏姬、河间妇那样。假如是我喜欢的人,即使端庄相对,情意还是深长的;要是觉得志趣不合的,虽然勉强同床共枕，到底还是貌合神离。我的不贞，是命运造成的，这有什么办法呢！”说罢，泪流满面。我赶快向她道歉，说：“我不对，是我错了。”十娘有个哥哥的女儿叫媚姐，只有十三岁多一点，却长得白皙细嫩，额上披着黑发，眉毛眼睛就像画的一样美。我很喜欢她。她也知道我喜欢她，所以更加摆出一副轻盈的姿态、娇滴滴的样

子。十娘说：“我替你做媒。”壬午那年，我参加南都考试，媚姐就每天投琼为我占卜，想知道考试的结果。后来发榜了，我没有考中。我又气又恼，甚至生了病。我躲进栖霞山寺中，足足有半年多时间不知道她的情况。甲申事变之后，泰州刺史陈澹仙住在丛桂园里，娶了一房中意的小妾，据说姓李。我撩开门帘一看，原来是媚姐。我们彼此都黯然落泪。我问十娘的下落，说是“嫁人了”。问她现在住在哪里，说：“在秦淮水阁。”问原来的住处，说：“已荒废成菜园了。”问老梅、梧桐和竹子还在吗？说：“都已砍了做成柴火了。”问乳娘健在吗？说：“死了。”我因此就写了首诗送给她（诗略）。

四

葛嫩，字蕊芳。余与桐城孙克咸交最善[①]。克咸名临，负文武才略。倚马千言立就；能开五石弓，善左右射。短小精悍，自号“飞将军[②]”。欲投笔磨盾，封狼居胥[③]，又别字曰武公。然好狭邪游，纵酒高歌，其天性也。先昵珠

市妓王月。月为势家夺去，抑郁不自聊，与余闲坐李十娘家。十娘盛称葛嫩才艺无双，即往访之。阑入卧室，值嫩梳头，长发委地，双腕如藕，面色微黄，眉如远山，瞳人点漆。叫声“请坐”。克咸曰：“此温柔乡也，吾老是乡矣[4]！”是夕定情，一月不出，后竟纳之闲房[5]。甲申之变[6]，移家云间。间道入闽，授监中丞杨文骢军事。兵败被执，并缚嫩。主将欲犯之。嫩大骂，嚼舌碎，含血喷其面。将手刃之。克咸见嫩抗节死，乃大笑曰：“孙三今日登仙矣！”亦被杀。中丞父子三人同日殉难。

① 孙克咸：孙临(1611—1646)，字克咸。安徽桐城人。贡生。顺治二年(1646)闰六月十五日，唐王朱聿键称帝于福州，改元隆武。杨文骢任兵部右侍郎，孙临任监军副使。清军攻衢州，杨文骢败，退军至蒲城，被追及。为清军所俘，不屈而死。 ② 飞将军：《史记·李广传》：“广居右北平，匈奴闻之，号曰‘汉之飞将军’，避之数岁，不敢入。” ③ 封狼居胥：汉元狩四年(前119)，汉名将霍去病在狼居胥山上积土以行封山仪式。这是对匈奴作战取得重大胜利的标志。④ 温柔乡：喻美色迷人之境，此处指得到所钟爱的女子。伶玄《飞燕外传》：“是夜，(后)进合德，帝大悦。以辅属体，无所不靡，谓之温柔乡。谓嫕曰：‘吾老是乡矣，不能效武皇帝更求白云乡也。’” ⑤ 闲房：避人而独处之房。与宠之专房意同。 ⑥ 甲申之变：崇祯十七年(1644)三月，李自成率农民军攻占北京，推翻明朝统治。

【译文】

葛嫩，字蕊芳。我与桐城人孙克咸的交情最厚。克咸名临，具有文武才能，不仅能立马写出上千字的文章，还能挽强弓，并且能左右射击。他短小精悍,自称“飞将军”。平素总想投笔从戎,为国效劳,立下大功,所以别号“武公”。然而却喜欢逛窑子,喝醉酒后大声唱歌,这是他的天性。他先与珠市的妓女王月亲热,王月被有权势的人夺去后,就抑郁寡欢难以自拔。有一天跟我闲坐在十娘家里,十娘盛赞葛嫩,才艺无双。克咸立即就去访葛嫩,还一直跑到她的卧室。葛嫩正好在梳头,头发长得碰到了地,两只臂膀像藕一样光洁;面色微黄,淡淡的眉毛有如远山,眼乌珠黑得发亮。葛娘说“请坐”。克咸说:“这真是‘温柔乡’呀!我将终老于此了!”这一天就宿在葛嫩那里,竟然住了一个月而寸步不离。后来葛嫩被孙纳为妾,受到专房之宠。甲申事变发生,克咸搬家到松江,还由小路进入福建,在杨文骢中丞的军队里参加抗清活动。后来兵败被俘,葛嫩也在一起。清军的头领想对葛嫩无礼,葛嫩大骂,还嚼破舌头,将血喷在他脸上。清军的头领将她杀了。克咸见葛嫩不屈而死,就大笑着说:“我孙三今天算是超脱成仙了!”也被杀。杨文骢父子三人也在同一天遇难。

五

顾眉生既属龚芝麓①,百计祈嗣,而卒无子。甚至雕异香木为男,四肢俱动,锦绷绣褓,雇乳母开怀哺之。保母褰襟作便溺状。内外通称“小相公”,龚亦不之禁也。时龚以奉常寓湖上②,杭人目为“人妖”。后龚竟以顾为亚妻③。元配童氏,明两封孺人④。龚入仕本朝,历官大宗伯⑤。童夫人高尚,居合肥,不肯随宦京师。且曰:“我经两受明封,以后本朝恩典,让顾太太可也。”顾遂专宠受封。呜呼!童夫人贤节过须眉男子多矣!

① 龚芝麓:龚鼎孳(1615—1673),字孝升,号芝麓。安徽合肥人。明崇祯七年(1634)进士,官兵科给事中。后降清。康熙间累官左都御史,礼部尚

书。卒谥端毅。博学洽闻,善书画;尤工诗文。为清初江左三大家之一。 ② 奉常:官名。秦置,九卿之一,掌宗庙礼仪。 ③ 亚妻:敬称,表示仅次于妻。 ④ 孺人:明清时,官吏之妻受封,七品以下封孺人。 ⑤ 大宗伯:古六卿之一,掌礼制。后称礼部尚书为大宗伯。

【译文】

顾媚(眉生)嫁给龚芝麓以后,千方百计想生个儿子,但是到底没有如愿。甚至用檀香木雕了个男孩,手脚都能活动,穿上华丽的小孩服装,还雇了个乳母坦露胸怀给他喂奶,保姆扯开大襟做出把尿的样子。里里外外的人都把他叫作“小相公”,(对这些事)龚也不加干涉。当时龚做奉常的官,时常住在西湖上,杭州人把他看成是个“人妖”。后来,龚就把顾媚立为“亚妻”。元配夫人姓童,曾两次被明朝封为孺人。龚投降清朝,最后做到大宗伯的官。童夫人志趣高尚,仍然住在合肥老家,不肯随龚到北京任所。并且说:“我受过明朝的两次封典,以后清朝的封赏,就让给顾太太好了。”顾媚受龚的专房之宠,接受清朝的封赏。可叹啊!童夫人的品德节操,远远超出堂堂男子汉!

六

卞赛，一曰赛赛，后为女道士，自称玉京道人。知书，工小楷，善画兰、鼓琴。喜作风枝袅娜，一落笔，画十余纸。年十八，游吴门，侨居虎丘。湘帘棐几[①]，地无纤尘。见客，初不甚酬对；若遇佳宾，则谐谑间作，谈辞如云，一座倾倒。寻归秦淮。遇乱，复游吴。梅村学士作《听女道士卞玉京弹琴歌》赠之[②]，中所云“昨夜城头吹筚篥[③]，教坊也被传呼急。碧玉班中怕点留[④]，乐营门外卢家泣[⑤]。私更妆束出江边，恰遇丹阳下渚船。剪就黄绝贪入道[⑥]，携来绿绮诉婵娟”者[⑦]，正此时也。在道作道人装，然亦间有所主。侍儿柔柔，承奉砚席如弟子，指挥如意，亦静好女子也。逾两年，渡浙江，归于东中一诸侯[⑧]。不得意，进柔柔当夕，乞身下发。复归吴，依良医郑保御[⑨]，筑别馆以居。长斋绣佛，持戒律甚严。刺舌血，书《法华经》以报保御。又十余年而卒，葬于惠山祇陀庵锦树林。

① 湘帘：斑竹帘。棐几：以榧木为几。棐，同“榧”。 ②《听女道士卞玉京弹琴歌》：吴梅村作于顺治七年(1650)秋末，见《梅村诗集》卷三。 ③ 筚篥：即觱篥，类于笳的一种管乐器。 ④ 碧玉：人名，汝南王妾。后以婢女及贫寒之女为碧玉。碧玉班当指乐籍，卞在籍中。 ⑤ 乐营：乐籍女子所住处。卢家：卢家之女。晋崔豹《古今注》卷三：“魏武帝时有卢女者，故将军阴并之姊。年七岁，入汉宫，学琴。琴特鸣，异于余妓。善为新声，能传此曲。卢女至明帝崩后出，嫁为尹更生妻。”古诗中常以卢女、卢家、卢姬代指色、艺俱佳之乐籍女子。 ⑥ 黄绝：黄色粗绸。此指卞着之道装。 ⑦ 绿绮：汉司马相如有琴名绿绮，后用为琴的通称。 ⑧ 东中一诸侯：指郑应皋，字建德，号慈卫。一号允生。 ⑨ 郑保御：郑应皋之宗人，名钦谕，字三山，号初晓道人。世业医，所得辄以济人。康熙初卒，年七十六。

【译文】

卞赛又叫赛赛，后来做了女道士，就自称玉京道人。她有文化有知识，擅长写小楷，画兰花、弹琴也很拿手；兰花喜欢画成柔软细长在风中飘动的样子，一落笔就是十几幅。十八岁那年到苏州旅游，寓居虎丘山，挂着用湘妃竹编的帘子，摆着用棐木做的茶几，地上看不到一点灰尘。见客人，刚开始时不怎么应酬，如果话语投机，就仿佛遇到了老朋友，笑语百出，在座的人没有一个不佩服。不久回到了南京。遇到战乱，她又去了苏州。吴梅村学士写了首《听女道士卞玉京弹琴歌》送给她，中间有“昨夜城头吹筚篥……携来绿绮诉婵娟”的话，就是在这个时候。她在道观作道士打扮，当然也偶尔招待客人。身边有个叫柔柔的姑娘，侍奉她就像个弟子，做侍候笔墨的事情有条有理，也是个文静的好姑娘。过了两年，卞赛渡钱塘江到了浙东，依靠一个做官的人郑应皋。不如意，就在让柔柔侍奉郑应皋的晚上，自己请求落发为尼。她又回到了苏州，依靠名医郑保御，单独住在一间屋子里。长年茹素拜佛，守戒律很严。为了报恩，她刺破舌头用血写了一卷《法华经》献给郑保御。再过十多年就死了，遗体埋葬在无锡惠山上的祇陀庵锦树林中。

七

玉京有妹曰敏，颀而白如玉肪，风情绰约，人见之，如立水晶屏也。亦善画兰鼓琴。对客为鼓一再行，即推琴敛手，面发赪色。画兰，亦止写筱竹枝、兰草二三朵，不似玉京之纵横枝叶、淋漓墨沛也。然一以多见长，一以少为贵，各极其妙，识者并珍之。携来吴门，一时争艳，户外屦恒满。乃心厌市嚣，归申进士维久[①]。维久宰相孙，性豪举，好宾客，诗文名海内，海内贤豪多与之游。得敏，益自喜，为闺中良友。亡何，维久病且殁，家中替。敏复嫁一贵官颍川氏[②]，官于闽。闽变起，颍川氏手刃群妾，遂自刭。闻敏亦在积尸中也。或曰三年病死。

① 申维久：申纮祚，字维久。吴县(今江苏苏州市)人。顺治十年(1655)进士，授推官。其祖申时行，字汝默。嘉靖四十一年(1562)进士第一，授修撰。万历间累官吏部尚书，建极殿大学士。申时行次子申用嘉，官广西参政。申用嘉有九子，季子即申维久，故

下云“宰相孙”。 ② 颍川氏:疑即颍川郡人。颍川郡,秦置。今缺。当在河南省境内。

【译文】

卞玉京有个妹妹叫卞敏,身子修长白皙,好像一块羊脂白玉。她姿态柔美,人见了就像对面立着一张水晶屏风。卞敏也擅长画兰花、弹琴,有客人到来,她就为他弹一两曲,然后推开琴、缩回手,脸色羞红;请她画兰花,也只画几根小竹子、几朵兰花,不像她姐姐那样直的横的,满纸只见黑色的枝叶。但是玉京是以多体现她的长处,而卞敏却用少显示她的珍贵,每个人都达到高超美妙的境地,有识之士都同样喜欢。随人来到苏州,她的艳丽引起哄动,门外常常挤满了人。卞敏讨厌这种生活,就嫁给了进士申维久。维久是宰相申时行的孙子,性格豪爽,喜欢结客,诗文名满天下,天下的文人也喜欢跟他交往。维久有了卞敏,更加兴高采烈,把卞敏看成闺中良友。没多久,维久因病去世,家道中落。卞敏又嫁了个高官颖川氏,并且随他来到福建任所。后来福建沦陷,颍川氏亲手杀了妻妾婢仆,自己也饮刃而亡。听说卞敏就在那些积尸当中。但另有一说,卞敏是嫁后三年病故的。

八

范珏,字双玉[①]。廉静,寡所嗜好。一切衣饰、歌管、艳靡纷华之物,皆屏弃之。惟阖户焚香瀹茗,相对药炉、经卷而已。性喜画山水,摹仿史痴、顾宝幢[②],槍枒老树,远山绝涧,笔墨间有天然气韵,妇人中范华原也[③]。

① 范珏:一名云。徐波(元叹)《赠范校书双玉》题记云:“双玉名云,秦淮女子。”范珏能诗。王士祯《秦淮杂咏》第十七首云:“北里新词那易闻,欲乘秋水问湘君。传来好句红鹦鹉,今日青溪有范云。”自注:“云字双玉,有《红鹦鹉诗》最佳。” ② 史痴:即史忠,字廷直,自号痴翁。明上元(今江苏南京

市)人。善画,能为乐府新声。顾宝幢:顾源,字清甫,号丹泉,更号宝幢居士。明上元人,锦衣卫籍。素性高雅,豪隽不群。宝幢之诗、书与画,不泥古法,山水自成一家,蹊径迥绝。

③ 范华原:范宽,字仲立,本名中正。宋华原(今陕西耀县)人。风仪峭古,进止疏野,嗜酒落魄,不拘世故。画山水始师李成,又师荆浩。后卜居终南太华,遍观奇胜,落笔雄伟老硬,自成一家。

【译文】

范珏,字双玉。廉洁文静,没什么嗜好。一切衣饰、乐器和奢侈品都视为敝屣。只是关了门焚香煮茶,相伴的只有药炉、经卷而已。喜欢画山水,摹仿史忠、顾源的笔法,无论是屋边的老树,还是远山的深涧,都能画出一种天然的气韵,是女画家中的范宽啊。

九

马娇,字婉容。姿首清丽,濯濯如春月柳[①],滟滟如出水芙蓉,真不愧“娇”之一字也。知音识曲,妙合宫商,老伎师推为独步。然终以误堕烟花为恨,思择人而事,不敢以身许人。卒归贵竹杨龙友[②]。龙友名文骢,以诗、画擅名,华亭董文敏亟赏之[③]。先是,闽中郭圣仆有二妾[④],一曰李陀那,一曰朱玉耶[⑤]。圣仆殁,龙友得玉耶,并得其所蓄书画、瓶研、几杖诸玩好、古器,复拥婉容,终日摩挲笑语为乐。甲申之变,贵阳马士英册立弘光,自为首辅,援引阉儿阮大铖构党煽权,挠乱天下,以致五月出奔。都城百姓焚烧两家居第。以龙友乡戚有连，亦被烈炬，顷刻灰烬。时龙友巡抚苏、松，尽室以行。玉耶久殉，婉容莫知所终。龙友父子殉难闽峤，无遗种也。犹存老母，匄归金陵，依家仆以终天年。

① 濯濯：清明貌。《晋书·王恭传》："恭美姿仪，人多爱悦。或目之云：濯濯如春月柳。" ② 贵竹：即贵阳。贵竹，通作贵筑。杨龙友：即杨文骢。《续图绘宝鉴》云："杨龙友善画山水，一种士气，人莫能到。" ③ 董文敏：董其昌（1555—1636），字玄宰，号思白，又号香光居士，谥文敏。华亭（今上海松江）人。明万历十七年（1589）进士，官至礼部尚书。工画山水，尤善书，为明末书法大家。 ④ 郭圣仆：郭天中，字圣仆。福建莆田人。专精篆隶之学。 ⑤ 李陀那：善画水仙。"李陀那工水仙，直逼赵子固。"（《列朝诗集小传·丁集》中）。朱玉耶：善画山水。钱谦益《题朱玉耶画扇》注曰："郭中天，字圣仆。其先莆田人。购蓄古法书名画，尤精篆隶之学。有姬名朱玉耶，工山水，师董北苑。"（《牧斋有学集》卷二）

【译文】

马娇，字婉容。容貌秀丽，清纯如同春天月下的杨柳，生动就像刚出水面的芙蓉，真不愧单名"娇"这一个字。她懂得音乐，识得曲谱，一板一眼非常合拍，连老乐师也以为是独一无二的。但是到底因为误入烟花感到痛恨，总想找个适当的夫婿，不肯随便以身相许。最后终于嫁给贵阳人杨龙友。龙友名文骢，以擅长写诗绘画出名，华亭的董文敏屡次称赞他。在这之前，福建的郭圣仆有两个小妾，一个名叫李陀那，一个名叫朱玉耶。圣仆死后，龙友得到了玉耶，还得到了圣仆珍藏的书画、瓶研、几杖等文物古器，又拥有了婉容，所以整天沉迷在摩挲古玩、与美人调笑当中。甲申那年发生变故，贵阳人马士英拥立弘光帝，自居高位，把宦官阮大铖拉成一伙，结党专权，排斥忠良，因此就有了第二年五月逃离都城（南京）的事。都城的百姓焚烧了马、阮两家的住宅。因为龙友与马士英有点亲戚关系，住宅也被焚烧，顷刻间化为灰烬。当时龙友正在苏

州、松江出巡，就举家南下。玉耶早已殉难，婉容不知道是怎样死的。龙友父子三人在闽南殉难，没留下子孙。只有一个老母亲，一路靠乞讨回到了南京，依靠旧日的仆人以终天年。

十

顾喜，一名小喜。性情豪爽，体态丰华。双趺不纤妍，人称为顾大脚，又谓之“肉屏风①”。然其迈往不屑之韵，凌霄拔俗之姿，则非篱壁间物也②。当之者，似李陵提步卒三千人抵鞮（dī）汗山③，入狭谷，往往败北生降矣。汉武帝《悼李夫人赋》有云“佳侠含光”④，余题四字颜其室。乱后不知从何人以去，或曰归一公侯子弟云。

① 肉屏风：形容体胖。语出《开元天宝遗事·肉阵》：“杨国忠于冬月，常选婢妾肥大者，行列于前，令遮风。盖藉人之气相暖，故谓之肉阵。”又名“肉屏风”。　② 篱壁间物：谓家园所产之物。《世说新语·排调》：“桓玄素轻桓崖，崖在京下有好桃，玄连就求之，遂不得佳者。玄与殷仲文书以为嗤笑，

曰:‘德之休明,肃慎贡其楛矢;如其不尔,篱壁间物,亦不可得也。’”

③ 鞮汗山:李陵兵败降匈奴处。《汉书·李广传》天汉二年(前99),李陵请率所部五千人,自当一军,以少击众,“涉单于庭”。武帝壮而许之。“陵于是将其步卒五千人出居延,北行三十日,至浚稽山”,遇匈奴单于大军,反复搏战。终寡不敌众,南行至鞮汗山,士卒存三千余人。入狭谷,被围不得出,乃降。

④ 佳侠含光:《汉书·孝武李夫人传》孟康注云:“佳侠,犹佳丽。”

【译文】

顾喜,又叫小喜。性格豪爽,体态丰满。脚大不美,人称顾大脚,又称“肉屏风”。不过她一往无前,志气高远,决不是一个普通的女子。你要是遇上她,就像李陵带领三千步兵,到了鞮汗山,进入峡谷,就没有不兵败被擒的。汉武帝《悼李夫人赋》中有“佳侠含光”的话,我因此就写了这四个字作为她居室的匾额。甲申后不知道她跟了什么人去,有的说是一个高官的纨绔子弟。

轶 事

一

金陵都会之地,南曲靡丽之乡,纨茵浪子,萧瑟词人,往来游戏,马如游龙,车相接也。其间风月楼台,尊罍丝管,以及娈童狎客[①],杂技名优,献媚争妍,络绎奔赴。垂杨影外,片玉壶中,秋笛频吹,春莺乍啭。虽宋广平铁石心肠,不能不为梅花作赋也[②]。一声《河满》[③],人何以堪?归见梨涡,谁能遣此[④]!然而流连忘返,醉饱无时,卿卿虽爱卿卿[⑤],一误岂容再误。遂尔丧失平生之守,见斥礼法之士,岂非黑风之飘堕、碧海之迷津乎!余之缀葺斯编,虽以传芳,实为垂戒。王右军云:“后之览者,亦将有感于斯文也。”

① 娈童狎客：娈童，旧指被侮弄的美男。狎客，嫖客。 ② 宋广平：宋璟(663—737)，唐河北南和人。调露元年进士。玄宗开元四年(716)，继姚崇为相。累封广平郡公。卒谥文贞。皮日休《梅花赋序》："余尝慕宋广平之为相，贞姿劲质，刚态毅状，疑其铁肠石心，不能吐婉媚辞。然睹其文，而有《梅花赋》，清便富艳，得南朝徐、庾体，殊不类其为人也。后苏相公味道得而称之，广平之名遂振。" ③《河满》：《河满子》，一作《何满子》。舞曲名。相传以乐人何满而得名。据白居易《何满子》诗云："世传满之是人名，临就刑时曲始成。"一曲四辞八叠，其声哀断。 ④ 梨涡：宋罗大经《鹤林玉露》十二："胡澹庵(铨)十年贬海外，北归之日，饮于湘潭胡氏园，题诗云：'君恩许归此一醉，傍有梨颊生微涡。'谓侍伎黎倩也。厥后朱文公(熹)见之，题绝句云：'十年浮海一身轻，归时黎涡却有情。'"后遂以指女子面颊上的酒窝。
⑤ 卿卿：男女间的昵称。《世说新语·惑溺》："王安丰(戎)妇常卿安丰，安丰曰：'妇人卿婿，于礼为不敬，后勿复尔。'妇曰：'亲卿爱卿，是以卿卿，我不卿卿，谁当卿卿？'"上卿字为动词，下卿字，犹言你。唐人联用二字，为一种亲昵的称呼。

【译文】

金陵是帝王的建都之地，也是靡丽南曲的温柔之乡，贵家子弟，落魄文人，都没有不来此游荡玩耍的。真是"车如流水，马如游龙"。其中楼台林立，饮酒的、唱歌的，可以说无日无之。再说那些娈童狎客，还有各种艺人，如唱戏的，耍杂技的，也都拿出各自的绝活。真是垂杨影外，丽装冶容；诗酒风流，口角含香；秋夜长空，笛声频过；莺歌燕舞，春意葱茏。面对这种光景，就是铁石心肠如宋广平，也不得不为

梅花作赋。“一声《河满子》，双泪落君前。”何况那些从戍地回来的人，见了迷人的笑靥，哪有不为之动心的？当然如果流连忘返，一味在醉饱中度日，两情相悦虽然无可厚非，但也不能一误再误，就这样丧失了平生的操守，受到有识之士的责斥，岂不就像遭到狂风的袭击，在大海上迷失了航向？我之所以要编写这一栏，虽然不无要使一些佳话得以流传，但更重要的是想借此示警后人。王右军说得好：“后之览者，亦将有感于斯文也。”

二

张魁，字修我。吴郡人。少美姿首，与徐公子有断袖之好[①]。公子官南都府佐[②]，魁来访之。阍者拒。口出亵语，且诟厉。公子闻而扑之，然卒留之署中，欢好无间。以此移家桃叶渡口，与旧院为邻。诸名妓家往来习熟。笼中鹦鹉见之，叫曰：“张魁官来！阿弥陀佛！”魁善吹箫、度曲。打马投壶[③]，往往胜其曹耦[④]。每晨朝，即到楼馆，插瓶花，爇炉香，洗岕片[⑤]，拂拭琴几，位置衣桁，不令主人知也。以此，仆婢皆感之，猫狗亦不厌焉。后魁面生白点风[⑥]，眉楼客戏榜于门曰：“革出花面篾片一名张魁[⑦]，不许复入。”魁惭恨，遍求奇方洒削，得芙蓉露，治除。良已，整衣帽，复至眉楼，曰：“花面定何如！”乱后还吴。吴中新进少年，搔头弄姿，持箫擪管，以柔曼悦人者，见魁则揶揄之，肆为诋諆。以此重穷困。龚宗伯奉使粤东[⑧]，怜而赈之，厚予之金，使往山中贩岕茶，得息又厚，家稍稍丰矣。然魁性僻，尝自言曰：“我大贱相，茶非惠山水不可沾唇，饭非四糙冬舂米不可入口，夜非孙春阳家通宵椽烛不可开眼。”钱财到手辄尽。坐此不名一钱，时人共非笑之，弗顾也。年过六十，以贩茶、卖芙蓉露为业。庚寅、辛卯之际，余游吴，寓周氏水阁。魁犹清晨来插瓶花、爇炉香、洗岕片、拂拭琴几、位置衣桁如曩时。酒酣烛跋时[⑨]，说青溪旧事，不觉流涕。丁酉再过金陵，歌台舞榭，化为瓦砾之场。犹于破板桥边，一吹洞箫。矮屋中，一老姬启户出曰："此张魁官箫声也。"为呜咽久之。又数年，卒以穷死。

① 徐公子：徐申，字文江。长洲（今江苏苏州）人。万历五年（1577）进士。万历间官应天府丞，升应天府尹，官至通政使。断袖之好：同性恋，专指男宠。《汉书·佞幸传》：哀帝宠幸董贤，"常与上卧起。尝昼寝，偏藉上袖。上欲起，贤未觉。不欲动贤，乃断袖而起。其恩爱至此。" ② 南都府佐：即应天府丞。 ③ 打马：打双陆。双陆棋子称马，故名。投壶：古代宴饮中相互娱乐的一种游戏。设壶一，宾主以次投矢其中，中多者胜，不胜者罚饮酒。 ④ 曹耦：同伙，同类。 ⑤ 岕片：即岕茶，以产于浙江长兴县境内之罗岕山而得名。洗岕片，据冒襄《岕茶汇抄》介绍："以热水涤茶叶。……以手搦干，置涤器中，盖定。少刻开视，色青香烈，急取沸水泼之。" ⑥ 白点风：即白癜风。 ⑦ 花面：即戏中的花脸。张魁面生白点风，故戏称花面。篾片：善于趋奉凑趣的门客。 ⑧ 龚宗伯：龚芝麓。其奉使粤东，当在顺治十三年至十四年间。此时张魁在南京。 ⑨ 烛跋：烛根，意为烛快燃尽，夜已深。

【译文】

张魁，字修我。苏锡一带人。年少貌美，与徐公子申有同性恋的关系。徐公子任南京应天府佐时，张魁去拜访他，管门的不让进去，他口出脏语，还大声谩骂。徐公子打了他。但到底还是让他留在府署中，恩爱如初。因此他就在桃叶渡口安了家，与旧院做了邻居。他与诸多名妓家过往甚密。笼中的鹦鹉见了他，就说："张魁官来了！阿弥陀佛！"他善于吹箫、唱曲子，打马投壶也很在行，超过同伙。每天一早，他来到院中，插瓶花，焚炉香，洗岕片，拂拭乐器，摆正衣柜，都不让主人知道。因此仆婢们都对他有好感，连猫狗也不讨厌他。后来，张魁脸上生了白点风，妓家的客人就写了张字条："革出花面篾片一名张魁，不许复入。"张魁感到又生气又惭愧，从此到处找偏方，想把脸上的白点风除去，终于找到了芙蓉露。好久以后才将毛病治愈，他就衣冠楚楚的来到妓家，对大家说："怎么样，张魁花面又来了！"明亡后，张魁回到苏州。苏州的那些时尚少年，搔首弄姿，拿箫玩笛，姑作娘娘腔讨人喜欢，见了张魁就挖苦，大肆毁谤侮辱。因此重又落到穷困的地步。龚鼎孳奉命出使广东，可怜他的遭遇并帮助他，给他一大笔钱，叫他到浙江长兴去贩卖岕茶。由于利润较厚，家也稍稍富裕起来。不过张魁的性格古怪，曾经自己说过："我生来就不学好，茶非得用惠山泉泡的不喝，饭非得用四糙白米煮的不吃，夜里非得用孙春阳家制造的大蜡烛不点。"钱到手就光。因此没有一分钱的积蓄，旁人都讥笑他，他也不在乎。年过六十，还在靠卖茶、卖芙蓉露过活。庚寅(1650)、辛卯(1651)的时候，我在苏锡旅游，住在一个姓周人家的水阁里。张魁还是同过去一样，一早赶来插瓶花、焚炉香、洗岕片、拂拭乐器、摆正衣柜。喝酒喝到深夜，他回忆起在青溪的那些旧事，不觉流下泪来。丁酉(1657)那年张奎到过南京，歌台舞榭，都已变成了瓦砾，他还在破板桥边吹了一回洞箫。小屋中有个年迈的妓女开门出来，说："这是张魁官的箫声啊！"还为此伤心了好一回。再过几年，张魁终于在饥寒交迫中死去。

三

中山公子徐青君，魏国介弟也①。家赀钜万。性华侈，自奉甚丰，广蓄姬妾。造园大功坊侧②，树石亭台，拟于平泉、金谷③。每当夏月，置宴河房，日选名妓四、五人，邀宾侑酒。木瓜、佛手，堆积如山；茉莉、珠兰，芳香似雪。夜以继日，恒酒酣歌。纶巾鹤氅，真神仙中人也。弘光朝加中府都督④，前驱班剑⑤，呵导入朝，愈荣显矣。乙酉鼎革，籍没田产，遂无立锥；群姬雨散，一身孑然；与佣、丐为伍，乃为人代杖。其居第易为兵道衙门。一日，与当刑人约定杖数，计偿若干。受刑时，其数过倍。青君大呼曰："我徐青君也。"兵宪林公骇[⑥]，问左右。左右有哀王孙者，跪而对曰："此魏国公之公子徐青君也，穷苦为人代杖。其堂乃其家厅，不觉伤心呼号耳。"林公怜而释之，慰藉甚至。且曰："君倘有非钦产可清还者[⑦]，本道当为查给，以终余生。"青君顿首谢曰："花园是某自造，非钦产也。"林公唯唯，厚赠遗之，查还其园，卖花石、货柱础以自活。吾观《南史》所记，东昏宫妃卖蜡烛为业[⑧]。杜少陵诗云[⑨]："问之不肯道名姓，但道困苦乞为奴。"呜呼！岂虚也哉！岂虚也哉！

① 魏国：指魏国公徐文爵。《明史·徐达传》：徐弘基，徐达第十世孙，袭魏国公爵，"累加太傅，卒谥庄武。子文爵嗣。明亡，爵除。" ② 大功坊：在徐达中山王府两侧。王府地点在今南京市瞻园路，入清为江宁布政使司署。 ③ 平泉：庄名，在河南洛阳南，周四十里，唐宰相李德裕之别墅。金谷：地名，在河南洛阳西。谷中有水，《水经注》谓之金水。晋石崇建金谷园于此。 ④ 弘光朝：福王朱由崧于崇祯十七年(1644)五月在南京建立的朝廷，年号弘光，朱由崧被称为弘光帝。中府都督：中军都督府都督。

⑤ 班剑：饰有花纹的木剑，用作仪仗。 ⑥ 林公：林天擎，辽宁省盖平人。廪贡。顺治四年(1647)官江宁知府，五年任分守江宁道。徐青君代杖事，当在林天擎任内之顺治五年至十一年间。 ⑦ 钦产：皇帝的或皇帝赏赐的产业。凡是明朝皇帝赐的，入清则均予查封，归清政府所有。 ⑧ 东昏：指南朝齐帝萧宝卷(483—501)，字智藏，本名明贤。在位不足三年，然凶暴嗜杀，穷奢极欲，科敛无度。萧衍起兵，包围建康，他被部属杀死。和帝即位，追废为东昏侯。 ⑨ 杜少陵诗：指杜甫《哀王孙》。

【译文】

中山公子徐青君，是魏国公徐文爵的弟弟。家里有上万的资产。生性奢华，爱好享受，三妻四妾。花园就建在大功坊的旁边，树木花石、亭台楼阁，都仿照平泉庄、金谷园的模式。六月夏天，在河房里举行宴会，每天要挑选四五个名妓，让她们陪宾客喝酒。木瓜、佛手，堆积如山；茉莉、珠兰，芬芳洁白。不分白天黑夜，常喝醉了酒唱歌。头戴诸葛巾、身穿鹤氅，真所谓“神仙中人也”。弘光帝封他为中军都督府都督，每次上朝，开锣喝道，前呼后拥，荣耀显赫之极。乙酉(1645)那年清兵入南京，没收了他的田产，落到身无立锥之地，妻妾四散，只剩了他孤身一人。只好与奴仆、乞丐为伍，甚至替人代杖。他的府第改变成江宁兵备道衙门。有一天，他与罪犯约定代杖的数目，按数目取报酬；哪知代杖时数目超过了一倍。青君大喊起来：“我是徐青君啊!”兵备道的长官林天擎吓了一下，问属下，属下有同情这位落难公子的，就跪着禀告道：“他是魏国公的公子徐青君，穷苦到替人代杖的地步。这个衙门就是他的府第，所以不禁伤心得呼叫起来。”林天擎可怜他的遭遇，不仅释放了他，还好好的安慰了一番。还说：“如有不是钦产，可以要求退还的，我当为你作主，让你好安度余生。”青君叩头道谢，说：“花园是我自己建造，并非皇帝的赏赐。”林天擎点点头，送给他一笔钱，查清后又归还他的花园，他就变卖了园里的花木础石，以此养活自己。我看《南史》记载，东昏宫妃卖蜡烛为生。杜甫也有诗云：“问之不肯道姓名，但道困苦乞为奴。”唉！这真的决非虚妄啊！这真的决非虚妄啊！

四

柳敬亭，泰州人。本姓曹，避仇流落江湖，休于树下，乃姓柳。善说书。游于金陵，吴桥范司马、桐城何相国引为上客[①]。常往来南曲，与张燕筑、沈公宪俱。张、沈以歌曲、敬亭以谭词，酒酣以往，击节悲吟，倾靡四座。盖优孟、东方曼倩之流也[②]。后入左宁南幕府[③]，出入兵间。宁南亡败，又游松江马提督军中，郁郁不得志。年已八十矣，间过余侨寓宜睡轩中，犹说《秦叔宝见姑娘》也。

① 范司马：范景文，河北吴桥人。见前注。何相国：何如宠（1569—1641），字康侯。安徽桐城人。明万历二十六年（1598）进士，由庶吉士迁国子监祭酒。崇祯初擢户部尚书、武英殿大学士，加少保。致仕后居南京。② 优孟：春秋时楚国名优。东方曼倩：东方朔，字曼倩，汉厌次（今山东惠民县）人。善诙谐滑稽。　③ 左宁南：左良玉（1599—1645），字昆山，山东临清人。骁勇善战，多智谋，善抚士卒，由军校积官至总兵。乙酉三月，以反马阮、清君侧为名，举兵东下。四月，陷九江。寻病卒于军。

【译文】

柳敬亭，江苏泰州人。本来姓曹，因为犯了法怕仇人追杀，就在各地漂流。一天在柳树下休息，就改姓为柳。他擅长说书。后来渡江到南京，受到范司马、何相国以上宾之礼相待。他出入曲中，与张燕筑、沈公宪在一起。张、沈善于唱戏，敬亭善于说书，酒酣耳热，就这样唱起来、说起来，没有不令人佩服得五体投地的。大概就是优孟、东方曼倩一类人物吧。后来，他追随了左良玉，受到左的信任，让他参与军事活动。左兵败身亡，敬亭又去投奔松江的马提督，但得不到马的重用。这时候他已经八十多岁，有一次来到我的住所，暂住在我侨居的宜睡轩里，还为我说《秦叔宝见姑娘》的段子呢。

五

莱阳姜如须[①]，游于李十娘家，渔于色，匿不出户。方密之、孙克咸并能屏风上行。漏下三刻，星河皎然，连袂间行，经过赵、李，垂帘闭户，夜人定矣。两君一跃登屋，直至卧房，排挞拍张，势如盗贼。如须下床跪称："大王乞命！毋伤十娘！"两君掷刀大笑，曰："三郎郎当[②]！三郎郎当！"复呼酒极饮，尽醉而散。盖如须行三。郎当者，畏辞也。如须高才旷代，偶效樊川[③]，略同谢傅[④]，秋风团扇[⑤]，寄兴扫眉[⑥]，非沉溺烟花之比。聊记一条，以存流风余韵云尔。

① 姜如须：姜垓(1614—1653)，字如须，号贫篁。山东莱阳人。崇祯十三年(1640)进士。官行人。如须是余怀知交，复社成员。弘光时，马、阮煽构党祸，欲杀如须。如须逃往浙东山中。入清，隐居吴门而卒。　② 三郎郎当：语出罗大经《鹤林玉露》卷六。记云："明皇自蜀还京……闻驼马所带铃声，谓黄幡绰曰：'铃声颇似人言语。'幡绰对曰：'似言三郎郎当！三郎郎当！'明皇愧且笑。"唐明皇小名三郎。　③ 樊川：杜牧，其故乡有樊川(今陕西长安区南)，著有《樊川集》。　④ 谢傅：谢安，卒赠太傅。详见前注。　⑤ 秋风团扇：本指汉成帝时班婕妤的故事。婕妤美而能文，自知恩薄，惧得罪，求供养太后于长信宫，并为赋《纨扇诗》以自伤。诗云："新裂齐纨素，皎洁如霜雪。裁成合欢扇，团团似明月。出入君怀袖，动摇微风发。常恐秋节至，凉飚夺炎热。弃捐箧笥中，恩情中道绝。"　⑥ 扫眉：有文学才华的女子。唐薛涛善诗，暮年屏居成都浣花溪。王建《寄蜀中薛涛校书》云："万里桥边女校书，枇杷花下闭门居。扫眉才子知多少，管领春风总不如。"

【译文】

山东莱阳人姜如须，住在李十娘家，贪恋她的美色，赖着不肯出门。方密之、孙克咸都能飞檐走壁。一天半夜时分，月明星稀，二人暗暗出去，经过赵、李两家，门窗关闭，已经是夜深人静了。二人跳上屋子,直达卧室,撞开门,拿着刀,就像盗贼那样。如须从床上下来,跪着哀求:"大王饶命! 不要伤了十娘!"二人丢下刀,大笑说:"三郎郎当! 三郎郎当!"接着叫酒来喝,喝得大醉才离开。因为如须排行第三。所谓郎当,就是害怕的意思。如须是个稀世奇才,偶尔也学杜牧的样,与谢安的风流跌宕差不多,只是把人生失意的感情寄托在"扫眉才子"身上,与那些沉溺在烟花中的人是不能同日而语的。我在这里记上一笔,只是想使当年的风流轶事得以流传后世而已。

后　　记

近来有一种呼声，就是提倡读书。读书要提倡，可见读书人在减少。所以发生这种情况，罪魁祸首是电脑。电脑虽然为人所制造，但是比之于“人脑”真的是“青出于蓝而胜于蓝”。电脑既然如此聪明伶俐，那么谁还肯辛辛苦苦地去读书呢？其实，这种危机感也不是今天才有，早在八九十年以前，日本诗人获原朔太郎就在散文《文学的未来》中说过这样的话：

读这一件事是颇要用力的工作。人们凭藉了印刷出来的符号，必须将这意思诉于脑之理解，用自己的力去构成思想。若是看与听则与此相反，都容易得多。为什么呢？因为刺激通过感觉而来，不必要自己努力，却由他方把意思自兜上来也。

但是在现今这样的时代，人们都是过劳，脑力耗费尽了的时代，读的事情更觉得麻烦了。在现今这样的时代，美术音乐特被欢迎，文学也就自然为一般所敬远。特别又有那电影，夺去了文学的广大领域。在现今时代，只有报纸还有读者。但是就是那报纸，也渐觉得读的麻烦，渐将化为以视觉为本位的画报。现在最讲经济的商人们大抵不大读报纸，只去听无线电，以图时间与脑力之节省。最近有美国人预想电报照相法的完成，很大胆地这样公言。他说在近的将来报纸将要消灭，即在今日也已经渐成为落伍的东西了。假如报纸还要如此，那么像文学这样物事自然更只是古色苍然的一种旧世纪的存在罢了。

文学的未来将怎样呢？恐怕这灭亡的事断乎不会有吧。但是，今日以后大众的普遍性与通俗性将要失掉了吧。而且与学问及科学之文献相同，都将引退到安静的图书馆的一室里，只等待特殊的少数的读者吧。在文学本身上，这样或者反而将使质的方面能有进步亦未可知。

荻原氏的话是针对美术、音乐以及刚刚兴旺起来的电影说的，现在又有了极顶聪明的电脑，读书的地位自然也就更加危险。这究竟是好事还是坏事，我一时也说不清楚。从快速便捷这一点来说，利用电脑是理所当然的事。但是书毕竟是个宝库，里面蕴藏着“取之不尽，用之不竭”的知识，要不利用一下也太可惜了。何况其中还有大量的文学作品，其好处是要逐字逐句细细咀嚼的，又怎么能说丢就丢呢？所以提倡一下很有必要。但是恕我直说，效果恐怕会很不理想。诚如荻原氏所预料的，今后的文学书将会退居到安静的图书馆的一室里去，仅供少数人阅读而已。

我不是真正的读书人，虽然有时候也捧着一本书在读；时间久了，也会养成一种习惯，这就是所谓读书的方法。我的读书方法很简单，可以拿“看”、“读”、“抄”、“译”和“问”五个字来说明。我平时读书，多数是看，但有时候也会发出声音来，这就是所谓朗读。譬如午睡醒来，自觉精神情绪都还不错，就从书架上抽出一本书来，翻到某章某节，然后饶有兴味地朗读起来。这种情况大多数发生在老年人身上，他们有的是闲适，虽然闲适也就是寂寞。

方法之三是抄。抄书在古代是家常便饭。因为那时候印刷不发达，书少，有的人买不起书，就只好借别人的书来抄，如明初宋濂在《送东阳马生序》中就说过这样的话：“余幼时即嗜学，家贫，无从致书以读，每假借于藏书之家，手自笔录，计日以还。”不过也有目的在于通过抄写加深印象的，如苏东坡就是一个例子。李日华在《紫桃轩杂缀》中就提到过这件事：“东坡自抄两《汉书》既成，夸以为贫儿暴富。唯手写校勘，经几番注意，自然融贯记忆，无鲁莽之失。”书在现在不像古代那么难得，但是有的书也不是随便可以到手的，所以我有时候也借书来抄。

方法之四是译。这里是指读古文。古文的文字对我来说是一个难关。检验的方法就是将它试译成白话。因为如果光是看，一般都能看出个大概来，所谓“不求甚解”。但是要把它翻译出来，这就非字字着实不可。我喜欢读晚明小品，有一天忽然异想天开，也想自己动手来翻译。但是不译犹可，一译就译出了许多“拦路虎”。这时候，我才真正体会到读书的不容易！譬如张岱在《陶庵梦忆·越俗扫墓》中有这样一段话：

越俗扫墓，男女袨服靓妆，画船箫鼓，如杭州人游湖。厚人薄鬼，率以为常。二十年前，中人之家向用平水屋帻船，男女分两截坐，不座船，不鼓吹。先辈谑之曰：“以结上文两节之意。”

在这短短的几句话里，我就有两处地方看不懂：一，什么叫“平水屋帻船”？我知道这在博闻多识的知堂（周作人）先生也不清楚，他曾在《上坟船》那篇文章中说过：“平水屋帻船不知是何物，平水自然是地名，屋帻船则后来不闻此语，若是田庄船，容积不大，未必能男女分两截坐，疑不能明。”二，“以结上文两节”该作怎样解释？不过这一回我还是请教了知堂先生。他在来信中虽然很谦虚地说他也不很明白，但还是把他的看法告诉了我。他说：

《梦忆》中“以结上文两节”的话，我也不很明白它的意思，因为越中年末年始对于祖坟有送寒衣，拜坟岁及扫墓三重仪文，而扫墓则作为结束，不知是否是说此意。

至于平水屋帻船，我却是后来从一个在富阳浴室里做工的平水人金师傅那里了解到的。他说这是丧船，就是在普通的“三道”（船）上头遮以布幔，状如屋脊，所以有这个名称。

我拉拉扯扯说了这么多话，总算把“问”的必要性给说清楚了。一个人学问再好，知识再丰富，也不可能样样都懂，所以查字典、问别人是难免要有的事。字典虽然满腹经纶，蓄积之富，无与伦比。但是它毕竟是“死”的，许多现实问题还得通过问现实的人来解决，专家学者不必说，就是在普通人中也有能人存在。孔子说：“三人行，必有我师。”他没有说他们是什么什么特殊人物。又说：“不耻下问。”这就很明确地告诉我们，“地位比自己低、知识比自己少”的人也要向他们学习。金师傅就是一个例子。

我想要翻译这些晚明小品，本来有点不自量力，但是在众人的帮助下，也终于把初稿弄出来了。古人说："奇文共欣赏，疑义相与析。"在本书译注过程中，老同学吴世民发表过不少好意见，对我来说，又何止"一字"而已。除了世民兄和家兄旭辉外，北京的陈新先生是特别应该表示感谢的。因为我们原来并不相识。我贸贸然将稿子寄去，他工作很忙，但还是为我阅读了全稿，不仅阅读，还将意见一一写在小纸片上，贴在稿纸旁边。这份友谊是比稿子本身还要珍贵的。

孙旭升

2010 年 8 月写于杭州